宫阙锦锦

上

灯火阑珊/著

金城出版社
GOLD WALL PRESS

图书在版编目（CIP）数据

宫阙绵绵 / 灯火阑珊著. -- 北京：金城出版社，2015.3

ISBN 978-7-5155-1205-1

Ⅰ. ①宫… Ⅱ. ①灯… Ⅲ. ①长篇小说—中国—当代 Ⅳ. ①I247.5

中国版本图书馆CIP数据核字(2015)第030034号

宫阙绵绵（全三册）

作　　者　灯火阑珊
责任编辑　胡敏
开　　本　710毫米×1000毫米　1/16
印　　张　54
字　　数　607千字
版　　次　2015年7月第1版　2015年7月第1次印刷
印　　刷　北京金瀑印刷有限责任公司
书　　号　ISBN 978-7-5155-1205-1
定　　价　79.80元（全三册）

出版发行　金城出版社　北京市朝阳区利泽东二路3号　邮编：100102
发 行 部　（010）84254364
编 辑 部　（010）64210080
总 编 室　（010）64228516
网　　址　http://www.jccb.com.cn
电子邮箱　jinchengchuban@163.com
法律顾问　陈鹰律师事务所（010）64970501

目录

CONTENTS

【上】

【中】

【下】

几回梦魂与君同

《宫阙绵绵》（原名《零陵飘香》）的故事构思在2007年初，动笔却是在年底。动笔的最初是缘于查阅资料时发现的一种香料，零陵香，可安宁心神，调整情绪，闻之仿佛置身于阳光下的花田中，传说中甚至还有起死回生之神效……这令人神往的描述如一道灵光，瞬间串起了那个构思已久的故事，一个关于梦想与成长，爱情与亲情的故事。

因为一个意外，平淡开朗的现代女孩叶薰变成了文静秀雅的古代闺秀萧若岚。

从自由文明的时代来到了这个封闭古典的王朝，来到了尊贵显耀的后族萧家，两眼一抹黑的叶薰试着在这个世界生活，并努力希望生活得更好。可惜因为身份特殊，她总是被迫卷入复杂诡谲的朝政斗争，并数度险些命丧其中。

虽然身在陌生的古代，自始至终，叶薰始终保持着一个现代人的思维，以轻松淡泊、乐观积极的心态，经营着自己新的人生，对小宸的亲情，对归曦的爱情，对归暮的友情，都让她珍惜，促她成长。曾经风光显贵，一步封后，也曾经流亡逃难，身陷囹圄……无论经历多少的波折，她依然是那个向往着自由平淡的叶薰，有着与这个世界格格不入而又独一无二的灵魂。只是在闲暇时候的梦中，她也会缅怀，曾经奋斗打拼的生活，还有家中那两只让她费心不已的猫儿……

对于萧若宸，一夕之间天翻地覆家破人亡的遭遇让原本精灵可爱的男孩迅速成长为战场杀伐的男子汉，卖身为奴的屈辱更让原本柔软纯净的心逐渐刚硬冷酷，所幸在这条冰冷寂寞的复仇之路上，他还有唯一的温暖和慰藉。纵然他早已知道，叶薰并不等于萧若岚。从小山村的寒秋雨夜，到边关的浴血杀场，他的梦中，永远都是那双牢牢拉住自己的温暖的手，天崩地裂，永不放弃。

对于沈归曦，从小养尊处优的他是个蛮横粗暴的纨绔子弟，然而在一段颠沛流离的生活冲刷磨炼下，顽石逐渐褪去粗糙，露出光芒夺目的本色。在艰苦逃难的道路上，在钩心斗角的皇城中，在淳朴边远的荒寨里，他的梦中，永远都是两人并肩而行的身影，是那双温柔凝视自己的眼眸。

几回魂梦与君同，犹恐相逢是梦中。

两段相濡以沫的生活，让叶薰收获了她生命中最真挚贵重的依托。历经波折，她从来不放弃希望，最终，在这个抉择与矛盾的故事里，在这番离别又重逢的经历中，如凤凰涅槃，每个人都付出代价，每个人也都获得新生。

因出版编辑要求，穿越类的描述都删除了，但读者诸君仍是可以从主角的性格和书中细节看到蛛丝马迹。

灯火阑珊

2015年4月

宫阙锦绵

第一卷 叶落飘香凤来仪

第一章

母仪天下

叶薰蒙胧地感到自己的身体在黑沉沉一片的虚无之中沉沉浮浮，像是要融化在一片黑暗之中了，却又偏偏还有一丝知觉。不知道究竟沉睡了多久，意识逐渐清醒，好像做了一个噩梦般。

她费劲全身的力气，睁开了眼睛，看向四周。

这里是哪里?

入眼处是一片素色的幔帐，上面绣着繁复的花纹，叶薰没有时间去仔细分辨。她的视线透过幔帐开口处，投向房间的光亮来源。

时间已经是夜晚了，屋里没有亮灯，好在窗户是半掩着的。

视线被床前半透明的水晶折角屏风遮掩去大半，透过屏风一侧，可以看见房间左侧的博古架，上面摆放着几样式样简单而不失高雅的花瓶古董，窗子前面是一张书案，上面堆积着几本大部头的书，还有一盏昏黄的油灯，摇曳不定的火苗给这个诡异的房间增加了一层黯淡的光彩。

绕过屏风，心惊胆战的叶薰终于找到了她迫切需要的东西，一面镜子。

黄铜打磨的镜面光滑明亮。镜中是一张清丽之中带着几分淡雅的容颜，乌黑的长发顺着肩膀滑下，因为刚刚的举动有些微的凌乱，几缕发丝散落到秀气的额头上，半遮掩着那双充满了震惊与疑惑的清澈眼眸，这张容颜是如此陌生，而且，年纪顶多只有十三四岁。

天哪叶薰正犹豫着自己是应该惊声尖叫，还是直接晕倒算了，一声尖锐凄厉的喊叫适时地在她身后响起，恰到好处地表达了她此时的心情。

叶薰转头看去，一个头上梳着双髻的小丫头站在门口，正一脸见鬼了的表情，嘴巴张得大大的，持续制造着高分贝的噪音。

对上叶薰清亮疑惑的目光，她的喊叫戛然而止，紧接着“哐啷”一声，持在手中的那盏琉璃花灯掉在地上摔地粉碎，里面的蜡烛跌成两段，扑闪了几下，火光就熄灭了。

小丫头神色惊恐不安地打量着叶薰，终于用颤抖的声音试探着问道：“小姐……您怎么……怎么就……就这么起来了？”明明今天上午所有大夫都认定，自家小姐是活不成了。前边老爷他们都已经开始商议着是不是应该操办小姐的丧事了。可是到了晚上，昏死在床上的小姐竟然自己爬起来了。

叶薰冲着她安慰地笑了笑，正要思量着怎么开口询问，却猛地感到一阵头晕，眼前发黑，身子晃了晃，险些摔倒。

那个小丫头这才反应过来，连忙跑上来扶住叶薰。手底接触到的肌肤是温暖的，小丫头一颗心放下了大半。

叶薰在她的搀扶下回到床边坐下，才觉得头疼稍缓。

小丫头伶俐地替她盖上薄被子，一边心急地说道：“小姐……我这就去前面告诉老爷，还有叫大夫过来，昨天请过来的陈御医还没有走。”说着匆匆地跑了出去。只留下叶薰一个人呆呆地躺在床上，继续消化着这个无比惊悚，却又绝对真切的现实。

她正胡思乱想着，门外传来一阵骚动，七八个人一拥而入，把原本宽敞的房间塞地满满的。

当先的是一个身穿水蓝色衣裙，珠翠满头的贵夫人，容姿高华，半跑着进了房间，一看到躺在床上的叶薰，先是一脸惊诧，表情诡异地滞了滞，然后一声凄凉的哭叫，立刻冲了上去，一把抱住叶薰，边哭边道：“我的儿啊，你可是醒过来了！你万一就这么去了，让我这个做娘的怎么活啊，你姐姐刚去了没多久，你就又要出了这样的事情……可怜你姐姐她……”

叶薰身体僵硬地伫在那里，手足无措。面前的这个贵夫人似乎是她的娘亲，看起来年龄已经不小了，细细的皱纹无损肤色的白腻细致，容貌上依然存留着雅致的风韵，想必年轻时候是个出色的美人。

叶薰抬头看向屋里，和贵夫人一起进来的几个人都是年轻的女孩子，一个个恭谨地侍立在周围，看来都是贵夫人身边的丫环。

这么说来，自己是到了富贵人家？恐怕还不是普通的富贵人家，至少眼前这几个丫环的衣饰钗环就非比寻常。听贵夫人刚才的话语，自己应该还有一个姐姐，刚去世没有多久。

感受到叶薰无措的视线，一个年纪略长的女子走上前，轻声劝慰道：“夫人，小姐如今刚刚醒过来，只怕身体还有些不适，不如赶紧请太医过来看看，”顺便提醒道，“太医院陈大人如今不是正在前厅和老爷说话吗？”

贵夫人这才醒悟过来，拉着叶薰的手连忙说道：“是了，是了，我竟然把这个给忘了，赶紧去请医生过来！赶快……不要去请那个陈太医了，我看他的医术就是骗人的，刚刚竟然说若岚是没救了。呸，还是太医院的副院判呢！什么眼神啊！赶紧叫人拿着老爷的名帖，去请太医院的李大人过来……”

夫人一连串地吩咐下去，几个丫环忙不迭地答应着，纷纷奔了出去。之后就是一阵手忙脚乱，几个白胡子医生被匆匆地请进屋子，丫环放下床帘。

又是诊脉，又是询问，一轮望闻问切下来，终于一个花白胡子的老医生躬身向夫人作揖道：“恭喜夫人，真是上天庇佑啊，四小姐头部的淤血竟然散了，如今脉象平和，气血两顺，已经无大碍了，”

“可是真的？”夫人脸色一变，转而露出欣喜的神色，随即又心急地问道：“那我家若岚大概多久才能痊愈啊？可会留下什么隐患？”

“夫人请放心，小姐昏迷濒死完全是因为头部淤积所致，如今淤血既已散去，痊愈指日可待。待会儿由老朽开个安神补血的方子，只要略作调养，不出一个月就能够痊愈无碍。”

夫人轻轻抚着胸口，偏头看了静默不语的叶薰一眼，一副放下心来的样子，喃喃道：“这就好，这就好啊，可是担心死我了。”

“恭喜夫人，俗话说得好，大难不死，必有后福，小姐日后必然是要大富大贵的。”年长的丫环在旁边满脸喜色地说道。

“那还用说，小姐是将要入宫当皇后娘娘的人，自然是神佛庇佑，百邪不侵。”又有一个丫环含笑恭维道。

入宫？！皇后？！

躺在帐内任人摆布的叶薰耳朵敏感地捕捉到了这两个爆炸性关键词。她虽然看得出这家人必然是富贵之家，但是也没想到会富贵到这种地步。

入宫当皇后……这是要当谁的皇后呢？

又是开方子，又是煎药，折腾了好一会儿，终于送走了医生，那位夫人来到叶薰的床边，握住她的手，意味深长地看着叶薰说道：“若岚，今日是怎么回事？怎么会掉进水池里面呢？”

这个问题叶薰哪里知道，只好低头道：“是女儿不好，害母亲担心……”

夫人仔细看着叶薰的脸色，眼见她神色并无异状，才不易察觉地松了一口气，逐渐转喜道：“不管怎么样，醒过来就好。我可算是放心了，说起来，你爹也是为了你好啊，入宫为后，母仪天下，那是多少女子梦寐以求的啊。这次若不是我们萧家长房的未嫁女子只余下你一个了……”说到这里她好像自觉失言，轻咳了一声方继续道，“这次的事情明明是天大的造化，你何必想不开呢？竟然对着你爹说出那种大逆不道的话来？把你爹也气得不轻，之后又出了那种事，好在如今……”

那夫人絮絮叨叨地说了不少，看到叶薰脸上神色迷茫，只以为她是身体不适，便不再多说，长叹一声道：“你虽说不是我亲生，我一向也算待你不薄。你自己好好想想吧，不要再打傻念头了。过几天去劝劝你爹，让他消消气。”说罢，起身对着侍立在旁边的几个丫环说道：“湘绣，好好伺候小姐。翠玉、红菱，你们两个也留在这里服侍小姐吧。”

几个丫环低头领命，留在了屋子里，另外几人伴着夫人走了。眼看屋里只剩下一群丫环了，叶薰偷偷松了一口气。

现在她最需要的是弄清楚自己所处的是哪一个朝代，还有自己这个身体是怎样的身份。她扫了那群丫环一眼，看到几个人都在垂手肃立等待着她的吩咐，当即说道：“天色已经不早了，我也累了，你们下去歇着吧。留下湘绣一个人在这里伺候就行。”

湘绣就是她第一眼见到的那个小丫头，从刚刚的举止言谈之间，她已经看出她是自己的贴身丫环。

另几个人交换了一个眼神，年纪稍长的那个微微迟疑着说道：“小姐身体才刚刚痊愈，怎么能够离了我们服侍呢？何况又有夫人的意思……”见到叶薰神色疲倦烦闷，连忙改口笑道，“不如我们就在隔壁的房间里暂且歇着，有什么事情就由湘绣姑娘叫我们。”说罢领着几个人出去了。

打发走了多余的人手，把湘绣叫到床边，叶薰开始了“狗仔队”工作。

“湘绣，我头疼得很，睡不着觉，你过来和我说一会儿话。”

湘绣依言在床头的小凳子上坐下。

“我昏迷多久了？头昏昏沉沉地，只觉得连日子都记不住了。眼下是什么时候了？”叶薰试探着询问道。

“小姐不用担心，您只昏睡了一天而已。如今……”小丫头转头看了更漏一眼，“如今已经是二更天时分了。”

“说起来，我是怎么昏倒的？只觉得头疼，怎么什么都记不清楚了。”叶薰不动声色地把问题引到自己最关心的事情上。

“难怪小姐您记不清楚呢，”湘绣轻声说道，“昨个儿上午您去找老爷……回来的路上走得太急，也是奴婢照顾不周，没有跟上小姐……结果，小姐在路过东边园子的时候从桥上滑了下去，一不小心掉进了水池里，听那位前来诊治的陈太医说，是不巧撞到了头部。那位陈大人还说，小姐要是再不清醒过来，恐怕就要……”剩下的话湘绣没有说出，叶薰也能够猜得到。

“那我和老爷……爹爹他争吵是为了什么？”她继续追问道。

听到这个问题，湘绣的脸上闪过一阵惊慌，连忙说道：“奴婢不知道，奴婢真的不知道啊，小姐和老爷的谈话，奴婢怎么敢偷听呢？”

“是吗？”叶薰看了她一眼，看到湘绣支支吾吾的样子她就知道肯定有所隐瞒，作为萧若岚的贴身丫环肯定知道什么。不过这些问题可以等以后慢慢试探，眼下还有一些更重要的东西要问。

……

一个多小时的交谈下来，旁敲侧击之下，叶薰终于将自己需要的信息知道了大半。

自己所来到的这个朝代叫做周，却不是自己熟悉历史上的那个周朝，不过文化经济等和中国古代的唐宋时期差不多。

看来自己是到了一个未知的时空了。叶薰看着天花板上面的雕刻纹饰，暗暗想着。被她占据身体的这个女孩名叫萧若岚，是大周名门贵阀萧家的四小姐。如今可以算是整个萧府里最炙手可热的人，因为她马上就要入宫，成为大周天子的皇后了。

萧家祖上曾经辅佐太祖皇帝，对于大周的建立立下了汗马功劳。大周开国之后，被封为世袭睿国公，是数一数二的名门望族，位高权重。大周建国尚且不到百年的时光，总共经历了四代帝王，而这四代帝王的皇后全部都是萧家所出，继承皇位的嫡子也都是拥有一半的萧家血统，所以萧家得以长盛不衰。

而这种情况在上一代的皇帝身上却发生了变故，前朝的皇后奋斗了一生竟然都没有为皇帝生下一个孩子，心急之下，她也曾命令家族送别的女儿入宫，可是也不知道是上天不开眼，还是萧家的基因忽然出了问题，眼看着满后宫的妃子娘娘们一个赛一个地生，而皇后娘娘和几个萧家出身的妃嫔的肚子都愣是没有一点儿消息，不得已之下，皇后只有收养了一个卑微出身的宫人之子，并且在先帝驾崩之后，依仗着萧家在朝中庞大的势力，让这个孩子顺利地继承了皇位。

新帝即位之后，依然选了萧家的女儿为皇后，也就是萧若岚的长姐，可惜，这位皇后却依然像自己的姑姑，当今的太后一样，在深宫里努力了十几年都一无所出，好不容易在去年怀上了孩子，却在前几个月临近生产的时候跌了一跤，结果难产，母子俱亡。

此时萧家未嫁的长房之女就只剩下了四小姐萧若岚，于是皇后这个沉甸甸、金灿灿的桂冠就顺理成章地落到了这个年仅十四岁的小女孩身上。

萧若岚是萧家的四小姐，母亲只是一个乡间秀才的女儿，嫁入萧家不过是个最不起眼的小妾，在生下女儿不久就病弱身亡了。萧若岚虽是出身名门贵阀的大小姐，但生性柔弱内向，属于典型的大门不出二门不迈的深闺弱质，在家里也不受重视，平时唯一的爱好就是在房子里读书练字绣女红，去过的最远的地方是每月一次到城东安置自己母亲灵位的普光寺里祈祷拜佛。

由家族利益出发的决定当然不会考虑个人的意见，也许在那些掌权者的眼中，皇后名分是天大的荣耀，获得这样殊荣的女子都应该欢天喜地，受宠若惊，可惜，性情恬淡礼佛的萧若岚对一国之母的荣华富贵没有丝毫兴趣，

甚至因为此事，向来静默温顺的她和自己父亲大吵了一架，在回房间的路上因为走地太急，不慎滑到，摔进了水里，偏偏不巧撞到了头部，于是昏迷不醒濒临死亡。

看来这位萧若岚小姐已经芳魂缥缈了，叶薰心里默默为这位身在封建社会却有勇气挑战包办婚姻，尤其是挑战皇家包办婚姻的女性默哀了几秒钟。

既然已经明白了事情的大概始末，那么自己现在应该怎么办呢？

入宫为后母仪天下应该是古代贵族女子最期盼的荣耀了吧？这个萧若岚竟然不想入宫。为什么？

不管因为什么，萧若岚已经不必再烦恼这些了，现在需要面对这个头疼问题的人已经换成了叶薰。

当今皇帝十九岁的时候继位称帝，如今已经过了十六年了，好吧，三十五岁也是有帅哥，而且这个年龄正是男人的黄金年岁，是男性最成熟，最富有魅力的时刻。

可是关键问题在于，她从来没有想到过自己会嫁给一个三十五岁的从来没有见过面的男人，而且，这个男人已经有不少，或者说有太多的“老婆”了。

地这个时代生存，一就需要遵循这个时代的道德规律，那么接下来叶薰应该怎么办？也许，唯一值得庆幸的是自己要去当皇后，而不是去当人家的小老婆。

叶薰一手捧着青瓷雕花碗，一边烦恼地思考着，可是鼻端传来的香气不停干扰着她的思绪。

唉，看来，在面对着这样香浓的汤料的时候，是不适合思考这种带有一定难度的问题的。还是先把手里的干扰物解决掉吧。反正那个该死的入宫大婚是秋天的事情，如今才刚刚初夏，好歹还隔着几个月呢。

乐观地想着，叶薰拿起银调羹。感受到几乎快要把舌头融化的鲜美在舌苔上蔓延开来，她不禁感叹，还是有好处的。光是能够品尝到这纯天然、纯绿色的食物就是很值得了。叶薰手中的调羹无意识地搅动着不知由什么材料炖成的汤料，一边不知足地想着，没有烦恼的功课，没有无穷无止的规划文稿，这样每天睡醒了吃，吃完了睡的日子还真是很符合自己大学时候为自己规划的米虫生活啊，当然，如果能够让她在睡腻了的时候上上网，打打游戏，就更加完美了。

“小姐，小心烫着啊。”正想着，湘绣端着一碗药走了进来。

“湘绣，我已经没事了，不用再吃药了。”视线落到那碗苦的让人嘴角发麻的漆黑药汁上，叶薰眉头皱了皱，连入口即化的羹汤也失了滋味。

“不行，小姐，陈大人已经说了，这都是安神补脑的药材，最适合小姐现在服用，小姐这几天不是一直都没有精神吗？”湘绣说着，将药碗端到叶薰面前，“小姐，赶紧喝了吧，刚刚管家过来说老爷他要见您呢。”

“老爷……爹他要见我？”强忍着苦味，将那碗药一饮而尽，叶薰有些意外地问道。

第二章

深宫花宴

恭敬地肃立在堂前，叶薰抬头看了一眼自己摊上的这位便宜老爹。如今大周的国丈爷，权倾朝野的当朝重臣睿国公萧仁年纪大约五十几许，长须飘飘，倒真有几分电视上面经常见到的儒生气度。配合着含威不露的眼神和肃正傲然的神情，一看就是那种极度傲慢正统的人。

“如今病可好了？”打量了叶薰半晌，他沉声问道。

“回爹爹的话，已经痊愈无碍了。”叶薰轻声回答，又躬身行礼道，“让爹爹担心，是女儿不孝了。”自己至少还有一段时间要留在萧国丈府混吃混喝，当然不能得罪顶头上司。

“嗯。”似乎对叶薰颇为满意，萧国丈抚着胡子，神色和缓了不少，“这就好，这次能够选中你，是萧家的荣耀，也是你几辈子修来的造化。这些日子你只要安心休养，等入了宫，好好侍奉太后，侍奉皇上就行。”

“是。”叶薰低头说道。

萧国丈沉吟了片刻，又若有所思地说道：“上次你说的话，虽然都是一些气话，其实也有几分道理。”

叶薰心中一凛，上次？不就是萧若岚掉进水池的那一次吗？糟了，说过什么她根本一点都不知道啊！

“女儿不孝，惹爹爹生气了，都是一些气话，还望爹爹不要放在心上。”叶薰赶紧唯唯诺诺地应着，心底里却开始打起鼓来。

“我知道你是担心入宫之后有沈贵妃在，而且皇上内宠又多，你就算是贵为皇后，也难免不得宠。”萧国丈沉吟了半晌，眼中闪烁起一道锐利的光芒，“其实，这个你无需担心。”

叶薰有些惊异，她曾经向湘绣打听过宫中的情形，当今皇上的后宫里面，萧若岚的姐姐当初虽然贵为皇后，但是并不得宠，仅有的三分宠爱恐怕也只是看在萧家拥立之功的面子上。后宫里面最得宠爱的妃嫔是地位仅次于她的沈贵妃，据说这位沈贵妃生的国色天香，而且天生体有异香，妩媚诱人。皇上偶尔在一起宴会上见了她，立刻神魂颠倒，匆匆将她礼聘入宫。她出身北方的门阀贵族，虽然无法与睿国公萧家相提并论，但也是从大周建国时就分封的书香门第，又生下了皇上最喜欢的三皇子元澄。而且沈贵妃的哥哥沈涯自幼投身军中，屡立战功，如今已经官至正二品的靖北将军，统领西北部边疆护军。这样的出身，又专宠后宫，锋芒自然无人能及，萧皇后也是依仗着身后有太后撑腰这才勉强能够抗衡一二。

据说，萧皇后难产薨逝之后，皇上一度想要册立沈贵妃为皇后，只是因诸多朝臣反对而不得不放弃。

这样强有力的竞争对手，萧国丈如何能够这么坚定的断言自己不需要担心呢？萧若岚这张脸并不是绝色，顶多算是清秀动人而已。而且年龄又小，还是庶出，如果不是顶着萧家女儿的身份，皇后这样尊贵的名分是无论如何也不可能落到她身上的。

看到叶薰流露出疑惑的神色，萧国丈面上浮起一丝得意的笑容，长笑一声，说道：“这些事情，说与你听也无妨，只是如今时机未到，待你今秋入宫的时候，哈哈，只怕后宫里面早就没有那个沈贵妃了。”说着眼中戾芒一闪，“哼，还有沈涯，黄口小儿，不过是依仗着在军中几次运气，薄有功劳，竟然能够青云直上，高位显爵。还屡次三番和我作对，这次，哼哼，我看你凭什么翻身！”

叶薰心里一惊，他在暗示什么？

察觉到女儿惊讶的眼神，自觉有些失言，萧国丈咳嗽了一声，说道：“这些事情你不必操心，只需安心养病就好。一切自然有太后和为父替你安排。等你入了宫……好好侍奉皇上和太后，也莫要忘了家人，莫要忘了你萧家女儿的身份就好。”

叶薰连忙低头称是。

萧国丈神色闪烁地打量着眼前的女孩。这个女儿只是不起眼的小妾所出，生母在生她不久就死了。在家里向来柔弱静默，形象淡薄得让他这个亲生父亲都几乎记不住她的名字和长相。

萧国丈暗叹了一声，这一次要不是宫里突发变故，也不会这么急匆匆地送女入宫，而偏偏自己亲生的就只剩下她一个未嫁。

好在如今他已经有了十足把握，能够把沈家一举扳倒，只是扳倒沈家之后……萧国丈摇摇头，算了，以后的事情以后再烦恼。看到叶薰依然肃立在面前，他清清嗓子，继续道：“这次叫你过来，是为你后天进宫的事情。”

后天？！进宫！不是秋天才开始选秀……

“这次是太后召见你入宫侍奉。”没等叶薰把疑惑说出，萧国丈已经解释道，“太后听说了你这次患病的事情，很是忧心。后天是花神祭，宫中有宴席，太后召你入宫侍奉作陪，正好你去探望一下，也让她老人家放心。”

之后萧国丈又向叶薰交代了一些宫中注意的事项，眼看事情已毕，挥了挥手，让叶薰告退了。

行礼之后，叶薰转身走出了大堂。

刚刚的一番话让她更加烦恼了。富家小姐的日子也不是那么轻松惬意啊。先不说萧若岚即将入宫为后的现实，单单她萧家女儿的身份就让她不可能脱离这个庞大家族背后复杂的一面。萧家不是单纯的富贵人家，身处一个皇朝的权利中心，而且能够屹立数代不倒，它所牵扯到的利益纷争、幕后势力都不是自己一个初来乍到的现代人所能够想象的。

这些钩心斗角的事情她向来最不耐烦。而且后天又要入宫……她头疼地想着，是不是干脆跑路算了。

从刚刚的谈话之中，自己那位便宜老爹应该是掌握了什么把柄，可以趁机扳倒政治上的对手沈家。只是，事情会这么顺利吗？

萧家所出的两位皇后都生不出皇子来，尤其是这一次竟然难产而死，难道这只是巧合？后宫斗争隐晦歹毒，狡计百出，自己难道就是为了对付这些？可怜她连一场恋爱都没有谈过，就要被剥夺婚姻自主权！

走在小花园里面，叶薰抬头看去，萧家的府邸开阔深远，浓淡相宜，四面的建筑钩心斗角，盘檐金璧。国公府已经是这样的奢华磅礴，皇宫里面又会是怎样的景象呢？

她低声叹了口气，第一次发现，未受丝毫污染的古代天空，也并未如自己想象的那样明净如洗，依然会变的阴霾凝滞。

听着耳朵边车轱辘滚在宫道上的声音，耳边又响起湘绣着急的呼唤：“小姐，您不能这么躺着啊，发髻会偏的，衣服也会压出褶子……”

“好了，你都唠叨一路了，这么长的一路，又颠簸，又闷热，还让我穿成这个样子。”叶薰忍不住指了指身上那懒得数究竟是被套了几层的华贵衣服，可就是这么一低头，她立刻感到头上的东西有向下歪斜的倾向。

赶紧伸手扶了扶钗环，她可不想抵达之后让那些丫环们再围绕着她重新折腾一遍。她发誓，以后再也不会在看电视的时候羡慕古装女子繁复精致的钗环首饰了。她可算是明白那些宫廷贵妇为什么行走坐卧都是那么淑女了。穿着这样的东西，想不淑女也不行啊。

到达宫里，伺候在那里的宫女太监围上来，掀起帘子，将叶薰扶了出来。跟随在引路内监，叶薰向宫廷深处走去。一路上忍不住看向四周。

在现代的时候，她也趁着休假的空隙前去故宫、颐和园这些景点参观过，并不是没有见过古代宫殿。可眼前这些延绵不绝的亭台楼阁还是让她赞叹不已。也许是因为经历了久远的历史，也许是以为已经承载了不同的使命，故宫那些宫殿沉淀下来的更多的是一种历史文化的底蕴，已经变成了象征意义大于实际意义的古董神像，供后人瞻仰膜拜，而不像眼前这样鲜活生动地展开着。

终于到达了这一次宴席的宫室，踏进殿门，叶薰忍不住惊叹地扬起眉头，难不成这一次是把全大周的贵族淑女都叫了来？还是说那个皇帝真的有这么多老婆呢？

殿中装饰得金碧辉煌，金红色的盘龙衔珠柱子支撑起高挑的飞檐，方木横梁上描绘着生动的飞天彩绘，但是再怎么样的富贵繁华也抵不住端坐在殿中诸多云髻朱颜的光彩身影。近百位各色佳丽端正地坐在桌案之后，或者轻摇镶珠嵌宝的羽扇，或者悠闲品尝桌上的果品。神色恭谨的宫女内侍垂手静立在桌案之后，侍奉着身前的贵人。微风吹过，轻纱摇曳，银钩闪烁，偶尔几声轻笑传来，清脆动听宛如弦音。若是凡夫俗子走进了这里，真会怀疑自己走进了神话中的瑶池仙台。

正面的高台上摆着金灿灿的龙案，那耀得人眼花缭乱的光芒让叶薰有一种扑上去试试能不能撬下一块来的冲动。

在龙案的两边，是两个端正的贵妇人，左边的那个座位和龙案齐平，一张神态慈和的圆脸，花白的头发盘在脑后，几根玲珑剔透的玉簪挽住，依稀可见年轻时候的美貌，神态虽然平和，目光却犀利透彻。正是大周如今的太后，也是萧若岚的亲姑姑。

当叶薰的目光移到右边，忍不住睁大了眼睛，在心里叫了一声好。

真是绝色的美女啊，她的座位本来略低于龙案，但是当你注视她的时候，却感到她是坐在整个大殿的最高处，好像整个大殿的光辉都集中到了她一人身上，让任何人都移不开目光。

她只穿了一身简单的鹅黄色宫装，环佩首饰也并不如何繁复精致，只是这样的美貌，恐怕世上再也没有什么能够为她增加光辉了。不需要任何介绍，叶薰也知道，她应该就是盛宠十几年而无一丝衰减的沈贵妃了。

也难怪啊，这样的国色天香，如果自己是男人，也会恨不得每天搂在怀里。而且她膝下又有皇帝最喜欢的皇子，皇帝想要立她为后也正常。叶薰暗叹一声，一边踏入殿门。

宫门处的小太监高声唱到："萧若岚小姐到！"

一瞬间，整个大殿里几百双眼睛齐刷刷地转向殿门口。有的轻蔑，有的敌视，各种视线带着诸般心照不宣的深远意味投到叶薰身上。

看来，就算真正的旨意和礼聘是在秋天才会有，自己这个未来皇后的身份却早已经人尽皆知了啊。叶薰暗暗想着，没想到自己今天也有荣幸当了一回明星。

到了高台之前，叶薰心不甘情不愿地跪了下去，膝盖刚刚弯曲，高台上的太后已经招了招手，笑道："若岚，赶紧过来吧，我这个老婆子等你好久了。这些俗礼就不用计较了。"话虽然是对着叶薰说的，但眼神却若有若无地飘向沈贵妃。

知道太后是在为自己这个未来皇后造势，不能让她向同样坐在高台之上的沈贵妃行礼。但叶薰本来就跪得不情不愿，听见这么一说，立刻顺势起身，笑道："若岚来得晚了，让太后和各位娘娘久候，实在有罪。"

沈贵妃眼中掠过一丝寒芒，随即开口笑道："臣妾也不甚喜欢这些繁文礼节，如此就免了吧。"声音如珠似玉，娇柔婉转，叶薰忍不住想，如果这个女人到了现代，一定是绝对的天皇巨星。

一边早有内侍在太后的脚边添了一个小座位，叶薰走上前坐了下来。

"若岚最近的身子可好？"太后拉着叶薰的手，和蔼地话起了家常。

叶薰还没有来得及回答，旁边的沈贵妃也笑着插嘴道："听说前些日子妹妹重病了一场，我这个做姐姐的在深宫里面也甚是担忧啊。"

自己根本不认识她就已经开始姐姐妹妹的叫开了，这就是后宫的法则吗？叶薰嘴角稍微抽搐了一下，而且，我现在的年龄应该和你的儿子差不多吧，这么叫妹妹……

"若岚前几天的风寒是来的不巧，好在眼下已经痊愈了。"太后慈眉善目地笑道，"贵妃就不必多操心了。"

"妹妹青春年少，又生的天生丽质，待会儿皇上见到了，一定赞叹不已。看到妹妹，我可真觉得自己人老珠黄了啊。"沈贵妃摇动着手中光彩琉璃的羽毛扇子，轻声笑道。

"娘娘过奖了，娘娘风华绝代，岂是若岚能够比得了的。"叶薰谦逊地笑着说道。坐在这个座位上，她满身不舒服，台下的诸人虽然不敢明目张胆地盯着她，但是眼神时不时地扫过台上。

说话间，沈贵妃含笑细细打量着叶薰的容貌，眉间开始慢慢舒展开来，忽然转头轻声吩咐了几句。

一个宫女领命走下殿去，不一会儿，领着两个少女走到台前，冉冉下拜，口中高呼着："臣女参见太后娘娘，参见贵妃娘娘！"

"起来吧。"沈贵妃风情万种地舒了舒身子，纤纤素手慵懒地抬了抬。

两个少女依言起身，抬起头来，两张秀丽如画的容颜随即映入叶薰的眼中。两个都是十六七年纪的少女，腮若粉桃，唇如红玉，连眼角眉梢都氤氲着无限秀丽风光。

"这是家里的两个女孩子，这次宴席，臣妾特意召过来侍奉解闷，"沈贵妃一脸谦和地转向太后，轻笑着介绍道，"家里不懂事的小丫头，就请太后您老人家多指点了。"

"贵妃的什么家人？进宫哀家怎么不知道呢？"太后的脸色沉了下去。

"这些微末小事怎么敢惊扰了太后，"沈贵妃浅笑道，"含嫣不才，入宫已经有十几年了，虽然蒙太后和皇上照顾。但离乡日久，这些日子以来颇为思念家人。前些日子家兄回凉州公干，特意从亲族里面带回来这两个孩子陪伴臣妾，日常也好说说话解解闷。"

"贵妃如今奉命暂代皇后主理后宫，难道不知道宫里的规矩？"太后在一旁不咸不淡地提醒着，"宫妃女眷自由出入宫廷，只怕有所不妥吧。"

宫中人员出入有严格的规定，叶薰作为太后的内侄女，又是未来的皇后人选，奉召入宫名正言顺，但身边的人也不能带入。像湘绣身为她的贴身丫环，此次入宫也只能够在宫外等候。而妃嫔与亲属之间的来往限制的规矩更多，只有嫡亲的父母家眷才能更取得恩旨入宫见面。眼前这两个女孩明显不是沈贵妃的近亲，这样堂而皇之地出入宫闱，已经是越制了。

“臣妾也觉有所逾距，只是不巧前几天皇上听说了这件事，怜惜臣妾思乡之情，格外开恩同意了。”沈贵妃娇笑道。

太后本来想寻个理由将两人打发出去，可听到皇上也同意了，想要出口的话立刻被堵了回去，只能闷闷地哼了一声，不再说话，沉着脸看着两个女孩子规规矩矩地行了礼，然后走上台来。

没有叶薰这样尊贵的身份，当然不可能有座位，两个女孩子都站到了沈贵妃身边。虽然站在绝代佳人旁边让她们的光彩黯淡了不少，但如花般的笑靥却散发着一种沈贵妃都不具有的青春活力。一个樱桃红，一个秋香色，浓淡华彩，相得益彰。就连略带局促的举止，也显出一种天真可爱来。

叶薰低头看了看自己身上绣满金线牡丹的碧绿长裙，与这两个绝色少女相比，她就是一颗包了一层金色包装纸的小白菜，青翠青翠的……啊不，是惨绿惨绿的。

而太后的脸色似乎也要跟自己的衣服一样，变得惨绿惨绿的了。叶薰偷偷瞥了太后一眼，迅速低下头去。沈贵妃将这两个少女召来的意图连她这个局外人都能够看得出来，何况太后这种久经宫闱杀场的人精。

太后绿着脸沉吟了半晌，正要说什么，外面的司礼内监一声高唱：“皇上驾到！”

立时，殿中诸人的视线齐刷刷地投向门槛处。叶薰也睁大了眼睛，等着亲眼见识见识古代皇帝的风姿。

两侧的内侍卷起珍珠挂帘，大周九五至尊的身影转入殿门，然后……

叶薰只觉得有一桶夹了冰块的凉水从自己的头上冷不丁地浇了下来，她激灵灵打了个寒战。

这位，是皇帝？叶薰傻愣愣地看着那一抹，不，应该说是一方明黄色的身影。确实是只能够用一方来形容了。

古代人难道就没有减肥意识吗？这位皇帝陛下的腰围……叶薰大概的估

计了一下，用水桶来形容的话，估计必须得考虑是用三个还是五个才行。

可是，古代的皇帝不都应该是英俊潇洒，邪魅张狂，英明神武，冷酷傲气……谁来告诉她，她只是在一个梦中。

言情小说害死人啊！！！

她发誓，她绝对没有歧视别人身材的意思，可是眼前的这一位，即将是她未来的老公啊，她总能够有点要求的权利吧。

叶薰满含悲愤地看着眼前惨绝人寰的一幕。谁来打醒她啊……

正在心里无声地呐喊着，却觉得衣服被人猛地拽了一下，叶薰打了个哆嗦，这才发现，整个大殿，除了自己之外，都跪了下去。

叶薰连忙闪电般跪伏了下去，什么现代人的尊严都抛到九霄云外了。

神啊，上帝啊，老天爷啊，只求你千万不要让皇帝陛下的龙眼注意到卑微弱小的我！

一声沉闷略带嘶哑的声音响起："平身吧。"下跪的人纷纷站了起来。

叶薰站起身来，同时又向后缩了缩，试图把自己的存在感降到最低点。

正在战战兢兢的时候，沈贵妃却已经带着一阵香风迎了上去，温声笑道："陛下今日来得可真是晚啊，太后和诸位姐妹都要等得不耐烦了。"语气之中透漏着着隐约的嗔怪，却别有一番韵味，更加动人心弦。

皇帝看起来心情甚好，笑着说道："刚刚朕与众臣商议禁军里的一些杂务，拖延了些，让爱妃久等了。"

"皇上操劳国政辛苦了。今早臣妾亲自下厨炖了提神解乏的菩提明子茶送到了御书房去，不知道皇上喝了没有？"沈贵妃娇笑道。

"当然喝了，爱妃的心意岂能辜负，"皇帝爽朗地哈哈一笑，顺手揽住沈贵妃的纤腰说道，"连沈爱卿都赞不绝口，说爱妃你的手艺见长啊。"

"皇上是说……家兄也来了？"沈贵妃惊喜地问道。

"哈哈，不错，这一次边关退敌，沈爱卿又立下大功，前些日子又整备禁军，劳苦功高，朕特意将他留下来，刚刚恩准他去后宫探望澄儿了。待宴席散了，你们兄妹也正好可以一聚。"皇帝笑道。

沈贵妃喜不自胜，连忙躬身下去道："臣妾多谢皇上了。"

说话间，皇帝拥着她走向御案。路过她的座位，皇帝的身子一顿。显然是注意到了座位后面侍立着的两个年轻女孩了。

"这是……"皇帝饶有兴致地打量着两人。

"这两个是家里的后辈侄女儿，上一次臣妾和皇上提过的。今次宴席，特意带过来伺候。"沈贵妃平淡自如地解释道，"乡下女孩子，刚刚从凉州过来，什么都不懂，以后还请皇上多多体谅。"

"嗯……"皇帝点着头，双目一瞬不瞬地徘徊在两个女孩身上。

"皇上，臣妾久未曾听闻乡音，近日来在宫里甚觉烦闷，这两个孩子伶俐又乖巧，臣妾斗胆请皇上应允她们暂居宫中，多陪伴臣妾几日，略解思乡之苦。"沈贵妃无限娇弱期盼地仰望着皇帝柔声说道。

这样的目光之下，岂有不允之理。何况皇帝流连在两人身上的眼神赤裸裸地就是大灰狼见到小白兔，只怕此时心里正赞叹自己的爱妃识情知趣呢。

"皇上，沈贵妃思念乡音，其情可悯；不忘本源，其志堪许，但此二人并未经过宫廷采选就这样入宫未免不妥？"太后在一旁含笑说道，"不如过些日子等今秋大选的时候再一并召入侍奉……"

"母后说得有道理。只是这不过是微末小节，无需多虑，"皇帝挥手笑道，"既然太后认为没有名分之人留在宫里与宫规不合，朕就暂且赐此二人为……为晨令吧，以后就侍奉在贵妃的宫中，其余一切有贵妃安排就好。"

晨令已经是后宫正七品的女官了。两个少女连忙出列跪地叩谢皇恩，然后无限娇羞地起身退回沈贵妃身后。

太后目光一沉，转头看了看身后的叶薰，脸上又扬起笑容。

已经完全被忽视在角落里的叶薰还没有来得及松一口气，就听见头上传来一个慈和柔缓的声音："皇上，这就是上次哀家提起过的若岚，今日宴席特意让她前来伺候。"

不是吧？！叶薰心里惨叫一声。

皇帝的注意力已经被拉了过来，他转头看向叶薰，神色深沉难测地打量着自己未来的皇后人选。

叶薰低头跪在地上，通过脚下透明锃亮的金砖倒影，她清晰地看到皇帝陛下脸上的肥肉正在一颤一颤的，叶薰的小心肝也跟着一颤一颤的。

现在她只能够祈祷见惯了天下美色的皇帝陛下不会把她这样寻常的资质放在眼里。毕竟这整个大殿里最不缺的就是美人了，随便拉出一个来，都比她萧若岚强很多很多。

可惜事与愿违，打量了叶薰几眼，皇帝的眼中明显暴出闪亮的光彩，似乎很是满意地看着叶薰，柔声说道："平身吧。"

难道是红烧肉吃多了，想换清汤白菜了！还是因为这个皇帝就是一个萝莉控。可就算你有胃口，我也不想被端上餐桌啊！叶薰在心里暗暗腹诽着，一边竭力保持着低眉顺目的姿态站起身来。

太后还想开口说什么，沈贵妃却忽然略带惊讶地笑道："妹妹的脸色怎么不太好啊？莫不是身体还未痊愈？"

"什么未痊愈？"皇帝随口问道。

"皇上真是贵人多忘事，若岚妹妹身体娇弱，前些日子因为掉下池塘而大病了一场呢，连宫里头的御医都惊动了。"沈贵妃笑道。

"哦，"皇帝露出恍然大悟的表情，"朕好像也听太医院提起过的。"

沈贵妃，你真是太好了！

正在发愁怎么脱离虎口的叶薰在心里满是感激地高声欢呼了一下，然后赶紧恰到好处地晃了晃身子，配合着摆出一副头晕眼花、弱不胜衣的模样，颤声道："若岚无……无事……多谢皇上和娘娘关心。"

"妹妹病体未愈，岂能够过分操劳，依臣妾之间，不如暂且入后殿歇息片刻。"沈贵妃满脸关切地说道。

皇帝闻言点点头，随口道："既然身体不适，就暂且歇息去吧。"

太后有心反对，可是低头看到叶薰脸色苍白如纸，神色怯懦，只以为她确实病症未愈，不能硬撑，也只好暗暗叹了一口气，传来身后的宫女，命令她们带着叶薰下去安歇了。

第三章
刁蛮皇子

踏出殿门，天气正好。蔚蓝的天空仿佛一块材质纯正的碧玉，几缕薄纱般的白云飘浮在空中，疏朗的阳光透过婆娑枝条投下斑斑点点的阴影，清风吹过，空气里弥漫着清新的花香。

终于从那个低气压的风暴场走了出来，叶薰心里升起死里逃生般的庆幸感，长长地松了一口气，看向四周。

宫女已经带领着她走到了一处园子里。放眼望去身边都是开地正好的花，鲜嫩的颜色点缀在嫩绿的底幕上，怒放的如烟雾般轻盈，含苞的却又如胭脂般凝滞，认识的、不认识的品种，层层叠叠簇拥着，搭配地恰到好处。一条人工开挖的水流蜿蜒经过花丛，消失在匠心独具的假山怪石里。

不愧是皇家园林，奢华中透着典雅，单是看着已让人心神俱醉。

离开大殿已经够远了，叶薰长吸了一口浮动着淡淡花香的气息，转身笑道："几位姐姐，不如就在这里休息片刻。"

几个宫女迟疑了一下，原本太后的命令是领叶薰去后面休息，虽然没有指明去那个地方，但肯定是慈宁宫无疑。此时停留在这里……

领头的宫女看了看四周，这里是靠近慈宁宫不远处的一座小花园。看到叶薰神态之间颇为欣赏这里的景色。她笑道："既然小姐喜欢这里的景致，就在这里休息片刻吧。"她们都知道叶薰极有可能是要入宫当皇后的，自然竭力奉承，伺候周到。

领头的宫女带人前去附近的宫里搬椅子软榻等物，留下叶薰一个人在廊下等候。

叶薰等的无聊，索性漫步走进园子。沿着清澈的水流，眼前一派繁花似锦，秀木如画的绚丽风光，可心情却是一片阴暗。

看到刚刚殿上那些钩心斗角的场景，想到自己将来入宫之后的情形，还有那位"重量级"的皇帝陛下，日后的婚姻生活……天啊，她想一想就觉得头皮发麻。难道老天爷让她穿过来就是为了当这个万恶的皇后？

叶薰心烦意乱地捡起一根树枝冲着花丛抽打了几下，被抽飞的花瓣四处飘散，让她心里更添烦乱。

不行，她一定得逃出去！她可不想以后一辈子都埋葬在这个深宫里，围绕着那位皇帝陛下和一群女人过虚与委蛇的日子。而且朝政和后宫斗争波澜诡谲，一个不慎连小命都不保。万一死掉了，她可不敢保证还能够有再一次复活的机会。

可是怎么离开呢？心里一边烦恼着这些问题，一边神思不属地向前走着，冷不丁发现前路被一座假山挡住了。

绕过假山，叶薰眼前豁然开朗，不同于身后的花海，前面竟然是一片清净的小树林，溪流在穿过假山之后进入树林，在林子一侧汇聚成小小的湖泊，清澈见底，最妙的是湖泊的旁边是一座亭子，横梁廊柱均是由未雕琢的树木搭建，极有自然风流的意境。里面还摆放着一张朴素的木桌和几个古藤绞花编织的软凳，让人一看就觉得喜欢。

就算心情再烦闷，看到了这样的美景，也忍不住心情开阔起来。叶薰三步并作两步跨过溪流小桥，到了亭子里。

这时她才发现，亭子里面好像有人来过，桌子上放着一个紫藤雕花茶壶，几只玲珑精致的茶杯。其中一个杯子里剩余的半杯残茶尚且散发着袅袅的余温水汽。

难道是后宫的哪个妃子刚刚在这里赏风景？不对，后宫的那些妃子不都在大殿里待着吗……

正在疑惑的时候，叶薰忽然觉得脚下发痒，好像有什么东西在蹭她的脚面。把她吓了一跳，条件反射地抬脚一踢。

伴随着她这一踢，一个圆滚滚的雪球从桌子底下滚出来，一直滚到亭子边沿才堪堪停下。

然后，雪球动了动身子，伸展开四肢，

竟然是一只猫一样的小动物，毛茸茸、圆滚滚的身子，像是一团洁白的雪球。刚刚正是它在蹭叶薰的脚。此时趴坐在亭子边上，抬着头，一双闪亮的大眼睛充满防备地看着叶薰。

好可爱的小猫！叶薰简直欢喜地要叫出声来。她以前就最喜欢这种小猫小狗一样的小动物了，家里还特意养了两只。

叶薰向前迈了一步，小猫眼中立刻闪烁起警惕的光彩，显然还记得刚才的那一脚。

眼看自己再向前，猫咪一副马上就要逃跑的样子，叶薰只好止住步子。她蹲下身去，先冲着那只小猫模仿着“喵喵”叫了两声，小猫不为所动地白了她一眼。叶薰有点着急，手边又没有可以吸引小猫的东西，看了一圈，她灵机一动，立刻拔下了头上的一只蝴蝶簪子。对着小猫轻轻摇动起来。

那只簪子通体是光滑的碧玉，簪子头上伸展开来的蝴蝶翅膀是浅绿的宝石雕琢拼接而成，由打磨地极细的螺旋状银线半固定在簪首，轻微摇动一下，就震颤不已，如同一只真正的碧绿色大蝴蝶展翅欲飞一般。

猫儿果然被这只新奇的玩物吸引住了，大眼睛紧盯着叶薰手里的簪子，不自觉地走近了过来。

终于等到它走到自己狩猎范围之内了，叶薰向前倾斜身子，飞快地伸出手，把猫儿一把抄进怀里。

刚喜滋滋地感受着手心里传来的毛茸茸的温暖，身后猛地传来一声大喝，“住手！你在干什么？”声音清亮入耳，却带着浓浓的怒气。还没站起来的叶薰被这突如其来的声音吓了一跳，险些扑倒在地上。

稳住身子回头看去，是一个身穿锦袍的小男孩，看起来只有十二三岁的年纪，俊美的面孔上却已有着一种棱角分明的冷峻，此时正上下打量着叶薰，乌黑的眼眸里面满是傲气和厌恶。

“你是谁？”看到叶薰正在看着自己，他毫不客气地问道：“本殿下不是已经吩咐过，这里谁也不准进来吗？”

明明是一个小男孩却这么一本正经地摆出一副训斥面孔，叶薰只觉得好笑。像是一只发现自己领域被别人侵犯的小兽，正努力地摇动鬃毛龇牙咧嘴地冲着入侵者吼叫着。

还没有等她开口回答，男孩的视线落到叶薰手里抱着的小猫身上，眼中顿时升腾起一股怒气。

“谁让你碰它了，下贱的东西！”说着一步冲上来，猛地一挥手，正打在叶薰的手上。

叶薰没有防备之下，被推地一个趔趄，险些从台阶上跌下去。而原本抱在她手里的小猫灵巧地一个跳跃，无声地踩到柱子上，又弹回到地面上。

“臭小子，你干什么？！”这种蛮横无理的小鬼真是讨厌。叶薰心头也火气上来，毫不客气地呵斥道。

猫儿见到主人过来了，立刻跑到了男孩的脚边，亲热地蹭着他的裤脚。男孩却余怒未息地狠狠一脚踢上去。

那一脚力气甚大，猫儿飞了出去，正撞到柱子上，只听一声凄厉尖锐的惨叫，紧接着重重地摔回地上，殷红的血迹从雪白的猫头上渗出来。

刹那之间两人都愣住了。

亭子四周的柱子横栏都是用未经雕琢的原木制成，可谓匠心独具。叶薰的视线转到柱子上，那里正有一根尖锐的树枝横丫伸出，而猫儿正巧被他一脚踢到了这根宛如利箭般的树枝上。

刚刚还鲜活灵动的小生命就这么消逝了？！

她连忙蹲下身子，查看还在抽搐不止的小猫。

男孩怔了一会儿，立刻回过神来，大声喊道：“你竟然把舅父进献给母妃的雪狸踢死了。”

这……明明是你踢死的吧？！叶薰目瞪口呆地看着一脸义愤填膺地控诉自己这个杀猫凶手的男孩，脑子差一点转不过弯来。这么小的孩子就知道栽赃嫁祸了，皇宫的教育可真是……

“都怪你！都是你，都是你，害得我的……”男孩还在不依不饶跳着脚喊叫着，像是一个心爱的玩具被人弄坏了的小孩。

“住嘴！”叶薰不耐烦地喊了一声，站起身来。猫已经死了，她也没有留在这里的必要了。而且从刚才的言谈之中她就已经听出，眼前这个男孩是个皇子。虽然就算这只猫真的是她弄死的，有太后当靠山，一只猫她相信也不是什么大问题，但是麻烦终究还是少惹为妙。何况眼前的这位皇子她看着就厌烦。

她当即转过身，就当作什么都没有发生过一样，快步向着亭子阶梯走去。刚刚迈下阶梯，衣袖却被人一把扯住，猛地往回一拉。叶薰无防备之下，一个趔趄，被后面的阶梯绊倒在地上。

痛、痛、痛……好痛啊！

好巧不巧，她正摔倒在突出的亭子阶梯上，腰部撞在尖锐凸起的石阶上，痛的她呼吸一滞，觉得自己的腰已经被硌断了。

还没有缓过气来，紧接着就看到一只脚朝着她狠狠踢过来。

这该死的臭小子，简直蛮横无理到了极点。

叶薰连忙伸手一挡，这一脚重重地踢在了她胳膊上，在她碧绿色锦缎衣服袖子上留下一个黑黑的脚印。就这么一动，腰上的伤又疼得她龇牙咧嘴。

眼看男孩还不肯罢休，又是一脚踹过来，叶薰火气腾地一下上来，反正左右无人，她往后一仰躲过这一脚，然后趁着男孩脚没有伸回去的时候，她一把抓住他的脚踝，往前一带。

男孩没有防备之下，“扑通”一声被她拖倒在地上。

“哎呀……”他疼呼一声，立刻试图挣扎着起身，一边朝旁边的叶薰又踢又打。

叶薰刚刚从阶梯上爬起来，冷不丁又被他一脚踹倒。这一次却正好摔在男孩的身上。身下多了一个肉垫，叶薰是没有伤到，身下的男孩却被她压得连声呼痛。

活该，报应，叶薰压在他身上幸灾乐祸地想着。

趴在地上的男孩恶狠狠地向后踢着叶薰，试图把她踢下去。一边破口大骂："臭丫头，死女人，贱人……像母猪一样沉……"

叶薰被他骂得火起，顺势压住他，用膝盖顶住他的后背："臭小子，还敢骂人？知道教训了吧。"

"死女人，你要干什么？！你知道我是谁吗？！我要叫父皇把你满门抄斩，叫母妃把你……"

好像更加把这个蛮横无理没家教的小子惹毛了。

随着身下人的挣扎，腰上的伤处不时传来钻心的疼痛，叶薰也越发生气起来。你以为你一个皇子就了不起了，她恨恨地想着。我还是未来的皇子他妈呢！虽然她一点也不想当这个皇妈……

不过自己现在还不是皇后，这样公然殴打皇子好像也不太恰当……叶薰有点心虚地抬起头，看了看四周。

一个人都没有，很好！很好！

男孩好像也意识到了这一点，立刻抬起头冲着四周高声喊道："来人啊，快来人……呜呜……"

叶薰赶紧一把捂住他的嘴，开玩笑，她可不想被人抓住现行欺负皇子。

男孩一边"呜呜"直叫唤，一边死命地挣扎。

叶薰正愁着应该如何脱身，忽然手上传来一阵剧痛，"啊……"她也忍不住痛叫出声了。是这个小鬼挣扎之下对着她的手狠狠地一口咬下去。

"臭小子，你是属王八的，松手……松口……快给我松口……"十指连心，叶薰的两个指头被他咬在口里，痛得钻心，痛得她眼泪都要出来了，痛得她怀疑这两个指头要被他生生咬断了。

她赶紧去掰男孩的嘴，可男孩就是不松口。心急之下，叶薰拳打脚踢，下手也越发重起来。

似乎是意识到自己抓住了叶薰的弱点，男孩口里咬得死死地，任叶薰怎么掐他，怎么打他，就是不松口。

叶薰心急之下灵机一动，伸手在他的腮上狠狠地一扭，终于听到一声清脆的疼叫，那两根苦命的手指头才从他嘴里抽了出来。

痛彻心扉地看着自己手指上血淋漓的牙印子，再加上腰部隐隐传来的钝痛，叶薰简直是欲哭无泪。

“你到底是谁？有本事的就报上名来……”男孩在她身下喊叫着，声音里带着咬牙切齿的恨意。

“我……哼，我叫容嬷嬷。”叶薰怒极反笑地回答道，口气比他更阴森，更歹毒，十足地像个巫婆。

这臭小子，不好好教训你一顿我就不姓叶了，叶薰用膝盖狠狠地把对方顶在地上，正要毫不留情地狠掐他几下报复，忽然头顶上传来一声轻微的咳嗽。

这一声恍如雷击霹雳，叶薰激灵打了个冷战，

有人！

她飞快地抬起头，顿时怔住了。

不知道在什么时候，原本空无一人的木桌旁边多了一个高挑的身影。夕阳的余晖斜斜投射过来，给他素色的衣着镀上淡淡的金边。

是个三十岁左右的男子，俊逸挺拔的眉目和清秀的下颌显得他更像是个文士，锐利的眼神却弱化了这种柔弱的印象。他身上穿的是武将袍服，可让人看着却有一种文士衫般儒雅洒脱的风范。

叶薰一眼看上去，只觉得这个人与眼前的木桌藤椅、斜阳清辉说不出的相称，宛如带着一种醇厚余韵的茶香，既清且冽。

他是谁？

还没有等叶薰有所反应，身下的人已经高声呼唤起来，“舅父，舅父……”声音全无刚才的蛮横跋扈，带着浓浓的哭腔。

一下子挣脱的叶薰的束缚，男孩飞快地爬起来，跑到青衫男子身边，拉住他的衣袖，半哭半喊着道：“她刚刚弄死了舅父新送给我的雪狸，还打我，”说着回头指着叶薰，咬牙切齿地说道，“这个坏女人，舅父，你赶紧派人将她抓起来，还有她的家人，统统不能放过，一定要满门抄斩……”原本盛气凌人的秀气面孔此时一脸委屈，粉嫩的脸蛋上面还带着清晰的指痕红印子。

糟了，刚才真是气糊涂了，怎么能够朝着脸下手呢，应该……叶薰心里暗暗叫苦，一边慢吞吞地从地上爬起来。

男子抬头看了叶薰一眼，眼神之中带着一种哭笑不得的意味。

与他的眼神相对，叶薰的脸忍不住红了。自己这是在干什么啊？竟然欺负一个十几岁的小孩子？！虽然这个小鬼确实是很可恶很欠揍没有错。可是……

此时叶薰真希望眼前有个地洞，让她一头钻进去算了。

可惜别说地洞了，硬木铺陈地面上连一条缝隙都没有，所以此时的她只能假装无意地低头整理衣服，尽力用优雅一点的动作掩饰红地发烫的脸孔。

“三殿下，您脸上都哭花了。”男子柔声安慰道，声音里有着一种近乎宠溺的无奈。

三殿下？！叶薰心里一惊，三皇子元澄？他就是沈贵妃的儿子，那个传说之中的皇帝最宠爱的皇子！

而刚刚他呼喊这个男子为舅父……三皇子的舅父，沈贵妃的亲哥哥，这么说来……这个人就是自己那位便宜老爹恨之入骨的政敌沈涯了。对了，刚刚在内殿的时候就听到皇帝说起过他入宫的事情。皇宫这么大，自己竟然能够遇上他，简直……

叶薰抬头打量着沈涯，正遇上沈涯向她温文儒雅地一笑。叶薰忍不住在心里暗叫一声，便宜老爹，你输定了。纵观无数古今中外的小说电影电视剧，这种长相，这种气度的人，一定是绝对的忠良贤臣，一定是赢到最后的那一位。再想想自家老爹的气度形容，叶薰暗叹了一声，光是形象分数就要落下一大截了。

第四章

敌友难辨

沈涯轻轻拍了拍元澄的肩膀，安慰道："不过是一只小玩意而已，殿下既然喜欢雪狸，待下次微臣去北疆的时候再带回一只吧。"说着又回过头去，低声呼道："来人。"

立刻有两个身穿侍卫服色的宫人走上前来。

奇怪，刚刚自己明明没有看到人的，叶薰不自在地轻轻踢着脚尖。看来是跟着沈涯过来的，只是不知道他们来了多久，又看到了多少……这种丢脸到极点的事情……

"带三殿下回缘月宫休息，"沈涯吩咐宫人道，转头看到叶薰忐忑不安的举动，他眼中忍不住闪过一丝笑意，又低声对两个宫人叮嘱道："前殿陛下和太后正在开宴，这些小事就不要惊扰陛下和各位贵人的兴致了。"

两个宫人自然明白他的意思，点头领命。

这个野蛮皇子似乎对自己的舅父颇为信赖尊敬，沈涯又在他的耳边劝说了一会儿，终于停止哭泣，转头狠狠地瞪了叶薰一眼，冷哼了一声，就转身跳下亭子离开了。两个宫人连忙跟上。

亭子里面只剩下沈涯和叶薰两个人了。叶薰忍不住有点紧张后怕起来。

这件事情会带来什么后果？沈贵妃大吵大闹，哭天抢地，抱怨自己的宝贝儿子被人欺负？而自己这个未来的皇后，还没有入宫，就开始欺负起皇帝陛下最宠爱的皇子了……似乎一顶“后妈”的大帽子是逃不掉了。

更加糟糕的是，自己昏头了？竟然和一个小孩子打架！

好歹她也是一个成年人了啊。难道她的思维也跟着变得幼稚了，竟然被一个嚣张的小鬼气得这样失态。

抬起头对上沈涯的视线，不知道是不是她的错觉，总觉得那眼神似笑非笑。虽然她也知道，自己刚刚的举动确实是很幼稚、很丢脸、很可笑没错。

“咳……这个……”受不了眼前这种静默的气氛，叶薰咳嗽了一下，率先开了口，“沈大人……如果没有事情，我就先告退了。”一边说着，叶薰转过身去，步下亭子。

形势不明，三十六计走为上策。

“若岚小姐。”沈涯嘴角扬起一丝笑意，

“啊，你怎么知道我是……”叶薰失望地停住了逃跑的脚步，顺口问道。本来还指望着能够赶紧开溜，然后抵死不认，蒙混过去呢。毕竟她没有向任何人说过自己的名字，没想到沈涯却一口叫了出来。

听了叶薰的话，沈涯的眼中闪过一丝锐利的锋芒，眉头微挑，若有所思地看着叶薰，神色之中带着淡淡的惊讶。

叶薰心念一动，难道他以前是见过萧若岚的？不然怎么会认出她来呢？糟糕了，刚刚自己无心的那一句话岂不露馅了！她连忙补充道：“若岚前些天重病一场，将不少事情都忘记了。失礼之处，还清沈大人见谅。”

“原来如此，在下亦听说过小姐在家中出了事故，深为忧心，只是不知如今病情可好？”沈涯自然而然地向前走了一步，彬彬有礼地问道。

叶薰不想多做纠缠，客气地低头说道：“多谢大人挂怀，若岚已经痊愈无碍了。”说着身子向后退了几步，又说道，“如果无事，若岚要前去拜见太后了。”说完就转身向来时的回廊走去。

“小姐请等一下。”叶薰刚走了没两步，身后却传来一声呼唤，声音沉稳坚决。

叶薰只好再回过头去，一边在心里暗骂他怎么这么多事，一边含笑问道："沈大人还有何指教？"

沈涯脸上带着叶薰看不透的神色，仿佛是凭空有一层迷雾将他清俊的容貌遮掩住了。

不知道为什么，对上他清亮剔透的眼神，叶薰只觉得心头莫名其妙地一阵发寒，似乎有一种诡异的气氛凝结在两人之间，让她心里直发毛。

他不会是想要干什么吧？她要入宫为后的事情差不多满朝文武都知道了，她马上就是他宝贝妹妹的头号挡路石，他该不会想要趁着这个机会，把自己这颗小石子踢掉吧？

虽然在皇宫里面，他应该不会有胆量干出什么出格的事情，自己还是小心为妙啊，尤其是自己刚刚把一个赤裸裸的把柄送到了人家的手里。叶薰提心吊胆地向着周围看了看。四周静悄悄的没有一个人，自己这是走到哪里来了？那些去搬东西的宫女怎么还没回来？她心情越发焦急起来。

沈涯在片刻的沉默之后开了口，语气之中略带犹豫："萧小姐……"

一句话还没有说完，身后适时传来的呼唤声打断了两人之间尴尬的气氛："若岚小姐……若岚小姐……"

是那些去而复返的宫女，终于找到这里来了，叶薰放下心来，看向依然伫立在亭子台阶上注目于她的沈涯。

迎上她的视线，沈涯脸上浮现出淡淡的笑容，说道："……在下只是想提醒一声，小姐的簪子掉了。"气度温和有礼，让叶薰忍不住怀疑刚才那沉闷凝滞的气氛不过是一瞬间的错觉。

他一边说着，一边弯下腰，将地上一抹翠绿的光彩拾进手里。叶薰这才注意到，是刚才她从头上拔下来挑逗那只雪狸的蝴蝶簪子。

"多谢大人了。"也许是自己神经太过敏了，叶薰安慰着自己，就要上前去接过簪子。

刚刚迈了一步，却见到沈涯将手一扬，动作潇洒俊逸。

一道淡绿的光芒带着金色的余晖划过两人之间，折射着夕阳的点点碎芒，像是一只绿色的缎带，又像是一抹金色的流光。随即叶薰感到自己的头上一颤。她难以置信地伸手向头上摸去，簪子已经插入到她的发髻中了，而且不知道是不是因为她所站立姿势的巧合，竟然正好就在簪子原本在的地方。

叶薰不禁怔怔地凝视着沈涯。而沈涯已经转过身去，从另一边的台阶漫步离开了亭子。

身后的宫女们终于发现了叶薰的身影，纷纷跑过来。围住她。

难道这就是传说之中的武林高手，此时的叶薰依然双目呆滞地感慨着，想不到小说里面看过几百次的武功终于让自己遇见了，真是难以言喻的激动啊。随即又心理安慰地想到，既然穿越这种离奇的事情都能够被自己遇上了，遇见传说中的武功有什么好大惊小怪的。

"若岚小姐……您……您这是怎么了？"领头的宫女一脸震惊慌乱地看着叶薰。

听到耳边的呼唤，叶薰这才回过神来，顺着宫女们惊诧莫名的眼神，她低头看了看自己身上。墨绿色的外套被揉地皱皱巴巴，上面还沾着不少尘土泥污，原本纹丝不乱的领口绷开了好几个盘扣，露出里面月白色的对襟中衣。

好像……是有点不成体统……

糟糕啊，刚刚她在沈涯面前也是这样一副德行？难怪刚才他看她的眼神那么奇怪。

实在是太丢人了，今天出丑出大了，罪魁祸首就是那个臭小子。叶薰恨恨地想着。

说是衣衫散乱，其实以古代女子的服装包裹密度，也就是外衣散乱了些而已，里面还有严严实实的中衣和小衣呢。不过几个宫女已经如临大敌了，满面惊恐地四处张望着了。

看到这个场面，叶薰明智地把自己受伤的那只手向袖子里面缩了缩。

“刚才坐在亭子里赏风景的时候被一只猫惊吓，然后被树枝挂到衣服，不慎摔了一跤而已。”叶薰笑着安慰道。顺便也点出了那只猫，免得有人因为这件事情找自己麻烦，算是恶人先告状吧。

幸亏沈涯走得早，这些宫女没有看到他，不然，被人发现自己这样一副形态和一个男子共处于同一屋檐下，真是跳进黄河也洗不清了……

其实，刚刚倒是陷害他的大好时机。叶薰忽然不厚道地想着。如果他敢去向皇帝告状，自己就趁机诬陷他想要……想要……

呸呸呸！自己还没有入宫呢，怎么像是看多了宫廷小说一样，思想越来越邪恶了。叶薰赶紧打断了这罪恶的念头，小小的鄙视了自己一下。

叶薰的衣着凌乱开散程度，就算是白痴也知道绝不可能是摔跤造成的。几个宫女心里头疑惑重重，神态上却是丝毫不露，纷纷恭谨地告罪道：“都是奴婢们侍奉不周。”叶薰即将入宫为后，大局之前，任何意外波折都是越少越好，她们这些当奴才的更是巴不得如此。

“不过是被一只猫吓了一跳，不是你们的错。”叶薰大度地摆摆手，将这件事情揭过了。

只是一摆手，指头上的伤口磨蹭到袖子里面的刺绣，痛地叶薰打了个哆嗦。臭小子，别让我再看见你，否则以后有的你好看。她恨恨地回头瞪了那个已经空无一人的亭子一眼，快步向来处走去。

第五章

逃亡大计

“小姐，这只簪子怎么弄伤了啊？”湘绣拿起了一只珠钗，惊叫一声。

叶薰正端整地坐在镜子前，由湘绣为她挽头发。她抬头看了一眼，就是上次戴的那只蝴蝶发簪，用来引逗猫咪的。翅膀底下蹦出了一个小缺口，估计是被三皇子推倒的时候摔碎了。

“那个啊，可能上次入宫的时候不小心摔碎了吧，不过一只簪子而已。”

“这可是小姐以前最喜欢的簪子呢，爱得跟宝贝似的，竟然也会不小心。”湘绣犹疑了瞬间，随即笑道，“不过好在只伤了一个角，改天叫个灵巧的工匠补一补就行了。”一边说着，随手将簪子放回到梳妆匣，另取了一只。

“依奴婢看，小姐实在是应该去庙里头求一求了，”湘绣将叶薰乌黑的长发盘过脑后，顺口说道，“上次不过是入宫侍奉太后而已，竟然会被一只猫欺负。也不知道是哪家娘娘的猫，这么大胆妄为，小姐可是马上要当皇后……”

“不过是被咬了一口，你家小姐也不是那么好欺负的。我不是告诉你已经把那只猫就地正法了吗？”叶薰打断她的话。她现在一听“皇后”这个词就头疼。

“可是一只猫啊，竟然敢咬小姐您……”湘绣继续义愤填膺地说道，“要不是小姐坚持，奴婢一定要告诉老爷去。”

“好了，我不是说过不要再提起这件事情了吗？”叶薰无奈地说道，一边随手将盒子里面的碧玉蝴蝶簪拿起来轻轻把玩着。却没有注意到湘绣的视线落到那只簪子上，犹疑了片刻又赶紧离开。

看到这只簪子，又让叶薰想起了前几天在宫里的那一场遭遇。

那一天，打着身体不适的借口，叶薰终于逃难一样地从皇宫里面跑了出来。对于自己手上的伤，她只说在宫里被猫咬到了，让湘绣去大夫那里讨了一些伤药，然后以自己不想在入宫前将事情闹大为理由，让湘绣替自己保密。

湘绣倒也知道利害关系，只是唠叨了好几天，说等叶薰入了宫，一定要严查是哪一宫、哪一殿的猫敢这么胆大妄为，严惩不贷。对此叶薰只能够摇头苦笑而已。

这件事情倒是给了叶薰一个好理由。若岚小姐身体虚弱，又在御花园里受了惊吓，身体更加不堪劳顿，所以顺理成章地又一次病倒了。

这样的名目让叶薰几乎推掉了接下来所有的应酬活动，安心待在闺阁“养病”。除了每天去后花园散散心之外，几乎足不出户。

太后虽然有心与沈贵妃较劲，但自家人不争气她也有心无力。急切的心情也只能够化作源源不断的补品赏赐，连车累犊地搬入国公府，期望着侄女有争气的一天。

在回家的前几天里，叶薰一直担心自己蹂躏皇子的“罪行”会被揭发出来。可一连提心吊胆了几天却不见任何动静，亭子里的那一幕小波澜好像从来没有发生过一样，未曾惊动任何人就消逝在了人们的视线里。如今已经半个月过去了，叶薰总算安心了些。

究竟是沈贵妃把事情压了下去，还是皇帝陛下不想追究，她无从揣测，也不想揣测。想必这种不光彩的事情，就算是为了面子，也不能大张旗鼓的宣传吧。

沈贵妃不像是一个宽宏大量的人，不知道日后自己进了宫会不会为她的宝贝儿子报复自己呢？还有那个小鬼，如果自己真的当了皇后……

每想到这里，叶薰真希望立刻会有一个太监拿着圣旨出现在家门口，正气凛然地宣布："萧国公之女萧若岚，礼教不严，宫内斗殴，欺压皇子，罪大恶极，特此剔除其入宫为后的资格，永不反悔……"

可惜，幻想依然只能是幻想。想要脱离那个黄金牢笼，只有靠自己了。

就在昨天传来的消息，沈贵妃引荐的两个女孩子已经被皇帝召幸了。一个封了贵人，一个封了宝林，算是正式的妃嫔了。听得叶薰一阵恶寒。

好在自己很快就用不着为这种消息恶寒了。便宜老爹告诉她这个消息的目的是在激发她的斗志，可是只是坚定了她的另一个决心。

跑路!

好不容易获得的重生机会，她可不想浪费在皇宫里面，尤其不愿意浪费在那位皇帝陛下身上。她还没有谈过恋爱呢！她应该离家出走，然后开创自己的事业。

就在她想得入神的时候，湘绣已经将她的头发盘好，又拉开首饰匣子，拿出几支大朵的珠花和步摇。

叶薰连忙摇手阻止道："不用这些东西了，今天又不出门去。就歪在床上看书，戴多了首饰，少不了又被我折腾散乱了。"

"今天的宴席，小姐不过去吗？"湘绣迟疑着问道。

"身体有些疲倦，就不去参加了，夫人那里我也说过了。"叶薰说道。

"身体不舒服？那可要叫大夫来？"听到自家小姐身体不适，湘绣立刻如临大敌。

"就是身子比较懒惰而已，不要大张旗鼓了。"叶薰阻止道。

湘绣仔细看了看叶薰的脸色，确实没有不妥当的地方，才放下心来，略有欣慰地说道，"小姐从皇宫里面回来之后，虽说受了一场惊吓，精神反倒好了不少呢，这几天都能够去花园散心了。不像以前，不是闷在房间里读书女红，就是去佛堂拜佛。”

“又不是什么大病，整天燕窝鱼翅地养着，能不痊愈吗？”叶薰笑着摇了摇头，继而吩咐道，“我想躺在床上看会儿书，你不用在我身边伺候了，去厨房帮我准备一碗芙蓉金丝粥去，晚饭的时候用。”

芙蓉金丝粥是湘绣最擅长的菜式，用鸡肉切成细丝取汤，然后加栗子粉、鲜豆腐、蛋黄、香菇、香米等素材料细火熬制而成，鲜嫩可口，只是很耗时间，炖上一碗至少需要两个时辰。

应了一声，收拾起梳妆匣子，湘绣就去厨房熬粥去了。

“人多了太吵，你们都下去忙吧，等用饭的时候再进来伺候。”随便寻了个理由，叶薰又将屋里剩下的几个小丫头打发出去。

萧若岚文静好学，看书的时候除了贴身的湘绣之外向来不喜有人打扰，几个丫头都没有怀疑，纷纷退了出去。

屋子里终于只剩下叶薰一个人了。事不宜迟，她立刻行动起来。

先把一块不大的布料摊开在床上，然后冲到梳妆台前，把首饰匣子抱过来，对着一倒，“哗啦啦”满匣子的珠玉金光落到了包袱上。叶薰忍痛将其中比较占地方的金凤、步摇等大件首饰一一挑出来，丢弃到旁边。拢了拢包袱，又从旁边的博古架上拿起几件小巧玲珑的古董。

整个收拾东西的流程在她的心里已经盘算预演过很多遍，不过两三分钟就大功告成了。叶薰满意地将包袱打了个结扣，拿在手里掂了掂重量。还算好，她挑中的都是最细小的首饰和古董，体积也不大。

其实作为跑路的行礼，叶薰最希望拿到的，是更直接、更简便的东西——银票，奈何这些日子她搜遍了整个萧若岚的闺房，也只找到几块散碎银子，估计是用来打赏下人的。银票这种传说中的物件，愣是连纸屑也没找到一星半点。

想来像她这种养在深闺的大小姐，一应衣食住行都是有下人打点照料，除了偶尔打赏，确实是用不到银子的。

好在萧若岚的首饰珠宝都价值不菲，虽然叶薰不是识货人，但仅仅从精致的做工上也知道，这些东西拿出去之后绝对能卖个好价钱。无论她出去是要干什么，都是需要原始资金的。

收拾好了东西，她披上了一件灰色的外衣，然后端详着自己镜子里的装束。

嗯，还算满意吧。

从皇宫回来的第二天，叶薰就已经开始了自己的翘家大计。选定在今天行动，是因为今天萧府恰好有宴会，听说是要招待什么宁王之类的大人物，阖府上下都忙得团团转，正是自己跑路的最佳时机。

虽然光天化日的，这样的行为实在是要冒高风险。但据她这几天观察，到了晚上，萧府周围的守卫更加森严，府邸四周都有侍卫护院在徘徊穿梭。面对这些有武功的人，自己一个弱女子的行动根本不可能瞒过他们的耳目。

相比之下，选择在白天行动反而更加不引人注目。尤其今天因为宴席，大多数的护卫都被调去前面了，后院安静得很。

叶薰将被子展开，枕头塞进被子里，又将帷幕放下一半，乍一看床上鼓鼓的，就像是有人躺着睡觉一样。然后，她轻手轻脚地离开房间，掩上门。

这些天，她借着散步的名义，不断在园子里面徘徊走动，就是为了探查路线，找到合适的时机。

前面乐鼓喧天，吵闹纷扰，而后院却是一片安宁。萧若岚居住的小院子坐落在萧府极为僻静的东北角上，也为她的行动提供了不少方便。一路走来，四周越发静谧，叶薰也越发小心。拐过一道回廊，小佛堂就在眼前了。

这个时代的贵族女眷多信佛，萧府后院东部也专门盖了一间佛堂。每当逢年过节，都会请寺庙的高僧前来做法事，弘扬佛理。而平时这里除了几个负责打扫的低等佣人，无人出没。佛堂有一段很矮的后墙，最妙的是墙角下还堆放着一些陈年的木料，正是天然的梯子。

叶薰飞快地观察了四周的情况，很好，空无一人，正是作案的最佳时间。

包袱已经被她紧紧地系在背后，她扬了扬披风，将裙摆提起来，挽到腰间，开始沿着木料堆向上爬去。

终于爬到了墙头，墙的那一边是条空旷的小巷子。

萧家身为当朝重臣，府邸自然位于冠盖云集的上流社会聚居区。这种地方最大的好处就是四周无关紧要的行人非常少，眼下又是吃饭时间，这条位于两座府邸之间的小巷子空无一人。

目前她所要做的事情就是从墙头上爬下去，这一点叶薰也早已经计划好了。她沿着墙头半趴着向左边爬去。在东墙的不远处有一座小门，虽然早已经锁上了，甚至连门上的铜锁都因为年代久远而生出层层的铜锈，但门外的那两只镇门石狮子还有门框两边的雕花凸起都是她爬下去的最好工具。

叶薰小心翼翼地向前挪动着，远远看去，那姿势就是一只趴在菜叶子上面的大青虫在蠕动不止。

马上就要接近目标了，正在叶薰全神贯注于自己的爬墙大业的时候，下面忽然传来一个童稚清亮的声音。

“姐姐，你在干什么？”

最紧张的关头听到了这么一声天外之音，不啻晴天霹雳落进了耳朵，叶薰险些一个趔趄从墙头上摔下去。

转头望去，院子里不知何时出现了一个粉琢玉砌的小孩子。脸蛋儿秀美可人，浓密的长睫毛掩着明亮的眼睛，温润的双唇微微抿着，正偏着头站在那里，一脸疑惑地看着趴在墙头上的叶薰。

尽管情势危机万分，叶薰也忍不住惊叹，好漂亮的孩子！简直像个小天使，长大了一定是绝色美人。而且，叶薰的目光落在他一身镶着绒边的白衣上，这扮相，真像是自己以前养过的那只小白猫，傲娇贵气十足。

这是那家的孩子？萧家正房的女儿里面，最小的应该就是萧若岚了。是哪个偏房的小姐？还是今天客人的孩子？

下面的孩子看到叶薰没有说话，又张了张口，要继续发问的样子。

叶薰赶紧竖起一只手指头，“嘘……小妹妹。不要大声喊叫，姐姐马上就要出去了。不要说话，等姐姐出去了给你买糖吃。”

“大姐姐，你是要干什么，为什么不走前门呢？”小女孩好像是真的相信了叶薰的话一样，眨了眨眼睛，压低了声音问道。

“哈哈……哈哈，”虽然对方只是一个孩子，但自己爬墙的举动被人看见也觉得很尴尬，叶薰一边打量着四周的情形，一边信口胡诌道：“啊，这个嘛……因为门口有坏人守着，姐姐走不了，只好从这里爬出去了。可不要告诉别人哦。”

“那姐姐为什么要走？”明亮的大眼睛闪烁着天真的光芒，继续问道。

“这个，因为……因为……”叶薰一时语塞，心里也着急起来。外面的巷子随时可能有人经过，她不敢再拖延，直接说道，“小孩子不要问那么多，姐姐马上就要走了，改天再见。”

“可是，姐姐……你好像走不了了啊。”小丫头怯生生地说道，“因为刚刚我在厨房里遇见湘绣，就和她说看到姐姐你向着这个方向走了。”

“啊，你说什么？你……”叶薰的大脑还没有彻底消化这个噩耗代表的意义，就听见远处传来一阵喧哗。拜占据地利优势所赐，她清晰地看到骚动的中心正是她居住的小院子。

糟了！这次被逮住，以后想走就难了。

明明只差一步了！叶薰掰住大门顶上的兽角，就要直接往下跳，却发现身后一股拉力传来，回头一看，是自己垂到墙下的披风被那个小丫头死死地拽住了。

“快放开我！”叶薰冲她喊道。

小女孩摇了摇头，洁白的牙齿咬着花瓣一样粉嫩的嘴唇，神情倔强地看着叶薰。

“好妹妹，放开我行吗？姐姐出去一下就回来。”硬的不行只好来软的，叶薰一脸谄媚地说道。说出这句话，她自己都鄙视自己了。

“不放，放开了，姐姐就要跑掉了。”女孩立场坚决果断地拒绝了叶薰的提议，然后眨了眨眼睛。

不知道是不是错觉，在眨眼的那一瞬间，叶薰似乎看到小女孩眼中闪过一线类似狡黠的灵光。

然后下面传来一句话，“还有，姐姐，我不是你的妹妹，我是你的弟弟啊。”

弟弟？！叶薰险些从墙头跌下去，这个孩子……她难以置信地看着他，这就是便宜老爹他好不容易得来的唯一的宝贝儿子，萧若岚那个十二岁的弟弟萧若宸。

萧家虽然是大周数一数二的名门贵阀，但历代的子嗣都不旺盛，国公夫人嫁入萧家之后连接生下了三个都是女儿，萧国丈也纳了不少房侍妾，萧若岚的母亲就是其中之一。可惜也不知是巧合呢，还是因为萧夫人“持家有方”，这么多房妾室里只有萧若岚的母亲生下了一个女儿，而且还在生下孩子不久就去世了。

眼看萧国丈已过而立之年，膝下却连一个儿子都没有，阖府上下都心急火燎，就在这个时候，国公夫人又一次怀孕，生下的就是这个萧若宸。对这个迟来的儿子，萧国公夫妇自然爱得比眼珠子还珍贵。

前些天叶薰病着，作为未来的皇后娘娘，阖府上下都小心伺候着，萧国丈和夫人对这个原本不重视的女儿也一改从前的漠视，关怀备至，却只有萧若宸这个亲弟弟从来没有见过。虽然没有人明说，但从湘绣的话语之中叶薰也隐约猜测出，是生怕自己过了病气给这位小少爷。所以她来到国公府已经快一个月了，竟然是第一次见到这位传说之中的宝贝弟弟。

迎上叶薰的目光，萧若宸向着叶薰甜甜地一笑，顺便无辜地眨了眨眼睛。

这小子……这小子是故意的？！故意在这里拖延她的时间，然后告诉湘绣……

那天使一般纯洁的笑容此时落在叶薰眼里已经变成十二万分的邪恶。叶薰用力地一拽，试图把斗篷从这个小鬼的手上拽出来，不料用尽了全部力气，斗篷像是黏在了他的手上一样，纹丝不动。是萧若岚的力气太小了？还是这小子力气太大？

两人僵持不下的时候，湘绣她们的身影已经出现在小佛堂门口了，眼看着自己的翘家大计是彻底宣告破产，叶薰真想仰天长啸三声，痛哭一顿。

好歹她活了两辈子，竟然会栽在一个小鬼身上。

“姐，你不下来吗？”下面的萧若宸继续一脸纯洁地问道，“我还顺便找人告诉了前面的爹爹，估计他老人家马上就要过来了呢。如果被他看到你这样的架势……”

“你……”叶薰一口气被堵在胸口，差点昏过去。

消消气，消消气，叶薰长吸了一口气，像是吐出胸口的闷气一样缓缓呼出，然后猛地转过头来，恶狠狠地瞪着萧若宸，咬牙切齿地说道：“好，我这就下来！”下去看我怎么收拾你这个多嘴的臭小子!

可能是感受到了叶薰腾腾的杀气，萧若宸忍不住胆怯地向后一退，然而就是这一步，却造成了叶薰今天逃亡计划的第二个悲剧。

他忘记了自己手里还紧紧拽着叶薰的披风，结果就是……

“啊？！”

“啊！！！！！”

一声惊叫，加一声惨叫。

叶薰从墙上一个倒栽葱跌了下去。

这时候，湘绣带着一群丫环，再加上老爷带着一群家丁，纷纷赶到了。场面一片混乱，叫小姐的，呼少爷的，唤丫头的，斥女儿的。各种声响汇成一片踩踏着叶薰脆弱不堪的神经。

闻讯赶到的萧国丈看着自家女儿的丑态，眼珠子差点瞪出来。尤其是视线扫过那半撩起来的裙子和因为攀爬而乌黑的手掌……眼睛里几乎要冒出火来了。

不守妇道，不尊礼节，不知羞耻，不明分寸……

他想要跳起脚来大声斥责喝骂，要下人取来家法狠狠惩治……可是，这个女儿马上就要入宫为后了，他既不能打，也不能骂。所有的愤怒都只能够堵在心头，憋得他老人家连连跳脚，抽风了一般直打哆嗦。

哆嗦了半天，萧国丈终于哆嗦出一句话来："孽……孽障，还……还不快起来。"

我倒是想起来啊！叶薰觉得自己的眼泪都快要掉下来了。作为这场骚乱中心的她此时正一动不动，用一个极为不雅观的姿势，浑身僵硬地躺在地上。

如果她还有一丝的行动能力的话，她也不想这样青蛙标本一样挺在地上让人参观啊。

痛痛痛啊……此时的叶薰心里面只剩下这一个念头。刚刚她跌下来的姿势正好背部朝下，虽然墙头并不高，而地面上的青草也很柔软，但是……

天啊！她真不应该把首饰包袱绑到腰后面的。她怀疑自己的腰已经折断了，上一次在宫里摔在亭子阶梯上的伤还没有完全好，此时相同的部位又受到重创。

欲哭无泪，干脆让她死了算了。周围充斥满了混乱的声音，头痛地像是要烧起来，而腰后的疼痛则是已经烧起来了。

身体上的伤痛还没有缓解，又有人给她加上了重重一击。终于如愿以偿地昏过去的同时，她听到一个清亮纯洁的声音说道："爹爹，姐姐好像把什么事情都忘记了，竟然叫我妹妹呢？"

第六章

行宫秋猎

“妇言，不必辩口利辞也，择辞而说，不道恶语，时然后言，不厌于人。是谓妇言。然为之甚易……”

叶薰一脸生不如死、苦大仇深的表情，听着台上毫无波折的声音传入耳中，惊不起丝毫波澜地缓缓淌过大脑，形成一条死气沉沉的水平线，腐蚀着她那点仅存的耐心。

这种折磨她已经忍受半个多月了，起因就是那个小恶魔的一句话：

“姐姐好像把什么事情都忘记了啊……”

马上就要入宫的皇后娘娘竟然在自己家里爬墙。这个残酷的现实对萧国丈的打击之沉重，不啻冲着国丈爷的脑袋里面扔进了一颗原子弹。

当朝重臣的睿国公，权倾朝野的国丈爷终于发现自己的女儿竟然真的在经过那一场重病之后，把很多的事情都忘记了，那是何等的惊慌失措啊。尤其是这个女儿马上就要入宫侍奉皇帝陛下了。

可怜的叶薰躺着床上“哎吆”了没有几天，就被急匆匆地发配到这里，每天接受这样的非人折磨。

自从来到这个世界，叶薰一直在向着湘绣旁敲侧击，再加上萧若岚本来就好读书写字，在她的房间里面有不少她留下的笔记卷册，通过这些，叶薰对这个世界和这个家大体也有些了解。

但了解了萧若岚并不等于成为了萧若岚，尤其是她从小接受的淑女教养是叶薰绝对不可能掌握的。琴棋书画、礼仪规矩统统忘地一干二净的现实足以让萧国丈活活头疼死。这些可都是一个即将入宫的妃嫔所必须掌握的头等要务啊!

有时候叶薰也会有一种诡异的想法，说不定萧国丈他们已经察觉自己不是真正的萧若岚了呢。她虽然已经尽力掩饰，而萧若岚平时也文静内向，不好与人接触，在家里又一向不受重视，但是以萧国丈的精明深沉，不可能完全没有察觉吧?

不过眼下萧若岚入宫的大局已定，而萧家也没有第二个嫡出的女儿可以送进宫里去了。甚至可以毫不避讳地说，萧家目前所需要的，只是皇后的宝座上所坐着的那个人依然姓“萧”这个事实而已。所以，就算他们知道自己不是真正的萧若岚，也只会全力以赴帮助自己遮掩过关。

好像眼前的这一局，就是掩饰功夫所必不可少的一环。唉，为什么萧若岚是一个才女呢?叶薰一边昏昏欲睡地听着台上女师的讲授，一边抱怨着。

做人难，做女人更难，而做官家的女人更是难上加难。

“……故谓之女德，小姐可听明白了?”讲述完一段，女师停下来，向台下心不在焉的学生询问道。

“啊，听明白了。”叶薰随口回答道。

“既然明白了，此言何解?”女师一脸谨慎地问道。

何解?鬼才知道这些之乎者也何解呢?叶薰暗暗吐了吐舌头，摊上自己这样的学生，想必师父也很头痛吧。

见到叶薰支支吾吾回答不出来，年迈的女师一脸悲怆，当年多么聪慧灵秀善解人意的小姐啊，一场大病之后，如今竟然……

眼看女师的脸色越来越阴沉，叶薰心里暗叫一声不好，赶紧支住额头，摇晃了一下身子，摆出一副弱不禁风的样子轻声呼唤道：“我有些头疼，师父，我们过几天再讲好吗？”

遇上这么不争气的徒弟，你能怎么办？眼看天色不早，女师长只好把满箩筐的劝诫暂且咽回了肚子里，叹了一口气，说道：“我也知道小姐大病初愈，精神不佳，按理说不能过分操劳，可是……可是小姐不日即将入宫为后，到时候母仪天下，侍奉君王，统领后宫，震慑妃嫔，这些都是必不可少……唉，只好让小姐辛苦一段时日了。等小姐用过晚膳，我们再去琴厅复习琴艺吧。”

听到入宫这两个字，叶薰心里又是一沉。

上次逃跑失败之后，她身边的警戒明显加强了。身边二十四小时全天不休地有三四个机灵的丫环紧跟在身边。这还是明着的，而暗地里面有多少双眼睛在盯着，她已经懒得去数了。萧府后院的警备也大大加强，想要再一次逃跑，除非她能生出翅膀来。

但萧府的警备再森严，也绝对不可能和皇宫相提并论，一旦自己入了宫，所面临的肯定是更大的困境，逃跑更加无望了。难道自己真的注定一辈子留在那个该死的皇宫里面，每天对着皇帝陛下……

想到自己未来的命运，叶薰大脑里忽然浮现出一幅图画，她变成了一只小乳猪，被烤的里嫩外焦，香气四溢，然后盛在金灿灿的大盘子里，端上餐桌，那位重量级的皇帝陛下正端坐在龙椅上，手里握着明晃晃的刀叉，馋涎欲滴地盯着自己……

寒……

恶寒……

非常寒……

一阵略带寒意的晚风吹过，叶薰激灵灵打了个哆嗦，赶紧将这个充满悲剧性的画面逐出自己的脑海。

伴着微风，一件细小的东西从窗口飘进来，定神一看，是一片半黄半绿的树叶，抵不住阵阵凉风地催促，从树枝上飘零下来。

叶薰从窗口向外望去，视线落到了那株与楼顶齐平的大树上。自从逃跑失败之后，她就被半软禁式地住进了这座小楼里。除了每天必要的琴棋书画课业之外，根本没法踏出一步，连名正言顺的请安都被以养病为由免除了。她总算明白古代为什么有那么多贞洁烈妇了，这样日子一路过下来，自己半个月就要受不了了，而她们几十年如一日地这么过，真不如死掉算了。

叶薰伸手捻起这片树叶，仔细一算，她来到这个世界已经一个多月了，转眼之间，秋天就要到了，她的时间也不多了。

就在她看着大树出神的时候，忽然窗口冒出一张脸来。把叶薰吓了一大跳，后退两步险些跌倒。

那是一张她朝思暮念的面孔，此时正趴在窗台上，秀气的大眼睛眯成月牙状，冲着她笑得天真烂漫，人畜无害。

这个臭小子……看到这张脸，叶薰忍了半个月的怨念立时爆发出来。既然你送上门来，我就不客气了，她毫不犹豫地伸出手拉住粉嫩粉嫩的脸蛋儿两腮，然后，用力向旁边一拉……

粉嘟嘟，滑嫩嫩的手感还真是不错。

“啊，节节……块方搜……（姐姐，快放手）”没料到一见面就是突然袭击，萧若宸摇头晃脑挣扎起来，试图摆脱叶薰的魔爪。

叶薰岂会让他轻易如愿，两只手就是不放开，顺便加大力度又扭又揉。不好好蹂躏这个多嘴的小子一顿，岂不白白受了这些天的闷气。

欺负小孩子的感觉有时候也不错嘛，叶薰拧得不亦乐乎。

萧若宸忍不住伸手去拉扯叶薰的手，可是他忘了自己是支撑在窗台上，两只手刚刚脱离台面，就发出一声惊叫，从窗口消失了。紧接着下面传来一声重物落地的闷撞声，然后是断断续续的呻吟声。

手里一空，叶薰愣了一下，这才记起，自己现在住的地方是二楼，下面可是完全悬空的……这小子是怎么爬上来的啊？

糟了！她连忙探出头去，他会不会摔伤啊？

本以为萧若宸就算不是重伤，也要摔在地上爬不起来了。可是伸出头去，却看到站在下面得意洋洋、完好无损的锦衣少年。

这小子竟然连一根头发都没有伤到？！

眼见叶薰出现在窗口，他得意地冲着她一笑，伸手揉了揉饱受蹂躏的脸颊，做了个鬼脸，道："姐姐可真是狠心，要不是最近若宸武功大进，说不定会摔断腿呢。"

"哼……"放下心来的叶薰气愤地白了他一眼，就要把窗户关上。

既然萧若宸有武功在身，就算是再低微的武功，她也没法在他身上讨到便宜的。见到这个小鬼她就觉得腰痛，还是少见为妙。

为什么来到这个世界之后遇见的小孩子都是这么狡猾呢？明明还是小小年纪。又想起自己在宫里遇见的那一个，叶薰觉得自己的腰更痛了。

"姐……先别关，先别关，我是来告诉你好消息的……"萧若宸眼看叶薰不理会他了，连忙扬声说道，同时双脚在栏杆上一蹬，像一只蹿起的小豹子般轻灵地跃上窗台。

叶薰的窗户关到一半就合不上了，看到那张在她视线里不断放大的俊脸，她往后仰了仰，没好气地说道："上蹿下跳，哪来的猴子？"

"总比姐姐你强一些。"萧若宸冲着叶薰眨了眨眼睛，纵身翻进屋子。

"你……"

眼看叶薰又有动手的意图，萧若宸赶紧后退一步，捂着脸摆手道："先别动手，我有好消息呢。"

"什么好消息？"叶薰心不在焉地问道。

"你不用继续住在这里了，这不是好消息吗？"萧若宸笑眯眯地问道。

"这个不用你说我也知道。"叶薰恨恨地白了他一眼，顶多再过一两个月，她就要被五花大绑，系上红丝带，当作礼物送进宫里去了。

"下个月，我们要去城西猎场去秋猎。"像是没听出叶薰话语中的不悦，萧若宸兴致勃勃地继续说道，"爹爹说了，我最近武功学问都大有长进，到时候让我也可以跟着一起去呢。"

秋猎？

叶薰心里一动，她忽然记起女师讲过的皇家日常活动礼节。

大周立国之初，天下群雄并起，诸国争霸，尚武之风遍及四海。开国的太宗皇帝以及之后继位的威帝皆是能征惯战，武勋卓耀的雄才霸主。立国之后专门开辟了城西的皇家猎场，供皇室行猎消遣，弘扬武德。秋猎的最初目的其实是操练兵马，整备新军，弘扬武风。但是在统一天下几十年之后，除了北方边关偶有战事之外，大周朝早已是四海升平，秋猎也逐渐褪去了原本浓重的军事意味，转变为游猎玩赏。每年的秋季皇室贵族们都会全体出动，入猎场围猎。荼毒野生动物的同时展示一番太平盛世、君臣同乐的盛况。

算算秋猎的日子，好像就是不久之后了。

也许……这是自己最后一个机会……叶薰默默想着。

“我问过爹爹了，到时候你也要一起去呢，就知道你在这里住得很闷。”萧若宸继续笑眯眯地说道。

“我住在这里还不都是被你害的？”叶薰伸手在他头上敲了一记爆栗。

“我也不想啊，”萧若宸抱住头，委屈地说道，“我还以为姐姐你病得糊涂了呢，赶紧告诉爹爹，这都是为了关心你啊。”

“关心我，”叶薰撇了撇嘴角，“关心我就不会把我从墙头上硬扯下去了，你知道我跌得有多惨吗？”

“我没有注意嘛，”萧若宸一脸委屈地说道，“谁让姐姐你去爬墙了，还爬得那么高。”

爬墙……

被这个字眼刺激到，叶薰嘴角抽搐了一下。算了，现在她早已经看透这个表面纯洁的小鬼实际上是个古灵精怪的小恶魔。

“不过姐姐，你好像变了不少呢。”看到叶薰一副若有所思的样子，萧若宸猛地凑上去，贴近叶薰的脸孔，大眼睛眨了眨，一脸好奇地问道。

“废话。”叶薰有点心虚地抬手按住他的脸往后一推，“那是因为以前没有被逼上梁山。”

“梁山？那是什么地方？”萧若宸挣脱叶薰的魔爪疑惑地问道。

“梁山啊，那个……就是……一座比较老土的山了。”叶薰说道。

“其实是因为姐姐要入宫的缘故吧？我知道姐姐是不愿意入宫的。姐姐讨厌当皇后吗？”萧若宸精灵地问道。

“还是废话……我当然不喜欢了。”其实她是不反对当皇后的，但是不想当那个痴肥的老头子的皇后。一想到自己会被那位皇帝陛下压在身下，叶薰一阵恶寒。

“姐姐为什么……”

“好了，好了，哪来的那么多为什么。”叶薰打断他的话，“小孩子不要管这么多，现在我忙得很。”

门口又传来熟悉的脚步声，知道是前来催促自己去琴厅修习琴艺的丫环，叶薰三言两语打发走了萧若宸，一边吩咐丫环收拾起琴谱熏香，一边暗暗思量起新的逃亡大计……

九月一日，天子秋猎，御驾出宣武门，自官道向北，至太平行宫。旌旗招展，锦幡飘扬，沿途十余里，都是厚重的金黄色帷幕重重遮蔽，既阻挡了微寒的秋风，也划开了皇室贵族与平民之间不可逾越的鸿沟。

皇帝专用的盛大依仗在前，其后是皇太后和妃嫔们的御驾，此次的狩猎要在猎场行宫居住近月才会返回京城，所以也带了几个得宠的妃嫔随侍御驾，据说沈贵妃和新近得宠的那两位妃嫔都在其中。往后是陪伴出猎的皇室贵族，文武重臣的车队，外围则是负责守卫警戒的御林军的身影，浩浩荡荡的队伍从城门几乎一直延伸到十里开外。

叶薰半躺在车子里，无精打采地依靠着身后的软垫。看周围这个警戒的架势，想跑路简直难如登天，而且一个不小心，说不定会被当作刺客给“咔嚓”了，还是等到达猎场再说吧。

皇家猎场离京城五十里，依山而围，延绵广阔。行宫建筑在猎场南部略高的平地上，虽然只是一处行宫，也依足了皇家一贯的精致奢华。依照惯例，皇帝和妃嫔们住进了行宫，其余人等皆是宿营。

叶薰从车上下来，放眼望去，周围一片湖光山色，天空明净如洗，阳光温和而略带寒气，衬得景致越发疏朗。初秋的风已经带起丝丝的凉意，但盛夏的痕迹依旧宛然，原野上呈现出浓浓的绿意，只有些微偶尔点缀在草丛林地里的黄色昭示着秋天的来临。

二十一世纪哪里能够找到这么清新的空气啊，叶薰贪婪地深呼吸了几口，鸟雀的唧唧声和秋虫的营营声充斥在耳畔。正要抬步上前，一队人马从旁边走过。叶薰抬头一看，当先马上的一人竟然是沈涯。

不同于上次在皇宫所见，此时的他身披轻甲，儒雅之中更有一种肃杀之气。让叶薰看地禁不住赞叹，人长得帅就是占便宜，穿什么都好看！

萧国丈也已经从马车上走了下来，看到了沈涯，微微挑了挑眉，神色之间看不出喜恶。

沈涯勒住了马，视线转过萧国丈，看到旁边的叶薰，两人视线瞬间相对。沈涯的眼神似乎滞了滞，然后坦然自若地移开，对着萧国丈遥遥行了一礼，欠身道：“国公，在下有礼了。”萧仁的官爵在他之上，虽然朝堂上两人不合的事情几乎人尽皆知，但至少在表面上双方的礼数一向周全。

萧国丈不置可否地点了点头，平声道：“沈将军有礼了，老朽观将军行色匆匆，这是去哪里？”

“承蒙陛下看重，赐入行宫暂住，在下正要前去谢恩。”

萧萧国丈不悦地皱了皱眉，随即状似随意地笑道：“沈将军可真是圣眷隆重，不逊乃妹啊。”

沈涯的眉头一动，神色不变，淡淡说道：“下官也觉得惶恐不敢承受，正要面见陛下，推辞告罪。”

“这又何必呢？”萧国丈拈着胡子呵呵笑了两声说道，“沈将军刚刚在北疆立下大功，这般得蒙皇上看重也是正常，何况将军负责此次秋猎的护驾工作，留在行宫正可以随身保护皇上，两全其美啊。”

“得蒙皇上信任是沈涯之幸，北疆战事不过偶尔得之，不敢居功。”沈涯客气地说道。

萧国丈视线一转，又换了话题问道：“听说这次沈将军回到京城述职，连家人也带来了不少？”

叶薰在旁边忍不住摇摇头，自己的便宜老爹是要对着后宫那两个女孩子做文章了。其实想想皇帝陛下，她还是蛮同情那两个女孩子的。虽然她们好像对能够入宫伺候皇上感觉很荣幸。

“国公大人说的正是，沈家原本也是诗书之家，只是家人久居凉州寒苦之地，礼仪渐疏，故而这次回京，特意将犬子带在身边，也算是入京增长阅历，参悟学识。”沈涯淡淡地说道，清俊的脸上神态自若，仿佛面对的不是挑衅，而是在和挚友畅谈家务琐事。

萧国丈本想对沈家送女入宫的行为讥讽几句，但沈涯四两拨千斤地将话题转到自己儿子身上，轻松一句话就堵住了他接下来的言词。

眼见口舌之争占不到什么便宜，萧国丈倒也不气恼，索性顺势点头说道：“将军过谦了，天下谁人不知，沈家乃是凉州有名的诗书门第，礼仪大家，岂会有不识礼仪教化只说。听闻令公子也是俊秀温雅的良才，改日若有幸还请将军引见。”

“有机会拜访国公，也是犬子的荣幸。”沈涯客气地说道。

“既然如此，老朽就不耽误沈将军了。”萧国丈笑道。

“军务在身，恕在下少陪了。”说着沈涯一声告罪，上马而去。从头到尾都没有再看叶薰一眼，似乎从来没有见过她一般。

沈涯已经有儿子了？！叶薰好大一会儿都沉浸在这个消息所带来的震惊中。其实想想也对，沈涯已经三十几岁了，要是还没有妻儿才奇怪吧。

叶薰看着他的背影消逝在远处，把视线收回来，转头一看，却发现自己身边的几个丫环都呆愣愣的，一脸红晕地盯着沈涯远去的方向恋恋不舍。她忍不住想笑，看来帅哥的魅力，在哪一朝那一代都通用啊。

看着沈涯的背影远去，萧国丈脸上没有了刚才的文质彬彬，神色逐渐转冷，淡淡地哼了一声：“赐住行宫，哼，好好好，反正你们沈家的日子也不久了。”

这一句话说得极其轻微，除了距离他最近的叶薰之外没有人听见，叶薰忍不住回过头去，萧国丈的视线阴鸷冰冷，看得叶薰一颤，心里忽然升起一阵不祥的预感来。

她记起自己在第一次拜见萧国丈，说起入宫的事情时，萧国丈言语之间明显透漏出，他已经掌握了什么能够将沈家一举扳倒的东西。

还有现在，这么自信阴狠地说出这句话来……难道真的是有了什么不利于沈家的计划？

这场秋猎也许不是这么简单？叶薰暗暗想着，转念却又放松下来，叶薰啊叶薰，不相干的事情就不要烦恼了，你现在最需要头疼的是怎么才能够摆脱现在这个身份，逃出去过逍遥日子。萧家如何，沈家如何？与你有什么关系吗？只要摆脱了萧若岚这个身份，到时候什么沈家萧家，朝廷后宫，都与你无关了。

萧家的营帐设在一座山头之下，距离行宫不远，早在车队抵达之前，围栏帐篷均已设好。营帐宽敞明亮，丝毫不逊于府邸，而女眷的营帐周围更有绿色的布幔层层遮掩，切合各家夫人小姐的高贵身份。

伶俐的小丫环掀开帐帘，叶薰微一低头，进了帐内。放眼望去，桌案上一溜儿景泰蓝瓷盘上摆设着精美的果品点心，旁边的木栏里放着刚刚采摘的各色花朵，新嫩的花瓣上还带着点点微寒的露珠，赏心悦目。脚下铺陈着厚重的地毯，叶薰走在上面都有些站不稳了。营帐分为内外两层，里层的陈设更加精致，桌椅板凳样样不缺，晶莹通翠的碧玉钩将雪白的轻纱帷幕挽住，绣满杏黄牡丹花纹的锦绣靠垫围绕着柔软的床铺，下面铺着厚厚的兽皮。让叶薰忍不住叹一声，古代的剥削阶级就是奢侈啊。

说是参加秋猎，其实像叶薰这种尊贵的女眷是不会真的参与到狩猎活动中的，她们就是待在营帐里等待着丈夫或者儿子将打到的猎物送来，然后领着侍女将其烤制烹饪，或者在闲暇的时候出营帐互相拜访相熟的朋友。

大周以武立国，秋猎的风俗是从开国之初就传下来的。从这一点上叶薰有点怀疑大周的祖先是胡人出身，才会保留有这种类似大草原风俗的活动。

而且秋猎也是年轻贵族男女相亲见面的好时机。议婚的贵族男女，相互不知道底细，很多就趁着这次秋猎的时候见一面，假装偶尔相遇。如果看中了，日后自然好说，若是看不准，议婚的时候也能多慎重一些。对于这种风俗，叶薰是很赞赏的，比起中国的古代，这样的风俗规矩明显合理很多，只可惜自己这个未来皇后没有这种“先看再议”的权利。

叶薰这几天一直在营帐里筹划着怎么才能够逃出去，焦急地不得了。这一次出门，贴身的湘绣因为感染风寒没有跟着过来，但身边服侍的丫环没有丝毫放松。前段时间她在府邸里面一直竭力表现，连说话都变得又低又柔，可惜在短时间之内，这种伎俩还是没法消除萧国丈的疑心，在她身边的警戒只强不弱。

叶薰走到帐篷前，掀开一角，夜幕已经早早地笼罩住了原野，远处篝火燃烧起来，跃动的火光把场子照的通亮，隐约还能听见清脆的“噼啪”声。来往穿梭的人影倒映在银灰色的帷帐上，勾勒出一幕生动的营地图景。

叶薰的视线穿过茫茫暮色，投向后方的山野，相比于身边的热闹，那里无尽的空旷悠远更加吸引人的视线。正看得出神，一阵细风吹过，几丝凉凉的东西落到她的脸颊上。叶薰伸手一摸，是水，外面竟然开始下雨了。

“小姐，您怎么起来了，小心着凉啊。”一声呼唤从身边传来，叶薰转头，是新近调过来服侍她的丫环，正掀起帘帐走进来，手里端着一盘水果。

“这是太后刚刚赐下来的，听说是南国吕州新近进贡的雪丝蜜饯，特意让端过来给小姐尝尝。”丫环将水果捧到桌子上，向叶薰笑道。

“放着就好。”叶薰问道道，“刚刚太后派人过来了？”

“是太后身边的李总管，奴婢说小姐睡下了，他留下水果就走了，只是顺便询问小姐的病情如何，今晚的宴席能否出席？”

“你去说一声，我今晚就不去了。”叶薰心不在焉地说道。

这些天行宫之中宴席不断，白天诸人行猎消遣，晚上就是烧烤酒宴。后宫在太后和沈贵妃的主持下，虽然地点改变了，人数减少了，但依然保持着笑里藏刀绵里藏针的优良传统，持续发扬着明嘲暗讽相互掐架的无聊精神。

这种宴会叶薰只出席过一次就再也不想去了。

“也好，外面的雨越来越大了，小姐身子弱，万一着凉就不好了。”丫环犹豫了一下笑道，“小姐是现在用晚膳，还是再等一会儿？”

“现在端进来吧。爹爹去哪里了？”

“老爷已经去行宫准备参加夜宴了。”

“嗯。”叶薰随意应了一声，心里却有些诧异。萧国丈竟然又出去了。

秋猎已经进行了快十天了，这些天以来，她除了偶尔出去透透气，兼勘探一下地形，就是闷在营帐里，除了萧若宸时不时偷偷溜进营帐找她炫耀自己猎到的猎物之外，几乎见不到什么人。虽然与外面没有多少交集，她也开始隐约发现，身边的气氛有些凝重，尤其是自己那位便宜老爹，主帐那边来往进出的人影不断，就算在府邸里也没有这么忙碌过，明显是在筹划着什么行动。本着明哲保身的念头，叶薰对这些举动一概置若罔闻，专注于自己的“养病”生活。

用过晚饭，叶薰就寻了个理由将丫环打发了出去，躺在床上假寐起来。

睡到快午夜的时候，外面传来嘈杂的声音打破了四周的寂静，不久，帘子外面隐约传来低沉的声音：“小姐今天怎么样？”

“一切都好，用完晚膳，看了一会儿书，就上床歇息了。”

帘帐有些微的颤动，似乎有人掀开了其中一角。叶薰眯起眼睛，知道这是例行的查问。她假装睡熟地翻了个身，向被子里面缩了缩。

不久帘子又恢复了平静，监视的人逐渐远去了。

叶薰按了按怀里的包裹，转头看向更漏。时间飞快地流逝，四周逐渐安静下来。外面雨滴的声音越发大了，夹杂着秋天少见的闷雷，如散落的珠子般噼啪不停地打在营帐上。

叶薰轻手轻脚地跳下床，掀开内帘一角，外面负责看守的几个小丫环都困地东倒西歪，半倚半靠在软垫上昏昏欲睡。

她放下帘子，钻回内帐，掀开床榻一角。住营帐就是有这点好处，那里钉在地下固定帐幕的木桩早在几天之前就被她偷偷地橇松动了。

叶薰抱住木桩全力向上一拔，木桩抬高了尺许，营帐面也随之一颤。叶薰谨慎地停下来听了听四周的动静。

帐内帐外一片寂静。她放下木桩，趴到地上从掀开的缝隙里向外望去。

夜色正深，视线所及只余望不尽的黑暗，连绵不断的雨滴从空濛的夜幕中断线珠子般落下来。因为这阴寒的秋雨，往日里从不停歇的篝火也不得不熄灭了，巡逻的侍卫都倦怠起来，不知道缩在那个角落躲避阴雨。

风从缝隙徐徐吹入，知道机不可失，叶薰紧了紧身上的包袱，低伏下身子，顺着这道缝隙爬了出去。

爬出了营帐，恍如进了另一个世界，一阵秋风夹着雨滴刮过，凛冽的寒意侵袭叶薰的脸颊，她激灵灵打了个寒战，头脑像是被浇了一盆冷水般爽利起来。她回身用手探进帐内，按住木桩向下用力按，虽然不能完全恢复原状，但只要不细看，也看不出什么破绽来。

随后，她蒙上斗篷和蓑衣，看了看四周。夜幕之下一座座银灰色的营帐悄然伫立，叶薰不知道为何，心里忽然生出一种毛骨悚然的不祥预感，只觉得此时营帐周围的气氛静谧地有点吓人，像是有什么不可预测的事情即将发生一般。

她的视线警惕地掠过四周，忽然之间，似乎有什么东西在漆黑的夜幕之上掠过，吓得她险些喊叫出声，等她定神看去，依然是漆黑空濛的夜幕，静穆深沉，不见丝毫人影。

暗骂自己眼花多心，叶薰平息下紧张的心情，转身轻手轻脚地向着营帐后方跑去。这些天她已经勘察好了地形，萧国丈和其他几位显贵的营帐群正好坐落在一座山脚下，只要翻过这座山岭，后面就是官道了。

山岭形状陡峭如鸡冠，远看只觉得悬崖峭壁无法攀登，其实山岭中间有一条形似峡谷的小溪，流水潺潺将山岭一分为二。沿着溪流的路程平坦顺滑，两边枫树参差秀美，嫣红如画。这些天几家女眷闲来无事时常沿着小溪踏青赏景。

因为这一场雨，溪流比往昔看起来宽了不少，碎珠溅玉般向下流淌而去。叶薰沿着溪流向前走去，走了不多远，就觉得脚下粘腻，低头一看，鞋袜已经全湿了。

时间紧迫，她也顾不上这些，继续向前走了一阵子，却觉得脚下越来越冷，终于忍耐不住。看了看四周，选了一块树下的大石，她将手里的包袱放下，坐上去抬起脚来，将鞋袜除下。

抬头望去，乌云遮蔽了星月，只余下黯淡的色彩，从山壁空隙里透漏出来。路越往上走，越发陡峭难行。雨有越下越大的趋势，头上虽然有大树遮挡，也挡不住零散的水珠。叶薰拢了拢身上的蓑衣，古代这种避雨的东西倒也管用，本来以为这种细麻编制的雨衣挡不住多少风雨的，此时穿在身上却意外地暖和。只是脚上腿上都又冷又湿，寒气侵人。

略微休息了片刻，叶薰觉得疲倦稍缓。时间不多了，来到这个时代没有钟表，但离开的时候她扫了一眼营帐里的更漏，现在已经是凌晨一点多了吧。一定要在今晚翻过这座山岭，过了山岭，就出了猎场范围，等上了官道，应该可以寻到马车之类的代步工具了。叶薰咬咬牙，起身想要继续赶路，伸手向旁边一摸，触手处却是湿腻的石壁，包袱呢？

叶薰连忙低头寻找，石头上空空的，石头下面也没有，怎么可能？！她跳起来，围绕着石头找了一圈，连缝隙都细看了一遍，依然没有找到。

空旷的峡谷里面只余下风吹过的呼啸声，伴着急促的雨滴打在翻卷激流上的噼啪声，汇合着越来越大的溪流翻滚，在静谧的夜幕之下形成一种悚动人心的旋律。

就这么大的地方，包袱怎么会凭空不见了？

漆黑的夜色，清冷的雨滴，阴寒的秋风，在叶薰的心里交织成诡异的画面，她的心脏忽然像是被一只无形的手攥住了一样，战栗地喘不过气来。

第七章

天崩地裂

镇静，镇静，镇静，叶薰啊，你好歹是个现代人，怎么能一遇见困难就往鬼怪那方面想呢？你都已经死过一次的人了，鬼有什么好怕的？

嘴上在竭力安慰着自己，心里却开始发毛，这天色，这气氛，实在是让人不由自主地往那个方向想啊。

就在最紧张的时候，叶薰脑际灵光一闪，忽然想起出营帐时候那一道莫名其妙的黑影。她心里既然想到了这个可能，随即咬了咬牙，鼓起胆子来，大声喊道："萧若宸，我就知道是你，臭小子，立刻把东西还给我！"

冷冷的秋风吹过，四周静悄悄的，没有丝毫回应。

叶薰心里如打鼓般激烈地跳动起来，是他吗？

漆黑的夜幕之下，数米之外的景物都模糊不堪。叶薰咬着下唇，看了看静谧的四周，把心一狠，干脆地转过身去。好像已经放弃了包袱一样，干脆利落地大踏步向前走去。

走了没几步，忽然被脚下的石头绊地一个趔趄，来不及止住走势，一脚踏空，身体就要向旁边跌倒。

说时迟，那时快，叶薰的身体还没有碰触到地面，旁边忽然闪过一道人影，飞快地掠到她身边，顺势扶住了她。

叶薰抬头一看，正是萧若宸笑眯眯的那张俊脸。

他得意的笑容也仅仅持续几秒钟。刚刚扶住了叶薰的身子，萧若宸就觉得脚下被人一扫，还没有来得及稳住，身体立时失去平衡，一下子跌倒在地上，连带着被他扶住的叶薰也一起跌下来。

只是叶薰却没有伤到，因为她正好跌倒在他的身上。

萧若宸痛叫一声，挣扎着想要爬起来，却被叶薰顺势死死地压在地上。

对上叶薰气愤的表情，他立刻醒悟过来。"姐，我知道错了。"他一脸委屈地说道。看叶薰的动作，他就知道自己中计了，赶紧求饶为上。

这个臭小子？！叶薰心里头的气愤简直难以名状。想起刚刚自己被吓得面无人色的心情，他竟敢这么耍弄她！要不是她假装跌倒，不知道这个小鬼还会跟在自己后面走多久呢？！

"姐，我是担心你才偷偷跟着你的。"看到叶薰脸色越来越阴沉，萧若宸连忙说道，"而且我这次也没有告诉爹爹啊。"

"别叫我姐，我不是你姐。"叶薰没好气地冲着他吼道。

"那你是谁？"萧若宸一脸大惑不解地问道。

"呃……"叶薰一时哑然了，她气冲冲地放开萧若宸，转过身去。

"姐，你为什么要走呢？"脱离了她的钳制，萧若宸赶紧从地上爬起来，跟上叶薰，满脸不解地问道，"赶紧跟我回去吧，我看到爹爹他们都睡得很沉，外面的守卫也在偷懒打瞌睡，现在回去肯定没有人发现。不然让爹爹知道了，你又要挨骂了。"

"别说了，你自己回去吧，我是不会回去的。"叶薰没好气地说道。

萧若宸刚想说话，秋风一过，半边湿透的他禁不住打了个哆嗦。

叶薰视线顿了顿，萧若宸满身狼狈，尤其是被她压着在泥巴里滚过一圈之后，原本洁白的云纹箭袖猎装上斑斑点点，粉嫩的脸上满是泥巴雨水，简直比自己还惨。

恐怕这小子是凑巧看见了自己的行动，一时好奇就冒险跟着过来了。就算是有武功在身，他终究不过是个十二三岁的小孩子。而且刚刚自己假装跌倒的时候，他如果不是关心自己，也不会跑出来了。

想到这里叶薰心下一软，叹了一声，解下身上的蓑衣，披到他头上，“好了，不要跟着我了，赶紧回去吧。小心着凉了。”

萧若宸仰头看着叶薰，眼神里有难以掩饰的惊奇。刚刚解下的蓑衣上还带着温暖的余韵，他拢着蓑衣怔住了。

叶薰没空研究他的眼神，伸手从他手里抽出包袱，他转身就要往前走。

“姐姐，”萧若宸恍如梦醒般冲前一步，一把拽住她的袖子，“你为什么要走，为什么要离开呢？”

怎么和他解释呢？难道能够直说自己不是她姐姐，只不过是个转世移魂的现代人……这种匪夷所思的事情怎么可能解释清楚？

算了，叶薰认命地叹了一口气，转身凝视着萧若宸问道：“你知道皇帝陛下吧？”

萧若宸乖巧地点了点头。

“那你知道我就要入宫嫁给那位皇帝陛下了吧？”

萧若宸继续点头。

“那你知道我不想嫁给那位皇帝陛下吗？”

萧若宸继续点头，上次在琴厅里叶薰就已经说过了。但他马上又摇了摇头，疑惑地看着叶薰问道：“为什么，嫁给皇上不好吗？”普天之下的女子，不是都希望嫁给皇帝的吗？每次提起当皇后的大姐，另外几个姐姐都羡慕得眼睛发红。

“那是因为……因为她们都喜欢皇帝，而我不喜欢。”

“姐姐为什么不喜欢皇上？”萧若宸继续孜孜不倦地问道，脸上的表情格外认真郑重。

叶薰真要抓狂了，难道连这个也要她详细解释？

“这个嘛……我不喜欢太胖的男人。”叶薰干脆甩出了一个最直接，最简单的理由。

萧若宸想了想，点点头，原来是因为这个啊。他眨了眨眼睛，忽然笑道：“那么等我长大了，姐姐嫁给我好了。”

“胡说八道什么呢。”叶薰拿起包袱冲着他的脑袋敲了一记爆栗。

萧若宸继续问道：“那姐姐你准备要去哪……”

“你说什么？”后面的话语叶薰听不清楚，脱口而出问道。

萧若宸重复道，“我问姐……去……里……”

奇怪了，萧若宸的声音并没有减轻啊，是周围的干扰噪音变大了？

是水声。

叶薰转过头去，不知道是不是她的错觉，身后的小溪似乎变得比刚刚看到的时候宽了不少，而且好像还正在变得越来越宽，水流也越来越急促了。

虽然天上的雨一直没有停，而且有越来越大的趋势……但河水变得这么急也有些不太正常……记得前几天也下过几次雨，并没有见溪流有这么大的变化啊。

而且不仅仅是水声，远处还传来轰隆隆的奇异鸣动。

“姐姐，听起来好像有什么东西滚过来一样。”萧若宸也感觉有些不对劲，凑近了叶薰，拉住她的衣袖小心翼翼地问道。他练习过武艺，五感敏锐远胜叶薰。

叶薰白了他一眼，这小子刚刚还扮鬼吓唬她，现在也知道害怕了。她看了看四周情况，道：“我们先向上走走吧，也许是这些天雨下得太多了。”

拉着萧若宸的手，两人沿着左侧的斜坡向上爬去。因为雨水的浸泡，脚下的山路又湿又滑，开始几步是叶薰拉着萧若宸，接下来就换成萧若宸扶持她了。

有武艺在身就是好啊，叶薰看着萧若宸轻松地跳上一处陡坡，难怪这小子能够大着胆子暗中跟踪在自己身后走这么远。

只是该怎么劝他乖乖回去呢？叶薰在心里思量着，却不防备一块小石子从上头落下来，正打在她的头上，“哎呀！”叶薰吃痛，忍不住叫出声来。

“姐，小心一点。”萧若宸体贴地伸出手，一用力将她带上坡。

“哗啦哗啦……”声音越来越密集，越来越响亮。

翻上坡地的叶薰越过萧若宸的肩膀，震惊地看着眼前的这一幕，无数的小石子正从前方的陡坡上一层层滚落下来。像是有一只无形的手在抖动地幔，将这些石子抖落下来一样。

这是怎么了？就在她震惊恐慌的时候，脚底下隐约传来振动的脉搏。一个立足不稳，两人险些一起从坡上跌下去。

难道是……叶薰脑海里面瞬间闪过一个恐怖的想法。

地面传来的声音越来越大，越来越沉闷。脚下的振动也越来越清晰，这不可能仅仅是雨水的冲刷造成的。

难道真是……地震了！

怎么可能有这么巧的事情！

萧若宸抬起头，脸上也满是惊慌，他也已经想到了。

“向上爬！不要停！”来不及考虑任何事情，叶薰一把拉住他的手，当机立断地向前跑去。

如果真的是地震，两人在野外不用担心头上的遮蔽，唯一需要忧虑的是他们此时身处一片高悬的陡地，现在又下着雨，万一形成了泥石流，后果不堪设想。

叶薰两辈子都从来没有这么拼命地奔跑过，人在危急关头的爆发力果然不是瞎掰的，尤其是性命攸关、生死交接的时刻。

脚下石块夹杂着碎土倾泻而下，数量越来越多，速度越来越快，中间也开始夹杂着大体积的石头。身后传来水流急促的呼啸声，像是龙腾蛟跃剧烈撞击着石壁。叶薰不敢回头看，也没有时间回头看。他们只能够一步不停地往前跑，拼劲全身的每一分力气。

两人不知道攀爬了多久，几次险些被砂石打落下去，多亏了萧若宸身手机灵，相互扶持着才终于攀过这一段下滑崩塌的陡坡。

叶薰无力地依靠在一棵大树上，顾不得地下泥泞，一屁股摔倒在地上。

萧若宸踉跄着跌倒在她的身边，急促的奔跑也差不多耗尽了他全部的体力。他再聪明机敏，再有武功傍身，也不过是个十二岁的孩子，面对这样的变故没有丝毫经验，一路只能够踉跄跟着叶薰的步伐，躲闪着下落的石块，勉强支撑着脱离危险。

身下的轰鸣声越发加剧，叶薰胆战心惊地回过头去，在他们脚下，无数砂石泥水像是滚滚的黑浪呼啸着向下卷去，形成巨大的轰鸣，犹如万马奔腾。两人刚刚走过的夹道像是一条银白色的细线，在凶猛的黑色之中摇摆飘动，瞬间就湮没不见了。

真的形成泥石流了！

叶薰心有余悸地看着眼前的这一幕，刚刚要不是他们跑得快，此时就要被……

她几乎不敢想象下去。

旁边萧若宸也看见了这一幕，他呆愣了片刻，像是被什么刺激到了一样，猛地惊叫一声，跳起来就要向坡下冲去。

“你干什么？！”叶薰眼疾手快地扑过去拉住他，却被他下冲的势头带得身体失去平衡，两人一起跌倒在地上，向下滚去。

叶薰赶紧伸手死死抱住身边的大树，才堪堪稳住身子。

因为这一翻滚，手里原本提着的包袱跌了下去，散落开来。几十件珠钗首饰落进泥土里，璀璨的光彩闪烁了瞬间，就混在黝黑的砂石间滑落了下去，消逝在无尽的黑暗里。

萧若宸还在死命挣扎，力气之大叶薰几乎拉不住他。

“你疯了！”叶薰声嘶力竭地冲着他喊道，“下去送死吗？”

“爹爹，娘亲……他们……他们都在下面……”萧若宸的身体不停地颤抖，像是一片飘零在这个寒秋的枯叶，他转过脸来，脸上已经满是眼泪。

叶薰顿时怔住了。

对了，下面的人……陡坡之下就是萧国丈他们的营帐了！

“……山坡距离营帐还有一段距离，而且砂石来得也不是那么急促。营帐边上一直有巡夜的兵士仆役……”列举着种种可能，叶薰用颤抖的声音说着自己都无法相信的说辞。

皇帝居住的猎场行宫建筑在高地上，而各家豪门贵阀的营帐则是散布在行宫周围十几处适宜于扎营的平地上，沿着这条奔腾的山间溪流下去，就是萧国丈还有一向与萧家交好的陈、吴等几家权贵豪门的营帐。那里是一片彻头彻尾的平地，一马平川……这几天因为连续下雨的缘故，营帐周围守卫早就日渐松懈，不然自己也不可能跑得这么顺利。

连绵不断的秋雨像是一场最冰冷的雪，带着凛冽的寒意侵蚀着残存的希望，叶薰的手心开始沁出丝丝的冷汗，安慰的话语几乎说不下去。最终所有的话语都化作一句话，“你不能下去，反正你不能下去送死。”她紧紧攥住萧若宸的手，不放松一丝一毫。

经过了刚才剧烈的挣扎之后，萧若宸伏在叶薰怀里急促地喘息着。随着叶薰的话语，身体剧烈颤抖了一下，然后归于沉寂。叶薰看不见他的表情，大雨滂沱，她只能感受到他身体传来的震颤。

看着下方漆黑的深渊，叶薰竭力把声音放柔，在他耳边说道：“等我们先翻过了山再找他们好吗？”他们现在还没有安全，雨一直没有停，脚下的这块土地随时有崩塌可能，必须继续向上爬，彻底脱离这一带才能放心。

萧若宸像是被施了定身术一样怔怔地看着下方翻滚的砂石黑浪，片刻之后，转过身来，用沙哑的声音低头说道，“我们走吧。”

两人继续向上攀爬，天边漆黑的夜幕开始淡薄灰化，透出茫茫的鱼肚白。脚下的土地逐渐坚实，身后的轰鸣声也在渐渐减弱，看来这次泥石流的规模并不大。

叶薰心底里隐约浮现出希望，只要发现的及时，也许萧国丈他们能够逃出生天。

不知道走了多远，回头已经看不到来时的路了。两人的脚步逐渐放慢，几乎透支到极限的体力再也无法支撑接下来的行动。依靠着身边的灌木丛，叶薰大口大口地呼吸着凉薄的空气，从其中汲取着水分和活力。

刚刚喘过一口气，身边的萧若宸忽然警惕地抬起头来，机警地向着四周看了看。像是一只清晨觅食的小兔，扬起耳朵查看周围的动静。

“怎么了？”叶薰沙哑着嗓子勉强提起精神问道。萧若宸习过武艺，耳力比自己强多了。

“好像有人过来了……”萧若宸拉住叶薰的手，抬头说道。两人对视一眼，都在彼此的眼中看到了诧异和警惕。

叶薰拉住他缩进浓密的树丛里面。也许只是一只路过觅食的野兽，但还是谨慎为上。

两人刚刚隐藏好身形，就有树木枯枝被踩踏的声音传入耳中。真的有人接近了，而且听声音不止一人。

这里算是皇家猎场的外围，应该不可能有平民百姓入山，就算是迫于生计的偷猎者也不会选择警戒最严密的御驾秋猎时期。是巡视救援的人？还是……

两人还在疑惑着，外面已经隐隐传来说话声。

“情况怎么样了？”一个磨石般沙哑的声音扬起。

叶薰轻轻偏过头去，透过层层遮掩的枝丫缝隙，她隐约能够看到外面一片黑色的身影，有七八个人左右。

“已经确认过了，目标都已经被压在底下，绝无活口。”另一个声音回答道。

“嗯，那就好。”沙哑的声音顿了顿，又问道，“周围的情况怎么样？此事机密万分，切不可被人看出人为的痕迹来。”

“放心吧，上游的河堤已经弄好，砂石的走势已经被控制住，山头那边的开凿痕迹也都消抹干净了，保证看起来就是雨水过大造成决堤，水流冲刷致使山体塌方的意外一样。便是大罗神仙来了，也难看出端倪。”

……

两人之后又说了什么，叶薰的耳朵已经完全听不见了，仿佛一个惊雷在她的耳边炸裂开来，短短两句话里面透露出来的真相让她震撼战栗。

这场短暂激烈的泥石流不是意外！而是人为的阴谋！

清晨的树林浓雾弥漫，氤氲蒙蒙，清冷的气息带着寒冰一样的凉意流过全身血脉，沁透了叶薰的心口。

如果自己不是凑巧选择了今晚逃跑，那么她现在会怎么样？山下如今是怎样的情形，叶薰根本不敢去想象。

自己已经够震惊了，而对他来说，这又是怎样的噩耗啊！黑暗的树丛之中，两人贴得极近，虽然看不清楚彼此的面容，但怀里人强自压抑颤抖的躯体却让她一颗心直沉下去。

对他来说，这是何其残忍的真相啊，他会怎么反应？叶薰怀抱着萧若宸的手不自觉地收紧了。

……

“什么？！没有找到？”外面那个沙哑的声音徒然拔高，树丛里的叶薰吓了一跳。

“营帐内已经翻遍了，完全不见踪影。”

“萧仁自信此次能够扳倒主公，全是依仗此物，他既然决定趁这几天动手，怎么可能不带在身边？”

“这个……也许……是萧仁老贼贴身藏着。”另一个黑衣人解释道，他们轻功再高，为了不惊动睡眠之中的人，也只敢搜索营帐之内的摆设书案，不敢贴身搜索。

领头的黑衣人点点头：“也有可能，此物对主公来说至关重要。一定要寻到才行。”

“放心吧，都埋在地底下了，难道还能生出翅膀不成？”另一个黑衣人信心十足地说道。

……

“此间事情已了，我们去向主公回禀情况，你们几个负责查看一下周围，若遇见可疑的人格杀勿论，勿留活口。”

……

黑衣人的言谈还在继续，脚步声却逐渐远去，终于遥远不可闻了。

雨滴渐渐减弱为细密的丝线，打在周围横斜的枝丫树叶上，化作清冷的沙沙声传入耳中。两人在树丛里又等了一阵子，直到估摸着那群人已经走远，才伸展开僵硬的四肢，从里面爬出来。

不知不觉间，雨已经停了。第一道曙光出现在地平线的尽头，朝霞在云朵上渲染开来，洒落缕缕薄纱般的金色光辉。林间响起“啾啾”的鸟鸣声，这梦魇般的一夜也终于过去，可是两人真正的危机才刚刚开始。

叶薰低头看着身边的萧若宸，想要开口却不知从何说起，至今她自己的心脏还在因为这惊险的一夜而喘不过气来，却也知道他的心里只会比自己更加难过。

“我……我们……那些人……”叶薰欲言又止。

“趁着那些人暂时走远了，我们离开这里吧。”出乎叶薰意料之外，反而是萧若宸抢先开口了。原本以为他就算不当场愤怒悲恸，也会失魂落魄，但此时竟然出奇地镇静理智，让叶薰一切的安慰话语都只能够咽在肚子里。

她转头看着他秀美的侧脸，不知道是否是她的错觉，原本精致如女孩子一般的容貌轮廓隐约透出一种强硬的味道来，白瓷般细腻的脸颊上带着点点晶莹的水珠，不知是昨夜的雨滴，抑或者是刚刚的……

这样极致的脆弱和强硬融合在一起，让叶薰心中一痛，他才不过是个十几岁的孩子，而且出身一等一的名门贵阀，前路本应是一片平坦，此时却要经历这样残酷的变故。这让他怎么能承受？想着就禁不住伸出手去，将他揽在怀里，轻声叹道，“想哭就哭出来吧。”

萧若宸低着头沉默不语，忽然转过身去紧紧抱住叶薰，力气之大几乎让她感到窒息。感受到他单薄湿透的衣衫下颤抖的躯体和强自压抑在体内的悲恸，叶薰暗暗叹了一声，回手抱住他，轻轻拍着他的背。

肩膀处慢慢传来湿热的感觉，叶薰抬头看向远方，山的那一侧，晨光照耀着远处漫山遍野的枫红，点缀着秋色的晨曦。天空与山脉几乎分不出界限，红的好像一切都在烈焰里焚烧，红的好像天地都要淌出血来……

猎场行宫，主寝殿最近的一处侧殿里。

"陛下那里怎么样了？"沈贵妃掀起窗台的珠帘，望着窗外连绵不断的雨丝，曼声问道。她正闲闲地斜倚在窗前，娴静雅致的眉目之间，根本看不出彻夜未眠的疲倦，整个人就如一章华美的诗赋，意态雍容。

"按照娘娘的安排，送信报危的侍卫刚刚进去，只怕皇上马上就要起来了。"身边的女官恭谨地低下头回禀道。

随意地放开帘子，春葱般的纤长手指捏住青瓷花的茶盖，微微错开，袅袅地茶香伴着水雾弥散开来。沈贵妃低头看着手里清碧的茶水，唇角扬起一抹笑意，"东西准备好了吗？"

旁边黑影里一个静默的内监身影闻言走上前，双手捧着一个银托盘。托盘里面放的，竟然是一个再也寻常不过的布娃娃，就像是闺中女儿家经常制作玩耍的那种。只是眼前这个布娃娃，却有说不出的诡异。因为在这个苍白的布娃娃身上，竟然深深地扎了十几根光华流转的银针。

沈贵妃伸出手，毫无顾忌地拿起那个布娃娃。

"娘娘，小心！"身边女官低呼了一声。

沈贵妃却轻蔑地一笑，"有什么好怕的，这些怪力乱神的东西若真有用处，本宫早死了不知道多少回了。"

一边说着，沈贵妃的手指抚上布娃娃的脸，她的指甲盖上并未涂抹时下宫廷流行的金粉，只是在小拇指上套了一个珍珠护甲。晨光之下，珍珠发出银青色的光芒，耀在布娃娃的脸上，原本洁净的白绫子似乎也染上一层诡异阴谲的色彩。

她神态转冷，唇边的笑意却越发轻蔑："萧皇后，你竟然指望着用这种小玩意来对付我，实在是蠢透了，如今我用这个你亲手制作的东西断送你的家人，若你泉下有知，会说什么呢？"

夹杂着金色光线的雾气氤氲蒙蒙，将半山腰上这座年代久远的凉亭渲染地灵气飘逸，余韵十足。

凉亭里陈旧的木桌上，摆放着一壶酒，一个杯子。青衣布衫的男子正坐在那里悠然自得地浅斟小酌。微寒的秋风轻拂着面容，带来丝丝缕缕的凉意，浓密的树荫和雾气遮蔽了晨曦，明明是充满希望的清晨，却浮动着黄昏般深远的寂寥。

几个侍从模样的人静立在四周，悄无声息。不一会儿，树丛里隐约传来声响，几个黑色身影快速奔向亭子，打破了寂静的气氛。来到亭子阶前，几人恭敬地单膝跪倒，恭声道："主公。"

桌旁的青衣人抬起头来，俊朗儒雅，正是大周国君如今最宠信的靖北将军沈涯。

沈涯平淡地扫了几人一眼，问道："事情办得怎么样了？"

"一切按照主公的交代，都已经办好了。"下方的黑衣人心悦诚服地回禀道，"萧家以及陈、吴两家只有几个守在外围的侍卫奴才逃出来，其余人等一概被埋在下面。所有行动的痕迹都被消抹去，无迹可寻。"

"嗯。"沈涯不置可否地点了点头，这一次他谋划深远，有这样的结果本来就在预料之中，只是最关键的并不是这些表面上的东西。

"那样东西找到了没有？"沈涯轻轻敲击着桌面，平静地问道。

"这个……"黑衣人话语一滞，低头道，"……还请主公降罪。"

沈涯的脸上掠过一丝冷意，没有说话。

昨晚倾盆大雨，秋寒袭人，周围的守备必然松懈，所以在宫宴结束之后，他冒着行动被发觉的危险，派出心腹高手潜入其主营内施用迷香，趁众人昏睡之际寻找那样东西。竟然还是没有找到！按道理来讲，那么关键性的东西，萧仁一定是带在身边才对。怎么可能没有找到呢？这样只有等待挖开下面的淤积，清理现场的时候，再仔细寻找了。

"无妨。"沉默了片刻，他挥手说道，"那东西至关重要，必然是留在萧仁的身边，你们不敢惊动营帐内的人，而且时间又紧迫，找不到也是常理。一夜辛苦了，下去休息吧。"

几个属下奉命退下，沈涯站起身来，走到亭子边上。

秋雨连绵不停，才不过一会儿的工夫，初起的晨光又一次被灰蒙蒙的阴云遮盖了。伴着萧瑟的寒风，雨滴飘零下来。不同于夜晚的淋漓狂放，清晨雨滴已经变得像细丝花针般轻柔，斜斜迷迷地织着。亭子的周围仿佛笼起了一层薄雾，将这尘世的一切和他的表情一起笼罩了迷蒙之中。

如果不是因为萧国丈得到了那样东西，他又何苦在立足未稳，布局不全的情况下就率先出手，使出这种激烈的手段来呢？

此番兵行险招，虽然行动顺利，之后却势必将他推到朝政的风口浪尖上，为前路徒增变数，后患无穷啊。

沈涯忍不住轻叹了一声，可惜那一声叹息还没有达到嘴角，就隐没在了心田里。

他不能叹息，也没有时间去叹息，一旦处身于这个权势漩涡的中心，就容不得任何犹豫迟疑的机会。

“主公，陛下那里只怕要……”身边的侍从轻声提醒着看似出神的主人。此时他们应该马上进行下一步的计划了，沈贵妃那里还等着消息呢。

沈涯点点头，无声地举起手中的酒杯，随意一倒，清冽的酒水沿着杯口倾斜而下，如一道闪亮的银光落下去，飞珠溅玉，随即和无数雨珠一起湮没在迷茫的水汽中了。

看着这弥漫的雨幕，他轻声笑道：“真是一场及时雨啊。”

第二卷

王孙落魄销金露

第一章

锋芒初露

这个要命的时候竟然又下起雨来了，叶薰忍不住要跳起脚来对着老天爷破口大骂了，前提是她还有那个力气的话。

她正费力地攀住身边的一棵枯枝，想要爬上眼前这片坡地，原本轻盈的身体此时只觉得重似千斤，拉扯之间，手被勒得几乎溢出血来。

这条路竟然会这么难走！以前也不是没有爬过山，什么泰山庐山雁荡山都玩过，可那些都是规划完备的景区，哪会有现在这么艰险。记得以前她和同学一起爬山的时候，还忍不住哀叹人类的举动破坏了山区原本的自然环境，以没有爬过真正的原始山脉而大大遗憾了一番。可真的来到古代了，才发现这古代的山路简直不是人走的，而这天气更要命，真是屋漏偏逢连夜雨。

叶薰用胳膊夹住树枝支撑住身体，才得到空隙往脸上摸了一把。湿漉漉的雨水顺着她的脸颊滴到衣服上，再沿着已经差不多完全湿透的衣服滴到脚下的泥土里。

刚喘过气来，“咔嚓”一声，手里的树枝竟然折断了，叶薰手里一空，失重的身体就要向后面摔下去。

"啊！"惊叫声中，身后及时伸出一只手来，接住了叶薰下坠的身子。是萧若宸在背后接住了她，然后用力一推，借着这份力道，叶薰总算爬了上去。

两人已经走了大半天了，这漫长的一路，地势崎岖不说，天气又阴冷，叶薰本来要将身上的蓑衣让给萧若宸，萧若宸坚决不同意，无奈之下，两人索性将蓑衣一分为二。幸亏萧家小姐使用的蓑衣是最高档的那种，厚密宽大，两人的身量又小，一人一半披在身上，也勉强遮掩得住。但大半天的山路赶下来，两人身上还是湿透了。

站在山丘上，叶薰惊喜地看着前面波光粼粼的大河，"太好了，是西汾河，我们到了！"

皇家猎场就是以这条河流为界限，两人总算走出猎场的范围了，只要沿着河向前，再走不远，前面就是官道了。

满是希望的景色带给两人新的力气，似乎吹到身上的寒风也不是那么冷了。两人一路小跑着赶到了河边。

西汾河边生长了不少大树，山里的秋天总是来得很晚，这个时节外面的树木已经稀疏零落，而这里树木枝叶依然茂密繁盛。叶薰和萧若宸相携来到河边的一棵树下，也顾不上灰土泥水，一屁股坐在大石头上。

叶薰脱下身上的蓑衣抖了抖，雨水碎珠子般溅散开来。她又伸手撩起湿透了的衣裙下摆，握在手里用力一拧，一串水滴落到地上。

一阵风吹过来，夹着几滴细小的雨滴打在脸上，叶薰忍不住打了个喷嚏，在这种地方要是感冒了可不得了，她赶紧把蓑衣再披上。

转头看看身边的萧若宸，他正背对着自己，一动不动地看向他们一路走来的道路。叶薰按住他的肩膀，还没有说话，萧若宸却转过身来迎上她的目光，问道："姐，我们接下来应该怎么办？"

接下来怎么办？叶薰一愣。她原本就打算逃离萧家，甚至行李都准备好了。逃出去之后就学习诸位穿越前辈们，做生意赚大钱，当然，如果赚不了钱的话，她带出来的那些金银珠宝也足够让她平淡富足地过一辈子了。就当一只快乐的米虫，休闲的时候出去旅旅游，看看风景什么的也不错。可是现在呢?

行李已经在逃跑的时候失落了，美好的前景化作泡影。两人现在身无分文，最重要的是，他们身后还埋着一颗定时炸弹。一旦救援的人挖掘开下面的土层，势必会清点人数，两人没死的事情迟早会被人发现。

想起那些黑衣人的对话，叶薰总有一种不寒而栗的感觉。虽然那群黑衣人从头到尾都没有吐露过他们主公的名字，但是用脚趾头想也知道，会这么急着向萧国丈下手，又能够使出这种大手笔的，必定是沈涯无疑了。

没有了家族的支撑，没有了背后的势力，让他们姐弟俩凭空面对这样庞大的隐藏在黑暗之中的敌人……

萧若宸眼见叶薰沉默不语，就知道她还没有明确的打算，当即说道："我们先下山去寻找杜献唯杜大人吧。他是太医院院判，可以直接入宫面圣的。"

"他……"叶薰脑筋飞快地转动起来，这个名字湘绣对她提起过，记得是萧家的什么表姐夫之类的远亲，算是萧国丈亲信一派的人物。

"杜家与我们家一向交好，杜大人年纪轻轻就已经统领太医院，而且爹爹对他也很是器重信任。有他在，一切都好办。"萧若宸继续补充道。其实，最关键的是杜献唯太医的身份可以通畅无阻地进出后宫，"……必须尽快向太后禀明一切，请她老人家做主才好。"

"这样也好。"叶薰犹豫着点了点头，眼下也没有别的路可走了，两人总不能这样一穷二白地流落江湖，头顶上还悬着一颗不知道什么时候就会掉下来的炸弹。虽然她想彻底脱离萧家，可如今萧家遇到这样的变故，实在不是一走了之的时候。

言谈间，雨稀稀疏疏地停了。

"我先去洗洗脸。"感觉身上的疲惫感略减，叶薰起身说道。

她上前两步来到河边，躬身凑近水面，就要伸出手去，然而在视线无意间掠过河面的瞬间，动作却僵硬了。

她睁大眼睛不敢置信地盯住河面上。恍如明镜一般的水面倒映出他们头顶上阴沉的天空和枝繁叶茂的大树，在浓密的树荫之中闪烁荡漾着一道粼粼的白光。

那光芒……

叶薰觉得自己的心脏开始不受控制地狂跳，那是刀剑利刃反射的光芒。

身后，树上有人!

她竭力压抑住惊恐，假装无意地倾斜身子，从河水倒映的那一抹纯黑几乎能够确定，是两人躲避在树丛里的时候看到的那群黑衣人的装扮。对了，他们离开的时候是说过要在这附近查看是否有人。自己竟然这么倒霉，已经走了这么远了，还会被人发现。

怎么办？叶薰脑海之中瞬间转过了无数个念头。

西汾河之外就有猎户人家居住，假装成无意之间路过的猎户子弟？可是他已经来了多久了？刚刚的对话是不是已经进了他的耳朵？而且那句“若遇见可疑之人格杀勿论，勿留活口”还清晰地回旋在她的耳边。

还没有想出任何应对的方法。转瞬之间，波光粼粼，刀影晃动起来，

他要动手了？！

刺骨的寒气刹那之间笼罩全身，命悬一线的危机让叶薰战栗惊悚。这时的萧若宸对身后的危机还恍然未觉，正要跟着到河边洗脸，却看到叶薰停下来。

“姐姐，怎么了？”他停住脚步问道。

“等等，先不要去找杜大人。”叶薰猛地转过身去拉住他的手，抬头坚定地对他说道，“我还有一个秘密要告诉你。”

装傻充愣，苦苦哀求，都不可能让头上的屠刀减缓半分，唯一能够阻止他们杀人灭口的办法就是……

“秘密？”萧若宸疑惑地看着叶薰，她急促的语气和眼神让他嗅到了不同寻常的紧张气息。

水镜上光华微敛，是树上的刀影慢慢收了回去。

叶薰的心跳却越来越急促，极端的恐惧反而让她出奇地冷静下来。她嘴角扬起一丝笑容，对上萧若宸疑惑的目光，肯定地重复道：“对，是秘密。”

萧若宸乖巧地坐下来，等待她继续说明。

叶薰将手按在他手上，强自压抑着越来越快的心跳，略沉吟了片刻，说道：“我们此行还要先去拿一样东西，等拿到了那件东西，我们再去杜大人那里。”

现在只能够赌一把了，记得几次和萧国丈见面，言谈口风之中透漏出，他已经拿到了能够置沈家于死地的证据，而在树丛里偷听到的谈话也说明，这样东西他们并没有找到。

这就是他们唯一的生机。

她要赌，赌那样传说之中的东西对他们来说比她想象的更重要，赌他们不会认为两个孩子会在这种时刻说谎。

“什么东西？”萧若宸问道。

“我也不知道是什么东西。”叶薰信口胡诌道，“但是在决定送我入宫的时候，爹爹就告诉我了，说……说万一家里出现意外变故的话，就拿着那样东西去见太后，请太后她老人家为我们做主。”

萧若宸惊诧地看着叶薰，像是难以相信她话里的意思，又像是不敢相信这种话语会从她口中说出。而叶薰按在他手上的那只手带着些微颤抖，像是因为寒冷，又像是紧张过度。

“那东西现在在哪里？”萧若宸的眼中闪过一丝不易察觉的光亮，他沉声问道。

“这个嘛……地方我也说不清楚，爹爹已经告诉过我怎么走了，我和你一起去就好。很快就能到了。”生怕身后的杀手选择当场出手擒下两人逼问，叶薰信誓旦旦地说道。

“那我们赶快动身吧。”萧若宸像是感受到希望一般，脸上浮起惊喜的笑容。

“好的。”叶薰忙不迭地点点头，她恨不得生出四条腿来，立刻离开这个地方，摆脱这阴沉诡异的气氛。

“可是姐姐，你脸上都花了，还是先洗一洗吧。”萧若宸看着叶薰的脸蛋，扑哧笑出声来，指了指她的脸颊。

萧若宸说完之后就起身走到河流边，捧起清水扑了扑脸，冲去赶路时溅上的泥水。叶薰也跟着来到河边，凛冽的刀光和黑影已经隐入树丛间消失不见了，可叶薰还是直觉性地感到有一道犀利的目光紧紧锁在两人身上，她捧起冰冷的河水扑打在脸上，让紧张到快要燃烧的神经平静下去。

稳住树上的刺客了，接下来怎么样甩开他的跟踪呢？就在叶薰压下心头的恐惧，盘算下一步动作的时候。萧若宸已经洗完脸，起身走到树下，拿起两人放在石头上的蓑衣。

像是要抖去蓑衣之中的水分一样，他扬起手里的蓑衣。蓑衣腾飞在空中像是一只展翼的巨鸟，晶莹的水珠四散开来，折射着淡色的光华。

就在这迷离的光华中，刹那间异变徒生。

刚刚转过头的叶薰来不及有任何反应，眼角的余光就瞥见一道刺眼的白光从萧若宸扬起的蓑衣之下透出来，惊雷闪电般直射入树上。

电光火石的瞬间，光华消逝。紧接着是一声沉闷的惊呼声和重物坠地的声响。

全部的过程不过是光影一闪的刹那，扬起的蓑衣正从半空中徐徐飘落。叶薰呆呆地看着眼前的这一切，直到近在咫尺的血花飞溅到她的衣裙上，她才猛地醒悟过来，刚刚竟然是萧若宸起身扬剑，然后……她的视线落到地上。

那是一个身穿黑衣，相貌寻常的男子，普通到让人看过一百遍都很难描述出特征的面孔上此时满是难以置信的震惊与恐惧。

他的腰间插着一柄匕首，雪亮的刀刃大半没入身体，鲜红的血沿着刀柄汩汩流到地上。他挣扎着抬头看向萧若宸，面容因为极度的难以置信和痛苦而扭曲变形：“你……你……刚刚是……”一句话没说完，就气绝身亡了。

叶薰心里的震惊不下于眼前被杀的黑衣人，她实在是难以相信刚刚还悬在头顶上的危机就这么简单地被解除了。看着地上的尸体，她一阵晕眩，仿佛有一种沉滞的东西从心里头纠结着涌上来。毕竟她活了两辈子，还是第一次看见死人，尤其是在她面前活生生地死去。

那种不舒服的感觉让她的视线逃避一样躲过地上的尸首，转到伫立在身前的萧若宸身上。

刹那之间由静转动，动作机敏像是一只扑向猎物的小豹子，此时却又静立在那里，像是一株根植在地下的小树苗。只有身体随着呼吸微微颤抖着，昭示着刚刚经历了怎样生死一瞬的激烈搏杀。

萧若宸呼出了一口气，脸色苍白地看着地上的尸首，好像要说什么，嘴唇颤抖了一下，却最终没有说出口。

他在害怕？叶薰忽然醒悟过来，自己不过是亲眼看到死人，可是他却是亲手杀了人，而且，这应该是他第一次杀人吧？他心里肯定比自己更害怕。

叶薰走到他身边，握住他的手，感受到他的手冷得像冰一样。

“你的武功这么厉害……”她转移话题似的问道，还是地上的这位老兄太弱了。

“不是我厉害。”萧若宸急促地喘息了几下，像是在平复自己的呼吸一样，慢慢镇静下来，转头对着叶薰勉强笑道，“刚刚是我偷袭而已，论起武功，他恐怕比我强上十倍还不止。”想起自己兵行险招的举动，萧若宸也觉得心有余悸。

叶薰强忍着不适，转头又看了地上的尸首一眼，“可是你从头到尾都没有抬头向树上看一眼，怎么知道他藏在哪里……”话还没有说完，脑中回忆起刚刚萧若宸的举动，她顿时醒悟过来，“你是借着弯腰在河面上洗脸的时候……”他应该是借着水面的倒影确定了黑衣人的位置，同时摸出了藏在身上的匕首。然后假装成拿蓑衣的样子，走回树下，趁着扬起蓑衣的时候出手。

一开始就没有提防眼前这个孩子，又被扬起的蓑衣掩盖住剑势，等树上的黑衣人发现剑光时，利刃已经近在眼前，躲避不及了。

竟然丧命在一个不满十三岁的小孩子手上，这位老兄确实死得很冤。叶薰忍不住略带同情地扫了地上的尸首一眼，转头看着萧若宸问道："只是……你一开始是怎么知道树上藏着人的？"难不成他也和自己一样是从水面上发现的？

"是姐姐你告诉我的。"萧若宸神态已经完全放松下来，走上前用脚踢了踢地上的尸体，然后回头说道。

"我告诉你的？"叶薰竭力不去看地上的尸体，偏过头疑惑地问道。

"姐姐你的手一直在打哆嗦呢。"萧若宸看着叶薰调皮地笑道。是叶薰不同寻常的神态引起了他的警惕，再联想到她洗脸时候那一刻的僵硬，让他果断地判断出周围必有危险存在，而四周最可能有敌人藏身的地方就是两人身后的大树了。

"呃……"叶薰眉角挑了挑，刚刚她确实是被吓得不轻，甚至现在想起来都觉得心脏抽紧，只是……就凭着自己举止神态上细微的差别，就能够判断出周围有敌人来？这小子的观察力简直……他真的只有十二岁吗？而且之后还能够保持镇静，瞬间想出周密的计划来判断敌情，诛杀敌人。叶薰无限感慨地摇了摇头，这小鬼未免……

"喂，你要干什么？"刚转过头来，就看到萧若宸正在弯腰摆弄脚下的尸首，叶薰惊叫道。

"把尸首处理掉啊。姐姐你看起来很害怕的样子，都不敢看呢。"萧若宸回头冲着叶薰笑道。

叶薰心里一动，连这个都注意到了，这小子还蛮体贴的呢。

"按理说应该由姐姐来做才好，你比我大多了，应该照顾我才对。"接下来的第二句话就泄露了小恶魔的本色。

"什么叫做大多了，我比你大两岁……不，一岁半而已。而且你是男孩子，应该干力气活的。"想想自己的实际年龄，叶薰有点心虚地说道。

"姐姐照顾弟弟才是应该的。"萧若宸说得理直气壮。

“男人照顾女人才是应该的呢。”叶薰毫不退让地反驳道，丝毫没有想到在场的两人距离男人和女人的差距还不是一般的大。

……

几句平常的闲聊，让叶薰绷得紧紧的心弦开始放松。仿佛在经历了一夜的山崩地裂，追杀逃亡之后，终于从紧张恐惧的最巅峰慢慢下滑了。

对于尸体和鲜血还是有着本能的厌恶，叶薰偏过头注视着天上的云朵。却又忽然想起什么似的，猛地转过头来，冲着已经将尸首拖到河边的萧若宸高声喊道：“等一等……”

可惜已经晚了。“砰”一声，黑衣人的尸首被萧若宸一脚踢飞了出去，在半空中优美的翻了个滚，“扑通”落到了河中心，冒起几个猩红色的水泡就消失不见了。

大功告成的萧若宸拍了拍手，这才转头问道：“怎么了？”

叶薰无言地看着河面荡开的一圈圈涟漪，她刚刚想起来，两人现在身无分文啊！去搜刮亡者的尸体固然不是什么令人愉快的事，可是身无分文的未来更加让人欲哭无泪。

银子啊，你就这么随水去了！叶薰泪眼汪汪地看着一眼望不到头的大河，想起未来的贫困生活，心里寒风阵阵。

“姐，你要那个尸体干什么？”萧若宸顺着叶薰的目光投向河面，不解地问道。

“我肚子饿了，想要吃东西了。”叶薰转过头，很诚恳很无奈地向不知世道辛苦的大少爷叹道。肚子饿，身上冷，衣食住行，起居坐卧，那样不要银子啊？唯一的现成财源就这么被他潇洒的一脚送走了。

“吃东西……”萧若宸口里喃喃重复了两遍，忽然像是想到了什么毛骨悚然的东西，脸“刷”地绿了……

“在想什么呢？”叶薰毫不客气地敲了他脑袋一下，看他的表情就知道不是什么好事，“我说的是银子，银子！知不知道？你至少先搜一搜身再踢飞啊。”

不过说起肚子饿，还真的很饿很饿了，叶薰抱住肚子，愁眉苦脸地想到。两人已经走了快一天一夜了，漫长的奔波之中，因为精神一直处于高度紧张状态，连饥饿感都不自觉地忽视了。现在精神放松下来，立刻感觉全身无力，疲倦地连迈步的力气都没有。

先下山再说吧，希望那位杜大人家不要太远。叶薰强打起精神，俯身拿起刚刚被萧若宸扔在地上的蓑衣，却意外发现刚刚黑衣人躺过的地上有什么东西在闪光。

“这是……”叶薰俯身捡起那件东西。

是一根簪子。而且……她越看越吃惊，来到古代这么久，簪子见过不少，但是能够让她记住的实在不多，而这一根却意外地眼熟。

整只簪体是一只光滑的碧玉柱，簪子头上的蝴蝶翅膀是浅绿的宝石雕琢拼接而成，蝶翼振动，如一只碧绿色大蝴蝶展翅欲飞一般。最诡异的是簪子上还崩开了一个小缺口。

这不是自己上次戴过的那一只吗？记得她打包行李的时候一起收拾进去了，应该在爬山的时候跟着包袱一起掉落到山间了吧。怎么会在这里？叶薰低头看了看地上，应该是从刚刚那个黑衣人身上掉下来的。

“姐，这是什么？”萧若宸凑过来看着叶薰手里的东西，“咦，好像见过，是你戴过的吧？”

“嗯。”叶薰点了点头，伸手擦去簪子缝隙里黑黑的泥土。看来是滚落在泥土里之后没有被埋住，凑巧被那个黑衣人捡到了。说不定就是这只簪子引起了他的怀疑，不然查看周围的动静也不至于查到这么远的地方来。

这只簪子和自己还真有奇妙的缘分啊。不管怎么样，他们有一样值钱的东西了。等下山找一家当铺把它当了，这几天的衣食就有保证了。叶薰高兴地想着，将簪子收进怀里。

第二章

夜雨孤灯

凛冽的秋风吹得山脚下的大树哗哗作响，悬在树叶上的水珠子纷纷扬扬，间或有耐不住风力的叶子零星飘落在空中，仿佛刚刚停歇的秋雨又开始洒落。

树下是一座简陋的小茶馆，四面土墙围住不大的院子，门槛前高挑的竹竿上悬着布幌子，被风吹得猎猎作响，半边字体都已经被油污地看不清楚了，只依稀可以分辨出“田家茶馆”几个大字，

平时生意惨淡的茶寮，此时里面坐满了人，形形色色都是被这一场雨阻住的路人。

“看着天气，只怕过一会儿还要有雨呢。”一个行商打扮的中年汉子忧心忡忡地看着天色说道，“可真是赶上时候了，这路还怎么走啊。”

“就算没有雨，嘿嘿，也别想走了，你刚刚没看见官道上快马飞驰的那一大队骑兵吗？看那衣着盔甲，像是城里头禁军的模样呢。”隔着一张桌子的另一人说道。

“皇上的御驾就在猎场里头，有兵马出入有什么稀奇的？”中年汉子回道。

"可年年都秋猎，也没有像今年似的，来了这么多兵。"一个猎户打扮的男子插嘴说道。

"还能有啥事，太平盛世的，还有人造反不成？"中年汉子嘀咕了一句，随即又想到了什么似的说道，"对了，难不成是北头那些蛮子又打进来了？边关告急……"

"呸，呸，呸，别说丧气话了，那些蛮子年初刚被沈将军打得落花流水，哪能这么又打过来。"几个人一起哄叫着否定道。

"兵马出入其实不稀奇，不过头天晚上，那一阵地动山摇的电闪雷鸣只怕就要有些不寻常了。"卖茶水的老头佝偻着腰提着茶壶一边来来回回，一边缓缓说道。

"有什么不寻常的。不就是一场暴雨吗？"中年汉子问道。

白发苍苍的老头缓缓摇了摇头，没有说话。他是长居山间的老人了，听那声音就觉得有些不对劲，尤其是半夜里头的一连串山崩地震似的的闷响，简直像是天公发怒了一般。

茶寮里的人闲来无事，又开始七嘴八舌地议论起来，话题慢慢延伸到别的上面。一阵秋风吹过，门口的中年汉子打了个喷嚏，骂了一声，"这见鬼的天气……"就要想关上门。

门关了一半却被卡住了，是一只湿漉漉的手伸进来撑住了门。中年汉子抬头一看，不知道什么时候，门口出现了两个身影。

"客官赶快进来吧，喝茶吗？小店还有现成的点心。"眼尖的老头看见客人上门，殷勤地招呼起来。

推开门，两人闪进茶寮。

个子稍高的那个一把扯下那半件蓑衣，甩了甩头发，呼了一口气："可算有个暖和点的地……阿嚏，阿嚏……"一句话没说完，连接打了好几个喷嚏。另一个人也默默地脱下蓑衣，只是一个简单的动作，却带着一种文雅有礼的韵味。

看清楚了两人的形貌，满茶寮的人都禁不住惊讶。好俊秀的人物啊！

个子略高的那个是个女孩，生得清秀脱俗，粉嫩的脸孔犹自带着几分稚气，黑曜石般的眼睛流转之间流露出晶莹剔透的眸光。后面那个看衣着像是男孩，可容貌竟然生得比前面的女孩还精致几分，让人一看就要移不开眼去。只是脸上一副让人琢磨不透的沉闷表情，感觉难以亲近。

这一男一女的组合，第一眼看上去是惊艳，而第二眼看上去，就是说不出的奇怪了。两人身上的衣服几乎都湿透了，而且满是污泥灰渍、破损刮伤，简直不能看了，但明眼人依然能够分辨出昂贵的布料和精致的花纹。看容貌，辨气质，按衣着，都像是大家小姐公子之类的人物，可富家小姐会莫名其妙地出现在山脚下的茶寮里吗？还是这么狼狈的模样。

这里最常见的都是行色匆匆的旅人客商，偶尔有几个游山玩水的读书人。无论是哪种身份，都与眼前两人的形象不符。尤其是……两人的年龄也太小了吧！顶多不超过十三四岁，这么小的孩子没有大人跟随，也不怕路上遇见歹人……

中年汉子忍不住探头看了看门外，视线所及，只有山脚下空无一人的官道蜿蜒曲折。

正在众人疑惑时，那个年龄稍长的女孩已经甜甜一笑，开了口："老爷爷，有吃的没有？还有热水，我们姐弟想洗漱一下。"

看茶的老头愣了愣，才反应过来，"有，有，只是……不知道客官怎么称呼？还有别的人没有……"这姐弟俩看起来太过于诡异，让他不知道应该如何问起。

"我叫叶薰，这是舍弟叶……叶宸。"似乎感觉到周围的疑惑，女孩笑着解释道，"我们是跟着爹爹一起来京城芳菲绣馆送货的，路上下雨，车子陷进坑里头去了，爹爹正带着伙计们在后面整理，让我们姐弟先进城去。"

众人恍然大悟，原来是跟着父母出门的。知道后面有大人跟着，茶客们纷纷打消了疑惑。

推开后门，老头领着两人进了后院，三间朴实的土房一溜儿并列着，虽然器具简陋，热水和洗刷的器具倒是一应俱全。

“在山里的时候不慎跌了几跤，老爹，可有干净的衣服？让我们姐弟暂且换上。”叶薰一边走着一边问道。

老头抬头打量着二人，“男装倒是好说，老头子儿子小时候的衣服还收着的，只是……”他的视线转到叶薰身上，神色有几分为难，“只是女装是我过世老伴的衣服，只怕小姐嫌弃我们乡下人……”

“无妨无妨，就麻烦老爹了。”叶薰笑着摆手道。此时她只觉得身上一阵比一阵阴冷，赶紧把这满身的湿衣服换下来才是正理，那里有工夫去挑三拣四。

叶薰和萧若宸进了房间，四面土墙斑驳破落，屋里除了一张床，一张破旧的木桌和一条长凳之外别无他物。就是这样只能用家徒四壁来形容的房间，落到了两人眼里，却像是温暖的灯火映进了长久跋涉在黑暗中的旅人眼里，让疲惫不堪的两人大大松了一口气。

叶薰脱力般坐倒在床上，觉得自己连爬起来的力气都没有了。一天一夜的奔波，一天一夜的恐惧，一天一夜的生死时速，她活了两辈子，从来没有经历过这样的大起大落。

不同于叶薰的松弛，萧若宸依然坚持笔直地站着，脸上的神情也谨慎沉思。

“别站着了，过来坐下。”叶薰拍拍身边的位置，对萧若宸道，“我们今晚先在这里住一宿，明天再起程去杜大人家里。”

萧若宸乖巧地点点头，走到叶薰身边坐下来。

叶薰从怀里摸出那只簪子，拿在手里把玩着。沿着茶寮向前走不远就是山村了，也不知道这附近的村镇里有没有当铺？没有的话他们今晚的房钱饭钱怎么办？干脆直接用这支簪子抵债算了。反正到了城里杜大人那里，不愁没有银子。

“姐，你说会不会再有人追下来呢？”萧若宸低头沉默了一会儿出言问道。

“暂时应该不会。”叶薰犹豫了一下说道，那个黑衣人会发现他们纯属巧合，不至于倒霉到第二次被人发现吧。

不过也只是暂时安全而已，就算是连绵的大雨阻止了工事，倒塌的山地一时间不会被挖开，那个黑衣人的事情也迟早会被人发觉。自己的手下莫名其妙地失踪了，沈涯不可能不起疑心，一定会再派人出来寻找的。

没有关系，等到明天这个时候，他们差不多已经抵达杜家了，所以……

"烦恼的事情先放一边，"叶薰乐观地拍着萧若宸的肩膀说道，"好好吃点东西，休息一下。明天尽快赶路，等到了杜大人家里，我们就安全了。"

萧若宸点点头。门外传来茶寮老头的声音，"小姐，公子？"

"老爹快进来吧。"叶薰跳下床，上前拉开门笑道。

接过老头手中的两套衣服和热水，叶薰欣喜地关上门。先把那套浅灰色的男装拿给萧若宸，然后扳住他的身子转过一个圈，背对着自己。

"姐？"萧若宸带点不解地问道。

"我要换衣服了，不许偷看哦。"叶薰笑道，"你也赶快换上，小心着凉了。"说着拿起自己的那一身，就解开扣子脱下外套。

"姐……"身后传来闷闷的一声，萧若宸尴尬地背对着她，"你就不能……"

叶薰扑哧一声笑道，"不能怎么样？这里总共就这么一间房，难不成要我去外面换吗？很容易生病的。"

说到这个，叶薰的视线落到房间里唯一的一张床上，不仅房间，似乎连床都只有一张呢。幸亏这个小子只有十二岁，叶薰带点庆幸地想着，一边飞快地脱下衣服，将干衣服换上。

晚上，两人当然只能够挤在一张床上睡觉了。

叶薰缩在被窝里，感觉到身边像是有一个小火炉一样，腾腾的热气烤得人稍微有点心焦。虽然两人都是和衣而睡，但心底里还是有些微莫名的尴尬。

房门外凛冽的寒风吹过，呜呜的呼啸声像是妇人哀怨的哭泣。简陋的土房连窗户都没有，倒是免了寒风灌入的烦恼。冷雨扑扑敲打着房檐，顺着檐隙泠泠滴落，与漫天的风声交集着传入耳中，无端觉得浮动在周围的空气又冷了几分。叶薰忍不住朝被窝里缩了缩。

躺在床上，回忆起白天种种剧变，两人都了无睡意，萧若宸盯着天花板沉默了半晌，出声问道，“姐，等见了杜大人，见了太后，我们怎么办呢？”

听到这个问题，叶薰心底里微一黯淡，她也正在烦恼。说句实话，她对于前往投奔太后的举动并不看好。沈涯这一次能够使出这样决绝的手段来暗害萧家，必定在各方面都做了万全的准备。虽然他们两个逃过一劫出乎他预料之外，但仅凭借着两个未成年孩子的证言，会有人相信他一个堂堂朝廷大将，帝王亲信，会使出这种手段来谋害政敌吗？而且他们两个要怎么解释逃出生天的缘由呢？难不成直接说自己想要逃婚？！

那一夜的真相一旦揭发出来，势必会震动整个朝堂和宫廷。沈涯如今深受皇上的信赖，而且沈贵妃又宠冠后宫。他们两只小蚂蚁有能力撼动这两棵根基深厚的大树吗？

想到这里，叶薰轻叹了一声，“这种匪夷所思的事情，皇上只怕不肯相信……”

“就算皇上一时不肯相信也无所谓。”萧若宸若有所思地看着灰蒙蒙的天花板，缓缓说道，“反正萧家的营地再往前不远就是御驾所在的行宫了。”

叶薰一时间没有吃透这句话的意思，“啊？你是说……”她转过头，正对上萧若宸荏弱秀美的侧脸，紧蹙的眉头勾画出冷冽宛如冰珠的气质，漆黑晶亮的眼眸中透着犀利尖锐的光，那目光投注在上空无尽的虚无黑暗里，像是要从那片摸不清底的黑暗中看出一条明路来。

叶薰的心里一颤。立刻明白了他的意思，

他是要将弑君的罪名往沈涯头上按。谋害萧国丈的罪名虽大，但没有确切的证据，是没法对沈家造成致命伤害的，尤其萧家早已为皇上所忌惮，说不定沈涯的举动正合皇帝的心意呢。但是一旦这个罪名牵扯到弑君上头，哪怕只是最毫无根据的捕风捉影，最荒谬不堪的指鹿为马，也会在九五至尊的心口上埋下一根隐秘的刺。

当今皇帝是个怎样的人叶薰并不清楚，但是在她读过的历史书上，这样的例子实在是太多太多了。尤其是对于手握兵权的大将，连“莫须有”的罪名都可以变成杀人的利器，何况这种赤裸裸的有弑君嫌疑的毒刺呢。只要适时适机地浇灌，极有可能会生长出猜忌怀疑的毒草，结出致命的果实。

这样……沈家的日子只怕也会不好过了。明知道这招祸水东引的办法最是高明，可不知道为什么，叶薰心头一颤，无端地觉得身边的少年距离自己遥远起来。

她正在出神，忽然感觉手上一暖，是萧若宸在被子里面伸出手紧紧握住了她的手。叶薰有些惊异地转过头去，萧若宸正凝视着她，冷锐的目光已经变得柔和温暖，“姐，你在想什么？”

“没什么。”叶薰笑了笑，觉得精神似乎一阵恍惚疲倦，她定了定神，随口说道，“等见到了太后，再商量这些吧。”现在的她，实在没有力气去思量这些东西。

注意到叶薰的神情有些不好，萧若宸眉头一挑，以为她是担心与太后见面的事，连忙说道，“姐，你是害怕太后再逼迫你入宫吧，其实你不用担心这件事情了，毕竟爹爹他们……”说到这里，他的神情有些苦涩自嘲。

叶薰微一愣，立刻想到了这一点。所谓“三年之丧，齐疏之服”，古代父母丧生，必定要守孝三年，并且期间禁绝婚嫁迎娶。也就是说经过那一场惊天剧变，她已经奇迹式地摆脱了那个万恶的皇后身份，至少三年之内不用为这个问题烦恼了。

这算是到现在为止唯一一点意外的惊喜了吧，叶薰疲倦地想着。

“姐，你放心，你不愿意入宫，我就绝对不会让你入宫的，就算是太后她想要打这个主意也不行。”萧若宸凝视着叶薰说道，音调不高却一字一句铿锵有力，“三年之内是这样，三年之后也是这样。”

两人脸贴得极近，呼出的热气就近在耳边，感受到与自己相握的那只手在慢慢收紧，叶薰心里一阵温暖，却莫名地掺杂着几分不太自然地尴尬。

她挣脱了萧若宸的手，带着七分开心，三分戏谑地拍了拍他的脸颊，“我知道了，小勇士，以后姐姐的未来就要拜托你了。”

“我一定好好照顾姐姐。”萧若宸却神情极郑重地点头说道。

被他认真的神情逗笑了，叶薰温声道：“好好好，我知道了，早点睡吧，今晚先不要多想了，明天还要早起。”

“嗯。”萧若宸点了点头，像是一只窝在火炉边的小猫一样，向里蜷了蜷，把头靠在叶薰的肩膀上，闭上了眼睛。

两人奔波一天，原本就极度劳累。安定下来，几乎立刻睡着了。

耳边回响着冷雨敲窗的旋律，叶薰这一晚睡得极不安稳，只觉得窗外的雨就打在身上般，遍体沥沥生寒。

也不知过了多久，听到身边有细微的响声，叶薰勉强睁开眼睛，却感觉眼前似有无数的帷幕重重遮掩着，景物人影都模糊起来。只是从门前透入的那一片光晕她知道，天已经亮了，该启程了。

叶薰挣扎着要起身，可刚动了动，就觉得眼冒金星，头昏脑涨，一下子失力地摔倒在床上。

“姐……你怎么了？”耳边似乎有人在急促地呼唤她，头脑却昏昏沉沉，眼帘更像被胶水黏住了，怎么用力也睁不开。“我没事。”她想开口这样说，可身体完全不听使唤，连张口的力气也没有了，神志也逐渐模糊起来。

该死的，她怎么在这个紧要的关口上病倒了呢？！昏迷过去之前，叶薰恨铁不成钢地想着。

不知道过了多久，叶薰觉得自己在做一个梦。她像是被扔进了炎热干旱的沙漠里，燥热的太阳当空照着，四周滚烫滚烫，似乎要把她体内的每一丝水分都烤出来。恍惚之间，又像是掉进了冰窖里，冷得直打哆嗦，四周只剩下白茫茫的一片，只余模糊的影子。

这样冷热交替的折磨不知道延续了多久，蒙胧间感觉床前有人接近，抬起她的手腕按住脉门，又有人扶起她来，将苦涩的药汁喂进她的口里。身体倦意深重，连动一下的力气也欠缺，叶薰明白自己病得很重，只能够机械式地吞咽下送到嘴边的药汁，很快就又陷入昏沉之中。

真正清醒过来已经不知过了多久，叶薰觉得口角干涩，勉力睁开眼睛，屋里晦暗一片，透过木门的缝隙，她看到漫天的星光闪烁。

又是晚上了，她睡了多久了？叶薰挣扎着爬起来，却觉得身上的被子很沉，定神一看，自己脚边竟然趴着一个人。

他原本坐在床前长凳上，似乎疲倦极了，不自觉地趴倒在自己脚下。

叶薰低头看着他的睡脸，长长的睫毛在他白皙清秀的侧脸投下深深的剪影，抿起的薄唇带着坚定的淡淡弧度，睡着的他像是一只温顺的小动物，蜷缩成一团缩在自己脚边。

叶薰伸出手去轻轻撩起垂在他额前的散乱刘海，不期然地看见他眼帘之下有着浓重阴暗的晕色，给这张年轻活力的脸庞画下憔悴的剪影。

他多久没睡了？

屋里静悄悄地，只余破落的桌子上那一盏昏黄的油灯，在细风中挣扎跳跃，这一瞬间低伏下去，仿佛就要熄灭，下一刻却又挣扎着起来，在残风中继续喘息。

昏暗的灯光给屋里的一切都镀上了一层陈旧的色彩，却只有眼前少年的脸孔鲜活而明亮。时光似乎正在随着这明灭不定的晦暗慢慢流逝，却只有眼前这张脸孔沉静地像是一潭凝成冰雪的湖水，无视时间的一切法则，就这样沉淀成一种近乎永恒的影像。

一种细腻的感情从叶薰心底最深处漫上来，像是春风初过，温暖的绿意刹那之间布满大地。些感动就是这么不期而至，灯下少年微微蹙起的眉头，因为熬夜而发青的眼晕，满是疲倦却依然英气刚毅的表情，都深深地刻印在叶薰的心里，成为她永远无可磨灭的记忆的一部分。

也许有些感情，就像是这燃烧了一夜的蜡烛，就算已经彻底化为灰烬，深红的烛泪依然凝结在那里，鲜明而生动。直到很多年之后，无论他们是亲密还是疏离，是近在咫尺还是相隔天涯，这一夜的灯火，这一夜心灵深处的颤动，都是弥漫在她内心深处最温馨的一段回忆。

正在神思游离之间，一阵秋风带着潮湿阴寒的气息蹿入屋里，叶薰激灵灵打了个寒战，她这才发觉，身上的衣衫差不多被汗水湿透了。

同样被这一阵寒风侵扰，趴在床边的萧若宸打了个哆嗦，不自觉地蹭了蹭被子，睫毛轻颤，清醒了过来。

“姐！你醒了？！”揉了揉眼睛，一抬头就看见坐在床上的叶薰，萧若宸眼中爆起惊喜的光芒。连忙从床边跳起来，却被身后的板凳绊了一个趔趄，险些跌倒在地上。

叶薰惊声呼道，“小心……咳……”一句话还没说完就转成剧烈的咳嗽，她这才发现自己口里干涩发苦地厉害，嗓子像是烟熏火燎过一样。

萧若宸退了一步稳住身形，“我没事。”他一边说着凑到床边按住叶薰的肩膀，“姐，你先躺回去，大夫说你病得很重呢。”

叶薰依言躺回被窝，萧若宸替她拉上被子，又到桌旁倒了一杯茶水。

叶薰接过茶水喝了几口，缓和了口里的干涩，这才问道：“现在什么时候了？我睡了多久？”

“已经是亥时中了，姐，你昏睡了一天多，大夫说你体质原本就虚弱，奔波劳累，又淋雨受凉，所以撑不住病倒了。”萧若宸解释道。

已经第二天晚上了！叶薰心里一惊，问道：“那这两天有没有人……”

“你放心，没有人追来。昨天雨停之后，滞留的客人也都纷纷上路了。现在整个茶寮里就我们两个人而已。”萧若宸安慰道。

叶薰心绪稍安，想来沈涯他们的效率也不可能这么高，

“对了，你哪来的银子请大夫抓药？”叶薰忽然想到这个问题。

“我把那只簪子……拿到镇上的当铺当了。”萧若宸一边说着，一边偷眼看着叶薰的脸色，“姐姐不是一直说要当掉它吗？”

叶薰没有注意萧若宸的神情，只是感觉有点不可思议：“你会当东

西？”眼前这一位可是标准的“衣来伸手、饭来张口”的千金大少爷啊，竟然知道当铺这种存在？

“我问了茶馆那位老爹了。”看到叶薰并不在意簪子的得失，萧若宸的神态放松下来，老实交代道。

“嗯，那当了多少银子？”叶薰最关心的是两人的经济现状。

“十两。”萧若宸继续老实交代道。

十两？！叶薰嘴角抽搐了一下，还真是不食人间烟火的大少爷啊。她虽然对当下的物价了解不多，但光看那根簪子镶宝嵌玉的材料也知道，最低价值也是几百两。

算了，他第一次去当东西，再说，十两银子也足够应付到那位杜大人家里了。叶薰安慰地想着。只是时间不能再拖延了，拖延得越久就越危险，他们必须尽快赶路才好。

奈何叶薰虽然清楚时间的紧迫，这场病却不是靠她心急就能够痊愈的。甚至有痊愈速度与心急程度成反比的倾向。而萧若宸又坚决不同意让叶薰在未痊愈之前上路，两人只好暂时在这间小客栈里住了下来。

在病床上拖拖拉拉一直养了三天，叶薰的病情终于转好。这三天同样也是提心吊胆的三天。两人时刻担忧着被人追查上门，每次有客人到来都会紧张一阵子。好在因为天气时晴时阴，这几天路上行人很少，茶寮的生意萧条地出奇。

整整三天无人问津，叶薰也不知道该说是沈涯那边的办事效率太低，还是有什么他们预料不到的原因。

被困在这间小客栈里的他们当然不会知道，外面正在发生着何等惊天动地的变故，此时的沈涯所忙碌的，是一场改写整个朝政势力的大布局，对于一个无关紧要的手下偶尔失踪这种小事，根本无暇顾及。而他们更没有料到的是，正是这场被他们抱怨来得不是时候的急病，反而机缘巧合地救了两人的性命。

第三章

抄家灭族

叶薰提起裙子一角，灵巧地从马车上跳下来，然后从怀里摸出几文铜钱递给赶车人，笑道：“一路多谢大伯了。”身后萧若宸也跟着跳了下来。

几天的休养下来，身体终于彻底痊愈，一大早他们搭了一辆过路的马车上了路。有车代步就是轻松，太阳还没有落山就进了城。

官道上人来人往好不热闹，叶薰问道：“杜大人府上在哪边啊？”

“就在前面不远，我们这就去吧。”眼看就要抵达目的地了，萧若宸也精神起来，领着叶薰向前走去。

这里是京城外不远的奉贤县，也算是京畿一部分，杜献唯的祖宅就坐落在这里。如今府邸里是由杜夫人，也就是萧家那位嫁到杜家的女儿执掌门户。姐弟俩准备先去拜见这位杜夫人。

京畿重地，虽是一县，繁华也远胜边远城市。街道两边各种店铺鳞次栉比，货物琳琅满目，叫卖声吆喝声响彻街市，风味小吃的香气回荡在空气里，与马车带起的烟尘气息混合成一种特有的热闹。

拐过一道街，就是杜家府邸了。两人快步转过街角，看清楚了眼前的情形，却大吃一惊，脚下齐齐一顿。

这是怎么了？叶薰惊疑地看着眼前的人山人海，几乎把整条街都填满了。骚动的中心就是杜家府邸，难道是杜家发生什么事情了？她心急想要从人群里挤进去，可整个大街都被堵地水泄不通，留不出一丝空隙，想要踮起脚尖看看，可惜先天条件不足，人长得矮了，再怎么跳脚都没办法。

无奈之下，叶薰拉住身边的一个青花布裙的矮胖中年女子问道："大娘，您可知这前面发生了什么事情？"

那青裙妇人也是在这里看热闹的，头也不回，随口说道："好像是要抄家了，来了不少官爷呢。"

抄家？！

叶薰心里"咯噔"一下子，还没有来得及继续问，旁边的萧若宸变了脸色，一个箭步蹿上来，猛地扯住那个青裙妇人的衣袖，急声问道："抄家？怎么会抄家？！为什么？什么罪名？！"

那个妇人毫无防备，被扯地一个趔趄，险些摔倒，待回过头来，脸上已经现了怒容："你是哪家的……"

叶薰连忙上前拉开萧若宸赔笑道："是舍弟心急了，请大娘莫怪。"

那青裙妇人这才悻悻然收了怒色。

这场微小的风波引来旁边不少人注目，"你们跟这家人有什么关系吗？这么心急火燎地。"一个路人忍不住疑惑地问起来。

一句话出口，立刻有更多的人朝他们姐弟二人看过来。众人看清了他们的容貌，都愣了愣，忍不住心里暗赞，好俊俏齐整的孩子啊，虽然衣着简陋了些，可这般的容色气度，难道真的与这家人有关？

察觉到身边疑惑的目光，叶薰暗叫一声不好，脸上却做出一副为难的表情来："前几天这家当差的那位王大爷赊了我们店里十余匹布料子，都是爹爹新近从南边进来的新花色，说好了今天来收账的。可是……怎么变成这副情形了，这账……可如何是好。"一边说着，叶薰心急如焚似的向杜家大门看去。

众人恍然大悟，看着姐弟二人，尤其是弟弟那苍白的脸色，倒忍不住有些同情起来。十余匹料子可不是什么小数目，看眼前这光景，可怜这笔账只怕是要打水漂了。

“小妹子，你先不要着急。”那青衫妇人看到叶薰衣衫虽粗陋，但清秀可人，神态也恭谨，语气便放缓安慰道，“这家人究竟是犯了什么事儿还说不准，指不定牵连不到全家，也许还能够讨回来呢。”

“多谢大娘了。”叶薰满含感激地点点头，又打听道，“这家究竟是怎么了，不是听说这位杜家的老爷是当御医的吗？怎么又会犯了罪？”

“可不是吗？听说还是御医里头最大的一个，叫什么院首啥的，官儿大得很呢。”旁边有一人也插嘴说起来。

“嘿，当御医给宫里头的那些达官贵人们看病，说着是风光，其实可不安稳，说不定什么时候就要大祸临头呢。”另一个人指了指早已经被人群掩盖地看不见的大门，“就像眼前这一位吧，虽说还不知道是啥罪名，但依我看啊，多半就是给哪位贵人看病看岔了。”

“有道理，那句话怎么说的来着，伴君如伴虎啊……”

“可不是吗？连睿国公萧家都倒了，满门抄斩呢，这几天午门菜市口那边光是斩首的人都……”

“啧啧，那人头砍的啊，听说那一片儿，地上的血都洗不干净了。嘿，相比之下，一个小小的御医算什么啊。”

“是啊，富贵人家也有富贵人家的苦，一旦犯了事，还不如老百姓。”

睿国公萧家都倒了？！

这句话恍如晴天霹雳，激灵灵打入了叶薰耳朵，震得她头昏目眩。萧家满门抄斩？！怎么可能？就算是萧国丈遇害了，但也是死于自然灾害，怎么会连累家人……

叶薰想要上前问明情况，眼角的余光却瞥见身边的萧若宸身体晃了晃，脸色已是铁青。她顾不得打听详情，连忙转过身去拉住他的手，领着他向人群外面挤去。身后纷纷扬扬的议论声继续传入耳中。

“对了，这家的夫人不就是那位睿国公萧家的什么闺女吗？我记得嫁过来的时候可风光来着……”

“就是就是……”

“这些事管我们老百姓什么……”

“听说那个萧仁被列出了几十条大罪啊，没想到是这么罪大恶极……”

萧若宸浑浑噩噩地被叶薰拉扯着出了人群。身后那些不断传来的嘈杂的声音仿佛化作了亘古的魔咒，不停的盘旋在他的耳边，尖叫着，撕咬着，折磨着他的每一根神经，让他全身如坠冰窖般寒冷，

睿国公萧家……倒了……菜市口……满门抄斩……血迹……这一连串的字符化作沉重的枷锁笼罩住他，直到对上叶薰满是担忧的眼神，他才觉得灵台清明了些，像是要摆脱那深深的恐惧一般，他抓紧了叶薰的手，勉强笑着说道：“姐，我没事，你别紧张。我就是有点难受……胸口堵得厉害……”

他的嘴角竭力上扬，想要勾画出一个轻松的表情，可笑意到了唇边却破碎不堪。

“我知道，我知道。”叶薰轻声说着，伸手抚过他的脸颊，像是要把那破碎了一地的表情抹去，她把他揽进怀里，抱住他向路边走去。

夕阳已经缓缓沉下，嫣红的晚霞蒙上了一层灰幕，形成近乎诡异的暗红。叶薰的心情像是被这晦暗沉闷的色调感染了一般。她看着眼前的少年，感受到一种深深的无力，仿佛明知道他正在下坠，却不知应该如何拉住他，挽救他。夕阳的余晖将两个人的身影拉得很长很长，在喧嚣吵闹的大街上，快要融为一体的两个影子却是出奇地孤寂寥落。

前路未明，暮色正深。

靖北将军府里，一个精明干练的男子快步走近书房，还没有抬手敲门，屋里已经传来沈涯平淡的声音：“进来吧。”

男子依言步入书房。

“怎么样，招认了吗？”沈涯抬起头来沉声问道。他正坐在书案之后查

看一封书信，神色间带着些微不易察觉的疲惫。

“杜献唯已经招认萧皇后命他暗中下毒谋害贵妃娘娘和刘娴妃、陈贵嫔的皇嗣的罪行了。”男子躬身行礼，然后起身回禀道。声音略带沙哑，正是叶薰两人上次在树林里遇到的那个领头的黑衣人，他是沈涯的心腹亲信郑擎。

“嗯。”沈涯应了一声，放下手里的书信，沉吟了片刻又问道，“那么太后那里呢？”

“贵妃娘娘那里已传来消息，一切都准备妥当了。”郑擎禀报道。

“好，宫里头的事情就全交给她了，记得不能留下任何后患就好。”沈涯颔首说道，声音虽然冷淡自如，但提起太后，眉头却不易察觉地皱了皱。

距离那个山崩地裂的夜晚已经过去足足十天了，这十天也是整个朝廷和后宫势力变动剧烈的十天。甚至可以毫不夸张地说这是当今皇上即位十几年以来，整个大周朝政权中枢势力变动最密集的十天。

事故发生的第二天，御驾就匆匆启程离开了猎场，而等御驾抵达京城，弹劾睿国公萧仁罪行累累，天怒人怨的折子已经成堆地摆放在御案上了。后宫紧接着揭发出的巫蛊之乱更让皇帝震怒惊恐。

在这场变动之中，最大的赢家当然是幕后操纵这一切的沈涯，而输掉的，则是以睿国公萧仁为首的一派开国元勋势力。可惜萧仁本人已经葬身在山崖底下，看不到自己的失败了。

要论两派的真正势力，沈涯明白，其实他手中所掌握的底牌尚逊于萧仁，这一次能够这么顺利扳倒萧家，一方面是出其不意，剑走偏锋；另一方面，也是依仗着皇上对于萧家所代表的那些豪门贵阀势力达到极点的深恶痛绝。虽然皇帝将这种厌恶掩埋得很深，深到连萧仁这样老奸巨猾的狐狸都没有察觉太多，但是依然瞒不过距离他最亲密的沈贵妃的双眼。

沈涯叹了一口气，他揉了揉额头，一种沉重的无力感从心底里蔓延上来，虽然他一直是以一个胜利者的姿态有惊无险地度过了这十天，但所感受到的疲倦依然远远大于成功带来的喜悦。

尤其是还有一件让他身为忧心的事情，沈涯抬手轻轻敲击着桌面，沉声问道："那样东西找到了没有？"

终于问道这个了，郑擎咽了口唾沫，低头说道："还……没有……"

"营地里还没有收拾完吗？"沈涯眉宇间有些不悦。泥石流造成的山体崩塌规模并不大，只是恰好将萧家为中心的几家倒霉门阀的营帐掩埋在了底下。御驾回宫之前就已经开始安排兵马进行挖掘抢救工作了，当然，挖掘的人手是由沈涯一手安排的。到现在为止应该已经完工了才对。

"大体上是收拾完了，但是详细的搜索还要进一步才行。"郑擎低头说道。挖开的营帐摆设器皿杂乱繁多，又与泥水混合在一起，搜索不易。

沈涯点点头，说道："东西是由天蚕冰丝制成，薄如蝉翼，面积虽大，折叠起来也不过是方寸大小，要仔细搜索，而且它水火不侵，坚韧异常，绝对不可能在泥沙之中损坏，一定要找到。"

"是，"郑擎躬身领命，神色转而有些凝重地抬头看了沈涯一眼，说道："另外，大人，还有一事，我们清点了挖掘出来的尸首，发现……人数有差异，少了两具。"

"少了两具？"沈涯的声音有些提高，眼神转冷，"怎么会少了人？"

"这……"郑擎忍住擦冷汗的冲动，他想破了脑袋也想不出一位娇滴滴的弱小姐和一个富贵公子哥是怎么从帐篷里不见了的，若是被泥水冲走的话，不可能独独这两人被冲走啊，明明那些仆役丫环的尸首都摆得好好的。难不成他们喜欢三更半夜不睡觉跑出去？这事情实在诡异。

郑擎犹豫着说道："属下已经命令人继续挖掘，并在四周寻找……"

"少了哪两个？"沈涯打断了他的话，沉声问道。

"对照名单看来，应该是萧仁的儿子萧若宸和女儿萧若岚。"他硬着头皮说道。

屋里刹那之间陷入一种诡异的沉寂，沈涯眼中闪烁起刀剑般的锐利。

郑擎隐约觉得后背有些发冷，像是有一条蛇紧贴着背后的肌肤蹿上去。

沈涯却只是冷冷地瞥了他一眼，就收回视线转向窗外，略一沉吟，忽然问道："田恩至今还不见人影吗？"

"没有。"郑擎头疼地回禀道。这又是一件让他担忧的事，田恩是他的手下，在那天晚上行动结束后，他派了田恩等几人查看四周动静，防止有不相干的人察觉了他们的行动。

第二天中午，其余几人都已经归队，唯有田恩一直不见人影。他已经将此事禀报了沈涯，又派人去山间寻找了，但至今仍全无消息。

主上此时问起田恩来是为何？怀疑这两件事情有联系吗？萧家的小姐和少爷不可能凭空失踪，如果不是他们两个自己跑掉的话，那么……就只可能是有人救走他们了。而这个人一定是很出色的高手，才能够事先把握时机将两人送走，并且杀掉不幸遇见他的田恩，田恩已经是他手下武功颇为出色的高手了。可是他既然救了两人，为何不救萧仁呢？除非……是时间来不及？或者，难道说……救走两人的人，就是田恩本人……忽然想到这个可能，郑擎忍不住打了个哆嗦，沈涯御下极严，他们也是在行动的前一刻明白了计划的内容。如果真是田恩……时间正好……郑擎心中泛起一阵寒意，他立刻问道："难道真的是田恩他……"

沈涯抬手打断了他的话，"这件事情先不要外传，遇难的人，就按照全部死亡的名单上报给皇上。"

郑擎抬起头来，沈涯侧对着他，表情隐没在阴影中，看不分明，却不知为何，让人觉得那身影晦涩地仿佛与身后的影子融为一体了。他挥了挥手，动作之间似乎有些许疲倦，声音却一如既往的坚定淡然："你先下去准备吧，此事我会再考虑。"

郑擎不敢多说，低头行礼告退了。

书房里只余下沈涯一个人，他独立在窗前，仿佛赏着窗外萧瑟的风景般默然静立。秋风吹拂过枝头，经过几日前那一场秋雨的洗礼，树叶早已经凋零泰半，此时再经受寒风的侵袭，更加零落不堪，唯有树下一丛丛野菊花开得甚是热闹，给这萧瑟寂寥的景色平添了几分热闹。

沈涯静立了片刻，转身回到书案前，拿起刚刚阅看的那封书信，神色之间说不出是凝重还是轻松。

散发着清新兰花香气的薛涛红笺上，不过是寥寥数语：“望君设法与妾身宫中见面，有要事相交，切勿推辞。”

他盯着上面娟秀的字迹若有所思了片刻，最终还是轻叹一声，将书信一角凑到书案一侧的烛火上。跃动的火苗瞬间吞噬了书信的半边，浓艳的火红沿着纸张飞速蔓延开来。

沈涯随意地甩了甩手，化成一团火苗的书信如同一只扑火焚身的飞蛾，又像是窗外深秋的落叶，无力地飘零到地上，散落成片片飞灰。

秋日午间的阳光明媚清爽，透过窗格子投射到地上，划分成整齐的光影方块，只可惜间歇不停的人来人往将这原本工整的风景割裂的支离破碎。

桌子上是一碟清炒青菜，一碗米饭，叶薰坐在桌前，一边神态自若地夹着桌子上的菜送入口里，一边心不在焉地看着窗外的风景。实际上她的心思没有一分放在眼前的食物和外面的风景上。

“听说了没有，皇家猎场里头的那些事。”

“怎么没听说，嘿，我就说那天晚上不寻常吧。那电闪雷鸣的，隔着老远都震得人头皮发麻，敢情真是老天爷在发怒呢。”

“萧家也算是天怒人怨到了极点，竟然连老天爷都看不下去了，也不知道是做了什么孽。”

“做了什么孽？不过出了个妖孽女儿，能不惹恼老天爷吗？堂堂的一朝皇后啊，竟然在后宫行巫蛊之术。”

“哎，我还听说，几年前后宫里头娴妃娘娘小产，母子俱亡的事情，还有前几年大皇子病逝的事情，都是萧皇后动的手脚呢。”

“难怪萧家要遭雷劈了，老天爷也看不下去了吧。”

……

种种议论纷至沓来，钻入叶薰耳中。这里是城东的一家酒楼，距离他们落脚的客栈不远，这两天叶薰一直在这里打听消息。

不过几天的时间，朝中的势力格局发生了天翻地覆的变化，局势虽然尚未明朗，但萧家垮台的趋势已经不可逆转，至少凭借他们姐弟俩的微弱力量是不可逆转了。

就在昨天，朝廷下了圣旨，萧皇后在后宫行巫蛊之术，咒杀沈贵妃及数位皇子的罪行证据确凿，罪大恶极，故而昭告天下。而秋猎时候的那场人为的灾害，也被扭曲成上天的示警。

钦天监官员上奏声称，那场泥石流会独独埋葬萧家，正是对萧皇后罪行的天理昭彰，报应不爽。因此恳请皇帝上承天意，整顿后宫，彻底清查这一巫蛊秽乱宫廷之事。

对于此事，民间衍生出各种匪夷所思的版本，甚至有人言之凿凿地说，在事故发生的那个雨夜里，亲眼看到有阎罗的影子出现在天空之中，然后就是一阵电闪雷鸣，山崩地裂……马上又有人反驳，当时天上出现的分明是雷公的影子，是雷公他老人家手持雷锤，亲自劈死了作孽的萧皇后家人。

而萧皇后的罪行，也在街头巷尾唇间齿畔的流传中不断扩大延伸。甚至连多年之前，后宫某某皇子生病，某某妃子受惩之类的闲闻杂事都被翻检出来，然后在民众丰富的想象力之下，荣幸地与恶毒的萧皇后挂上了钩。这些宫闱密辛，闺阁琐事最是让人好奇，一时之间，酒馆茶楼，街头巷尾，讲者口沫横飞，听者啧啧有味的景象不绝于目。

这让叶薰忍不住慨叹一声，在平民百姓的口水中，萧皇后似乎已经变成了后宫一切黑暗内幕的罪恶源头了。自己的这个“姐姐”也不知道算是幸运，还是不幸。

她很不幸承受着如此的污名，但她很幸运地已经死掉了，再多的责骂和议论，对于一个死人是不会有任何损伤的，会受到伤害和从中得利的只能是活着的人。

萧皇后虽然已经死了，落在身上的惩罚并没有减轻分毫，她被废去了皇后的封号，并且庙堂宗册除名，降为庶人。同时巫蛊的罪行不可避免地牵连到她的家人，包括萧家在内的十几个豪门权贵被抄家灭族，其中有不少还是开国之初的名门。连太后也递上奏折，自请入皇家寺庙修行佛法，出家为尼。

对此叶薰并不感到意外，开国的皇帝需要扶持，尤其是大家族的支持。但是一旦江山稳定了，这些权贵豪门就会变成一种负担，尤其是有军功傍身的权贵只会更让皇帝头疼。而这种权贵一旦成了外戚，那绝对是最最头疼不过的了。大周从立国到现在已经经历四代帝王，正是一个皇朝走向稳定，以新血代替旧血的时机。而沈家恰好站在了最恰当的位置，最合适的时机上。

叶薰夹起最后一片青菜放在嘴里，转头看向窗外。从这个窗口正好能够俯瞰杜献唯家的府邸，抄家已经在昨天结束了，围观的行人也已散去，只余下府邸大门上两条白地刺眼的封条交叉成一个大大的“X”。门前萧瑟的落叶飘过那两对无精打采的石狮子，路过的行人行色匆匆，对于这座寂静的府邸连多看一眼的兴趣也欠缺，仿佛这家人从来没有存在过。

其实，萧家如何，沈家如何，萧皇后如何，沈贵妃如何，与他们没有丝毫关系，这一切最大的意义也不过是给他们增添些许茶余饭后的消遣谈资而已。

日子还是在照样过着，今天倒下的是萧家，他们兴致勃勃地议论纷纷，如果明天倒下的是沈家，他们议论的兴致绝对不会减弱分毫。而这些议论，也终究会随着时间的流逝慢慢沉寂，被人们彻底遗忘。

叶薰放下筷子，呼唤店小二过来结账，然后像往常一样买下点心和包子，用纸包好，向落脚的客栈走去。

推开房门，萧若宸正对着窗口出神，听见响声回过头来。

“我买了包子和点心，趁热吃吧。”叶薰将纸包递上去笑道。没有让萧若宸一起跟着打听消息，一方面是考虑到随时可能出现搜查两人行踪的人，年幼姐弟的组合未免惹人怀疑，另一方面也是忧心他在大庭广众之下失态。

只是萧若宸这两天倒是平静地很，大大出乎她的预料。也许是这些天的经历，让这个原本就聪慧过人的少年更快地成长起来了。

“姐，外面的消息怎么样了？”萧若宸伸手接过纸包问道。

叶薰犹豫了一下，这些事情终究瞒不过他，斟酌着言辞，她将新打听到的消息慢慢说给他听。

萧若宸认真地听着，神色之间虽然凝重却并没有失态，既然已经知道了萧家抄家灭族的消息，这些后续的处置早已经在他预料之中。

山崩地裂，飓风海啸皆为“天视”，是上天给予九五至尊的警戒，一旦发生，则必有天子失德之处。按照范围和影响力的不同，当朝皇帝需要自省检视，斋戒祭祀，停止纳妃欢宴、扩建宫室等虚浮奢靡的举动，严重的时候甚至需要向天下人颁布罪己诏，做自我检讨。

这一场山崩，虽然危害不大，但发生的时间太过于巧合，正卡在他皇帝陛下秋猎行乐，弘扬武勋的时候，这不正是摆明了削他的面子吗？另外，在皇帝御驾一侧发生了这样的天灾，负责天象的钦天监、负责护卫保驾的御林军，乃至随行的臣子们都责无旁贷。这样的情况之下，就算没有把柄，朝廷上下都恨不得拉出一个替身来挡灾，何况如今有了萧皇后这个自动送上门来的替罪羊呢。

沈涯的这一招虽然走的险，却也走的妙，妙就妙在他恰到好处地“体谅”了皇帝和众臣的心态。如今罪名一股脑儿扣到了萧家头上，想必无论皇帝本人，还是胆战心惊的一干文武众臣都松了一口气吧。

听完叶薰的讲述，萧若宸思索了一阵子，忽然抬头问道，“姐，我们还剩下多少银子了？”

没想到萧若宸会关心这个问题，叶薰愣了一下，随即打了个哈哈，笑道：“这个……你不用担心了。我有方法赚钱的。”

“是吗？”萧若宸疑惑地盯着叶薰，那眼神显然是对她赚钱能力的质疑，“姐，你在打什么主意？”

“我还能打什么主意？难不成还会把你卖掉不成？你小子别瞎想。”叶薰有点心虚地应付着。

“卖掉我没关系，你别把自己卖了就好。”萧若宸撇撇嘴角轻声说道。

“呃……”叶薰瞬间哑然了，他怎么知道……

“姐，你不会真的要把自己卖掉吧？”注意到叶薰心虚的表情，萧若宸的声音瞬间拔高了。

面对这只小猫，叶薰连忙坦白道：“没有，没有，我其实是要……”

第四章

花楼卖身

她以后以何为生，经商？但是走这一条路的前提是，你得有一定的本钱。任何经商行为都是需要前期投资的。如果你身无分文，除了无本万利的拦路打劫之外，所谓创业打拼只是虚话。

当然，叶薰他们现在的处境比起身无分文还是好一些的，至少那十两银子还剩下整整八文大钱，足够买两个肉包子或者四个馒头了。这些钱，让姐弟俩吃顿饱饭还不成问题，但是要用来创业，就有一定的难度了。

那么，当你没有本钱的时候，在古代要怎么混？

叶薰抬头看着眼前朱门华灯的高楼。两盏大红灯笼高高地悬在门头上，喜气洋洋的颜色带着刺眼的浓烈映入眼中。

京畿重地，天子脚下，自然是物华天宝，人文荟萃，同时，作为一个国家的政治文化中心，各种服务业和娱乐业也空前繁荣。眼前这座华美的高楼，正是在没有电影、电视、KTV、电脑、网络、盗版碟的古代社会里，最繁荣也是历史最悠久的那种娱乐设施。

用最通俗的说法来讲，这是一家妓院！

“喀”的一声脆响，乌黑的瓜子皮夹着几粒唾沫星子从两片肥厚多肉的红唇里飞出来，伴着一声轻响，落到地上。浓妆艳抹身材肥胖的中年女子闲闲地伸出手从旁边的果盘里继续拿起一粒瓜子放入口中。

这位容貌身材举止气质无一不符合传说之中老鸨形象的女子看似悠闲地嗑着瓜子，眼神却闪烁着落到面前两个站立的身影上，不停地打转儿。

站在她面前的是一男一女，年纪都不大，男孩似乎十四五岁的模样，衣服和脸蛋都灰扑扑的，沾染了不少泥土，却依然可以看出清秀的轮廓来。而比他稍矮一些的是个女孩，生得琉秀钟灵、唇红齿白，也是让老鸨眼神发亮的焦点。

她对着两人上下打量了半晌，方才不紧不慢地开口道："小哥这是要卖人了。"

"正是如此。"叶薰点点头，然后一脸苦涩无奈地说道："这是我妹妹，叫翠花（旁边的萧若宸打了个寒战）……我们姐弟本来是淳州人氏，赶到来京城投亲，却没想到舅父一家人早已经在大前年瘟疫的时候就……唉，如今小的别无出路，只能返回老家去，只是一路上盘缠早已用尽，头上窘迫，不得已只好来求助夫人您了。"叶薰竭力压抑住脸部抽筋的冲动，摆出一副悲恸哀伤、迫不得已的表情，"妹妹她跟着我也只能吃苦受罪，还不如进来这里，有夫人您照看着，好歹有个衣食着落。"

萧若岚原本就处在变声期，叶薰特意压低了声音，清亮中略带沙哑，配上衣着，还装得挺像那么回事。

"唉，世事无常啊。"听着叶薰的诉苦，老鸨无关痛痒地叹了一句，随即将视线转到待卖的货物——妹妹身上。

没错，现在叶薰是哥哥，而萧若宸是妹妹。

实际上，叶薰一开始来青楼不是想要卖身，而是要盗卖古代文化遗产的，吟几首诗词文赋，唱几首流行歌曲，怎么还挣不来几两银子。谁知萧若宸知道了她的计划之后坚决反对，任叶薰好说好歹，头摇得像拨浪鼓一样，就是不同意。

在两人争执商议了很久，相互妥协之后，计划终于变成了这样。

“今年多大了？”老鸨眼睛转到萧若宸清秀的侧脸上问道，脸上竭力保持淡然，心里却早就乐开了花。今天真是捡到宝了，眼前这个孩子，年龄尚稚就已是这般模样，长大了必定是绝色的美人。她们群芳阁规模虽大，但苦于没有出名的绝色头牌，在京城青楼圈子里迟迟打不出名声，不免落了下乘。她一直想寻一个中意的女子捧红，奈何真正的绝色可遇而不可求，好人家的女子有爹娘疼爱，自然不会出来卖掉，贫家出身的女孩，纵然相貌生得秀美水灵，气质终究逊了一筹。多年来，任她费尽心机始终找不到一个合意的，想不到今天她苦苦寻觅的摇钱树自动送上门来了。

眼前这个女孩不仅容貌生的绝色，气质也是绝佳，更难得的是那种若有若无的淡漠，看着就让人有一种不易亲近的感觉。她浸染欢场多年，知道这种冷淡的冰雪之姿正是最让客人着迷的。只要略加调教，日后就是她活生生的摇钱树聚宝盆了。

“今年十三岁了。”叶薰方便老鸨看清楚一样，将身边的萧若宸往前一推。

眼前的女孩就算是听见自己要被卖掉了，竟然也不哭闹，只是默默低着头。看来是个乖巧识相的，调教起来也省事，老鸨暗暗想着，心里头又满意了几分，而且十三了，年龄也正好，只要过上一两年，就可以正式接客了。

她喜滋滋地想着，伸手往萧若宸脸上摸去。凤仙花涂抹的指甲盖闪着红艳艳的光，亮得刺眼，刚伸到萧若宸面前，还没碰触到脸颊，萧若宸条件反射地往后一退，躲了过去。

“吆，敢情还是个害臊的主儿呢。”老鸨收回手，拎起袖子故作矜持地掩住红唇，娇笑道，下一秒钟就变了脸色，眉头一竖，冷哼道，“入了我们这个门，还想摆大家小姐的架子，哼，你当你真是哪家的娇小姐啊？”说着伸手就要拧住萧若宸的脸颊。

叶薰一把打掉了她的爪子，笑眯眯道：“夫人，举止慎重啊。”

“怎么，难道是不卖了？”老鸨横了她一眼，曼声问道。她心里已打定了主意无论如何也要买下这个小美人，但嘴上却没有丝毫松懈，免得这小子漫天开价。

“卖当然要卖，只是，我们还没有商谈好价钱吧。”叶薰干笑道。这样人贩子兼诈骗的行为她干起来还真有点心虚。

老鸨眼珠一转，道：“小哥说的也有道理，那就爽快一点，直接说个价吧。”

叶薰头脑飞快地转动起来。她时常看一些古代的历史小说，知道古代的银子其实并不像某些言情小说里说的那样廉价。这几天的旅程，也让她对这个时代的物价有了一定的了解。不少小说里面都把古代的消费扭曲了，连吃上一盘菜都动辄几千两几万两地吆喝，仿佛一两银子就等于我们的一元钱那样。实际上，古代的银两是价值很高的。

《醒世姻缘传》里有个叫沈善乐的裁缝，给别人做衣服做坏了，赔偿不起，只好把自己十一岁的女儿卖了偿还银子，他“足足要银七两”，买家都嫌贵，“领了几家，出到四两的便是上等的足数”，后来有一家“看得中意，先出四两，添到五两”，已经是个难得的好价钱了。可见四五两银子就能够买一个普通的丫头了。红楼梦里，贾赦买一个容姿秀美的小妾，花费了八百两银子，堪称天价了。

对上老鸨闪烁的目光，叶薰略一思忖，他们终究是在行骗，并不是真的卖人。也不好意思让人损失太大，虽然古代妓院的老鸨赚的多半是不义之财。想了半天，她终于咬牙说道：“……一百两。”

“什么？！一百两，你当在抢钱啊？！”老鸨惊跳起来，像是一只被踩了尾巴的肥猫，“小哥儿，你是在与我开玩笑吧？”

叶薰看着眼前老鸨一颤一颤的肥肉，压下对肥胖如她竟然还能够跳那么高的惊讶，耐心解释道：“舍妹不仅容貌生得好，性情也最是温顺不过，而且又识字懂礼……”努力把自己当作暑期打工时推销糖豆的超市导购员，叶薰信口开河地将自家“糖豆”的优点一一列举。

“你家妹子是生的好相貌，可是也不能这么漫天要价啊。”老鸨打断叶薰的话曼声说道，“我们群芳阁有的是绝色，也不缺那么一个两个的，你妹子相貌虽然不错，但年龄终究是大了点，看这模样，琴棋书画只怕知晓得也不多吧。不是我红姨舍不得出钱，小哥儿你可知道，市面上买一个整齐丫头，不过五六两银子，还是家世清白、身份明白的好人家，可不像……”老鸨说着又瞥了萧若宸一眼，换了口气接着说道，“再说，你妹妹入了我的门，日后请师父，买胭脂，打首饰，裁衣裳，那样不要花银子。等到日后接客，还指不定合不合客人的胃口呢。一百两？！白花花的银子这么好赚，我也改行去算了……”老鸨竹筒倒豆子般将买下萧若宸之后的一项项开支，一件件风险列举出来，一番话下来，仿佛买下萧若宸她就是吃了大亏，注定要赔钱似的。

“既然如此，就由红姨您开个价格吧。”叶薰不想多做纠缠，爽快地改口问道。

“这……”老鸨眼珠一转，笑道，“小哥儿不妨出去打听打听，全京城哪个不知道我红姨办事最是讲信用，从来不欺负人的，如今看你思乡情切，又是外地人，我也不开低了，”说着老鸨伸出一只手来，在叶薰面前晃了晃，“就一口价，十两银子吧。要知道，市面上五两银子就能买一个不错的丫环了，如今我这个价格可是……”

她话还没有说完，一直低着头的萧若宸忽然伸手拽住叶薰的袖子，小声说道：“哥……既然如此，我们还是回去吧。”

乖弟弟，配合得真是好。

“也好。”叶薰故作失望地摇了摇头，不等老鸨把话说完，就要拉着萧若宸转身。

“哎，等一等，等一等，先别急着走啊。”看到叶薰已经走到门口了，老鸨连声喊叫起来，快步上前拉住叶薰。只觉得触手处甚是柔软，老鸨禁不住一怔。

她的拉力甚大，叶薰被她拉扯得险些一个趔趄。站稳了身子，叶薰立刻挣脱她的手，道：“红姨您这是做什么？难不成还要强买强卖不成？”

红姨没有说话，她的眼神忍不住落到叶薰的耳朵手指喉咙这些部位上……难道说……她心里头飞快地转过一个念头，脸上却是不动声色，依然曼声笑道："小哥儿真是心急啊，红姨我又没说不买，价钱不满意可以好商量嘛。"

"哦，那红姨您想怎么买？"叶薰并没有发觉老鸨的异状，挑了挑眉，问道。

红姨的眼神闪烁，扫过叶薰清秀的容貌，刹那之间心里头有了计较，牙一咬说道："今天我红姨也爽快一次，一百两就一百两吧。"说着转头向侍立在身后的小丫环吩咐道，"音儿，去里屋拿银箱过来。"

刚刚向她开价一百两银子似乎是要了她的命一般，现在又这么爽快地一口答应，态度转变这么快，叶薰到有些惊异了。她原本也没有真的打算把萧若宸卖到一百两银子这么高的价格，以为顶多四五十两就可以了。无本生意嘛，大不了以后再多卖几家。

疑惑之中，小丫环已经掀帘子走入后屋，不一会儿捧着一只雕藤萝花枝的硬木匣子出来。

小丫环将匣子放到桌子上。红姨将手伸进衣襟，在领口那里掏摸了几下，摸出一个小巧玲珑的银钥匙来。然后将匣子上的铜锁打开，半掀开盒盖。

叶薰凑过头去，从手间的缝隙里隐约看见里面闪烁着几丝璀璨的珠光，下面一叠是看不清厚度的纸张。

红姨伸手摸出其中的一张来，捏在手里，恋恋不舍地看了一眼，方才递给叶薰，说道："小哥可看清楚了，纹银一百两，京城大通银号的银票，童叟无欺。"

叶薰接过来，似是而非地看了一眼。第一次见到传说中的银票实物，她也分辨不出真假，不过从眼前精致的钱匣子和老鸨郑重其事的模样看来，应该不会骗人。

"唉，今天的这桩生意真是折本，谁让我红姨一向心软，见不得人受苦的，就当做好事了吧。"红姨叹了一声，一脸慈眉善目地看着叶薰说道，

“这可全是看在小哥你思乡心切的份上啊，算是助你归乡了。”

“那可是多谢红姨了。”叶薰随口应付道。

“方才小哥儿说你们姐弟是淳州人氏，家里可是还有亲戚？怎么就你们两人上京投亲呢？”红姨捧起匣子递给丫环，又看似闲话地问道。

“家中父母兄弟都已经亡故了，不然也不会千里迢迢地赶来京城。”叶薰信口胡诌道。

“唉，那可真是一路辛苦小哥儿了，还要照顾妹妹。”

说话之间，身后的丫环又入房内拿出一张纸和一盒红泥来。红姨拿起纸张略看了一眼，然后递给叶薰。

叶薰接过来看了看，原来是一张卖身契。

“银子也已经收了，若是小哥儿无异议，就按下手印吧。”红姨在一旁笑道。

小丫环递上红泥，叶薰和萧若宸分别在卖身契之下按下手印，然后递给眼前的老鸨。

“日后舍妹就交给红姨照顾了。”叶薰干笑两声，将银票揣进怀里，然后用袖子抹了抹眼睛，像是擦去眼泪一样，“若不是因为实在是没别的法子了，我怎么舍得把自己的亲妹妹……”

“好说，好说，以后她就是我的人了，小哥儿请放心，你妹妹在我这里一定不会吃苦受累的。”红姨扫了卖身契一眼，满意地笑着，然后抬头看了叶薰一眼，意味深长地说道：“日后待小哥儿发了财，也不妨来照顾一下我们群芳阁的生意。”

照顾群芳阁的生意？！

“哈哈，这个……”叶薰干笑了两声，向身边的萧若宸打了个眼色，赶紧告辞溜走了。

待叶薰走了，红姨上下打量着眼前的女孩，越看越是满意，她掩不住得意地伸手在萧若宸脸上重重地拧了一把，感受到手下滑腻柔嫩的肌肤，心满意足地笑道，“小美人，日后你可就是我群芳阁的人了，好好听话，红姨我亏待不了你。”

萧若宸强忍住躲开那只手的欲望，柔顺地低下头去，秀美的眼中却闪过一丝不易察觉的戾芒。

红姨毫无所觉地又摸了摸他的脸颊，笑道：“还真是个害羞的主儿呢。”只是眼前还有事情赶着办，红姨对身后的丫环说道：“音儿，先带翠花姑娘下去歇息。就安排在东苑的房间吧。另外，叫楼下的阿铧过来。”

丫环应了一声，带着萧若宸离开了。

不一会儿，一个獐头鼠目做小厮装扮的细瘦男子敲敲门，走进房间。“红姨，您老可有什么吩咐？”此人正是群芳阁的小厮总管阿铧。

“阿铧，你看见刚刚下楼的那个人了吗？”

“就是那个来卖人的小哥儿吗？”阿铧问道。

“就是他没错，你偷偷跟着他，到他落脚的地方打听一下来历。”红姨脸上抹去了刚才慈眉善目的笑容，眯起眼睛冷冷说道。

阿铧应了一声，却又禁不住疑惑地问道：“他不是过来卖人的吗？怎么有什么问题吗……”

“哼，什么小哥儿，我看是个小姐儿才对。”红姨嘴角一翘，得意的一笑，“想我贾红纹纵横欢场几十年了，难道连公母都分不清吗？敢在我面前玩这一套……”

“啊，原来那是个雌儿……”阿铧恍然大悟。

红姨白了他一眼，催促道：“别磨蹭了，你赶紧跟上她，看清楚她的落脚点，再仔细打听一下这两姐妹的来历，然后回来禀报。”

“是，小的这就过去，红姨您果然精明啊。”阿铧忍不住竖起大拇指，一脸谄媚地恭维道。市侩如他已经明白老鸨是在打什么主意了。刚刚出去的那个女子，若是有别的亲人在，就算了，如果真是无亲无故、流落京城的外乡人，只怕自家老板又要发一笔不义之财了。

华灯初上，夜色正浓。红姨走到窗边，掀起帘子，看着下面人来人往的

热闹大堂，

已经是午夜时分了，群芳阁里的生意也已经接近尾声，喝花酒的客人大都被姑娘迎进了各自的房间，无数的娇喘软语从门缝里若有若无地传出，撩拨着人的心弦。

“阿铿还没有回来吗？”红姨看着身边快要燃尽的烛火，转头问身边的丫环。

得到否定的回答之后，她一阵纳闷，阿铿是她手下小厮里头办事最稳妥伶俐的，在本地街坊势力也颇为吃得开。这种跟踪小姑娘顺便打听一下人家来历的简单事情应该手到擒来才对，怎么这么晚还没有回来，难道那个丫头住的地方太远了？

反正最迟明早也会回来了。红姨暂且抛开疑惑，又问道：“那个今天买来的女孩子怎么样了？有没有哭闹？”

“没有，一直很听话，吃过晚饭就睡下了。”丫环回禀道，“红姨要见她吗？”

“不必着急，等明天起床了再说。今晚就到这里了，你也下去歇息吧。”说着红姨伸了伸懒腰站起身来，忙碌了整整一天，她也准备就寝了。

进了房门，她走近柜子，打开钱匣。摸着那叠厚厚银票，虽然只是少了一张，却让她心里一阵肉疼，仿佛手底下的厚度减少了大半似的。

一百两银子啊！群芳阁买姑娘还从来没有出过这么高的价钱呢。

不过，能够买到那个绝色小美人也值了，红姨转念想着，只要调教得当，再过上两三年，必定是京城风月场里头牌的人物，到时候银子还不大把大把地捞。再说，那一百两银子说不定马上就能拿回来了。红姨手指按在那一摞银票上，志满意得地想着。那个女扮男装的小哥儿，看容貌也是上等货色，只等手下确定这对姐妹真是举目无亲的异乡人，到时她还要再小发一笔呢。

左算右算，反正自己不会吃亏，红姨满面红光地想着，一边心满意足地将银票放回匣子，关上壁橱。又走到桌边吹熄了蜡烛，晃动着肥胖的身体向床边走去。

掀开低垂的床帷，却凭空感到一种意想不到的寒意。

就在她抬头的一瞬间，一道锐利的光破开夜幕，像一道流光飞舞的闪电划过这喧嚣纷杂的无边风月，转瞬即逝。紧接着她眼前漫起一片红光，群芳阁门前大红灯笼般殷红刺眼。

那是血的颜色！

直到此时，喉咙上的剧痛才堪堪传递到意识里。她抬起头，透过那刺眼的红，看到了刀光之后那双比冰雪更冷漠的眼睛。

“啊……”红姨拼尽了力气想要发出一丝声音来，却只是徒劳挣扎，所有的声音在抵达喉咙的那一刻都被蔓延而上的剧痛阻断了。她只能够用最后的力气伸出手，指着那张熟悉又陌生的脸。

眼前正是刚刚被她买进囊中的摇钱树。

转瞬之间，摇钱树竟变成催命符。

看着颤巍巍伸到面前的肥胖手指，萧若宸冷漠的眼神里浮起浓浓的厌恶。忽然又记起了被眼前这个女人拧过的感觉，他伸手擦了擦脸颊，然后对着向自己扑倒过来的肥胖身躯利落地挥刀一划，空气中弥漫起更浓重的血腥味。

刀光划过胸口，也砍断了她伸出的那只手，老鸨挣扎抽搐了一下，终于不甘心地倒下了。

喉咙上的血喷溅出来，站在床上的萧若宸稍稍后退了一步，像是在躲避什么肮脏的垃圾一般躲避着血迹。可惜床上的空间有限，依然有几滴血溅到了脸上。

萧若宸皱起眉头，血滴溅到脸上的感觉很不舒服，而弥漫在鼻端的味道更加让他不舒服。他轻手轻脚地跳下床，伸脚一挑，肥胖的躯体摔进柔软厚重的被褥里，没有发出丝毫声音。

萧若宸眼中的厌恶稍减，神色却越发冰冷。他凑到窗户边，向走廊看去。四周空无一人，大多数房间的灯火都早已经熄灭了。

再回到床边，看着软绵绵倒在床上的尸首，他眉头皱了皱，略一犹豫，又凑上前去将尸首从床上拖下来。然后掀起床帷子，轻轻一脚，将尸首和断臂一起踢进了床底下。再将床上的被褥翻过来，沾了血迹的一面向里，放下帘帐。

一番整理之后，床上已经看不出丝毫痕迹，只除了空气里弥漫的血腥味。

萧若宸走到梳妆台前，将铜镜前的几只小瓶子挑拣出来挨个嗅了嗅。选定了一瓶打开瓶塞，拿到床边沿着床脚均匀洒落。

不一会儿，空气里已经满是郁郁的花香，掩盖了原本浓重的血腥味。

做完这些，萧若宸将瓶子放回原处，然后走到壁橱前翻检了几下，很快在其中找到一摞厚纸，上面第一张就是他的卖身契。

他将这张纸抽出来塞进怀里，然后将其余的东西放好，关好壁橱，走到后窗边。这扇窗户下面是群芳阁的后院。只要穿过后院，就能够看见后墙了。

萧若宸正要推窗走人，忽然心里一动。他思索了瞬间，立刻转过身回到床前，犹豫挣扎了片刻，终于趴下去，伸手进床底掏摸了片刻。等他再伸出手来，手里头已经多了一样东西，玲珑精巧，银光闪烁，正是老鸨戴在脖子上的那把小银钥匙。

萧若宸又翻开壁橱找到那只银匣子，打开匣子，里面是厚厚的一摞银票和七八只珠光宝气的钗环。他毫不犹豫地把这些一股脑儿塞进怀里，再将匣子放回去。

这一连串动作都是轻手轻脚，小心翼翼，就算有人从门口经过，也绝对听不出丝毫异响。萧若宸又仔细倾听了片刻，周围静悄悄无丝毫动静，他这才掀开窗户，翻身跃出。纤细矫捷的身影无声无息地潜入花丛，很快消失不见了。

城西一间客栈里，叶薰正坐在桌子前，两手捧着腮，心思不定地望着飘摇的灯火出神。

小宸不会出事吧？怎么还没有回来？她转头看了看床上，包袱已经收拾妥当，正安静地躺在床头等着两人下一步的行动。

两人的计划是先去群芳阁卖人，卖到银子之后，当晚萧若宸就会挑时机逃出来和叶薰会合，然后立刻动身离开这家客栈。毕竟，刚买到的人第二天就莫名其妙不见了，老鸨肯定不会善罢甘休。

反正京城这么大，另换一个县城就好。而且银子不够的话，说不定他们还要顶风作案，继续诈骗呢。

这个计划拟定的是不错，但是有一个最关键的步骤，就是萧若宸一定能够平安无事地逃出来！

叶薰不自觉地咬住下唇，虽然萧若宸已经拍着胸脯诅咒发誓地向她保证过几十遍了，而且群芳阁也是两人在附近的几家妓院里千挑万选的，此时她还是有些担忧。

会挑中群芳阁，主要是因为群芳阁里并没有什么厉害的护院武士，就是一群会个三拳两脚的地头蛇而已。萧若宸的武功虽然不高，逃跑时候瞒过他们的耳目还不成问题。可是计划是计划，现实是现实，万一要是老鸨对他看守地特别严密，又或者在小宸行动的时候遇见某个群芳阁的小厮丫环……尤其是萧若宸不仅要自己逃出来，还要潜入老鸨的房间去拿那张卖身契才行。

叶薰越等越是心急，正犹豫着是否应该去群芳阁那条街上看看情况，窗户上传来轻轻的两声响动，“咚咚！”

叶薰连忙从椅子上跳起来，冲到窗前一把拉开窗子。

寒风呼啸着灌进房里，房内的温度刹那之间降低下去，叶薰的心情却截然相反地喜悦升腾起来。

映入眼中的正是萧若宸清秀的脸孔。他正两手趴住窗框，身体半悬在空中，一脸兴奋地看着叶薰。

叶薰让开身体，萧若宸一个轻巧地翻身，从窗口跃进了房里。叶薰探身向窗外望了望，他们住的房间在客栈二楼，下面就是黑漆漆的过道小路。

“姐，放心吧，我刚刚看过外面了，没有人跟着，路上也没有撞见不相干的行人。”萧若宸看到叶薰的举动就知道她在担心什么，说道。

空旷的巷子里确实一个人影都没有，叶薰放下心来，眼下已经是凌晨三点多了，天气又冷，想必也不会有多少赶夜路的人。

将窗户关上，叶薰回头一看，萧若宸正在手忙脚乱地脱衣服。他身上穿的还是那身粉嫩嫩的女装。看着他心急火燎的动作，叶薰忍不住扑哧一笑。想必穿着这身衣服很让他不舒服吧，也难为他忍了足足一天。

她走上前去帮他把几颗复杂的盘扣解开，一边问道：“卖身契拿回来了吗？”虽然两人用的是假名，但按下的手印是没法作假的。为免除后患，卖身契是一定要拿回来的。

“当然拿回来了，”萧若宸得意地一笑，说着从怀里摸出一张纸来递给叶薰，“你千叮嘱、万吩咐的说了那么多遍，我能够忘了吗？”

叶薰接过来凑到灯下，果然是那张卖身契。确定之后，她把纸片凑到跃动的灯火上，火焰瞬间升腾，吞噬了大半。叶薰甩了甩手，灰烬零落着飘散到脚边。

消灭了罪证，叶薰又从床头拿起准备好的男装递给萧若宸，一边接过他脱下的衣服。“啊，这是什么？”不经意地发现那团衣服里竟然闪烁着几丝刺眼的珠光，叶薰翻开来。几只精致的珠钗和一摞纸赫然映入眼帘。

“这是我从老鸨房里头搜出来的东西，就一起拿过来了。”萧若宸满不在乎地说道。

“你……你把……”脑海中立刻浮现出那个老鸨视若至宝的银匣子。眼前这些不就是匣子里头的东西吗？叶薰翻拣着珠钗和银票，难道让萧若宸一网打尽了？

“谁让你这么干的？”叶薰将手里的珠钗一扔，转过身去看着萧若宸问道，微微皱起眉头。

对上叶薰严肃郑重的神色，正在穿衣服的萧若宸动作一僵，“姐，怎么不对了？”

“你知不知道这是偷东西？这好歹是那个老鸨一辈子的辛苦钱，怎么能这么偷来了？”

“可是，我们今天下午的那一百两银子不也是……”萧若宸疑惑不解地问道。

“呃，这个……”叶薰瞬间哑然了。详细说来，下午的那一百两银子他们倒不是偷，而是骗，或者说是空手套白狼。不过从本质上来说，骗钱比起偷钱也高尚不了哪里去。

可是，事情的关键不是这个，他们骗了老鸨一百两银子，叶薰心里头并没有太深的负罪感，反而有一种异样微妙的成就感，甚至可以安慰自己这些钱财多半都是老鸨搜刮的不义之财。可是把人家的全部家当席卷一空，这种事情就太……

实际上，偷一百两和一千两有什么不同吗？难道一百两的罪行就不是偷了吗？叶薰摇摇头，无奈地唾弃着自己的虚伪。

看着叶薰略带消沉的神情，萧若宸有些心虚，“姐，你不喜欢我拿这些银子吗？可是有了这些银子，我们以后就不用再愁着没钱了啊。”

看到叶薰的脸色并没有好转，萧若宸继续小声说道：“姐，你要是不高兴，我再偷偷放回去好了，反正天还没有亮。”

看着他忐忑的神情，叶薰叹了一口气，道：“不用了，银匣一定是放在老鸨的身边的，你进出太危险了，反正已经偷来了。”而且他说得对，有了这些银子，他们至少短期之内不用发愁生计问题了。

生活面前，任何道德观都得靠边站。自己还真是虚伪地让自己都鄙视啊。叶薰苦笑了一下。

“对了，你拿这些东西的时候有没有遇见人？”叶薰不放心地问道。

“……没有。”萧若宸有些心虚地躲开叶薰的视线。

“老鸨和丫环都没有在屋里吗？”

“没有，我在窗外观察了很久才敢偷偷进去的。”萧若宸低头说道。看到叶薰还要再问，他赶紧转过话题问道，“姐，你是担心我们拿了这些东西会被人追查吗？”

叶薰摇摇头，人莫名其妙地不见了，连卖身契都失踪了，追查已经是肯定的了。偷了这些东西，不过是让追查变得更紧迫一些而已。

看着萧若宸依然疑惑不解的目光，叶薰无奈地摇摇头，他还是个孩子，又遭逢了这种毁家灭族的剧变，怎么可能知道这么做是不对的呢？想了想，她语重心长地说道，“把别人一辈子的辛苦钱全部偷来都是不对的，就算这些是不义之财，我们不是受害者，也没有取用的资格，所以以后不要这么干了。”

而且就算是偷，也要留点余地啊，这句话叶薰没有说出口，看床上的东西，萧若宸肯定是全部席卷来了。小孩子的教育工作，还是等以后慢慢进行吧。

萧若宸乖巧地点了点头，心里却忍不住嘀咕，那个老鸨都已经死掉了，还用得着这些银子吗？

不过幸好刚才自己没有说出杀掉那个老鸨的事，萧若宸心里小小地庆幸了一下，他就算再傻，也知道杀人是比偷东西更加严重的事情。

匆匆换好衣服，萧若宸问道：“姐，东西都收拾好了吗？我们什么时候离开这里啊？”

“还有两个是时辰就要天亮了，休息一下，明天一早动身吧。”叶薰犹豫了一下说道，她想过现在动身，但群芳阁的人并不知晓两人的来历，这家客栈又远，短时间之内应该不可能找到这里来，而且萧若宸整夜没睡，也需要休息一下了。

萧若宸略一思虑，那个老鸨已经被他杀掉了，尸体藏在床底下，至少也等到明天早晨才会有人发觉，明早动身也不晚。当即点了点头。

“姐，我先出去一下，两个时辰之后就回来，你在门口等着我就好。”萧若宸看了看天色，说道。

“要出去干什么？”叶薰疑惑道。

“回来再告诉你，我去去就回来。”萧若宸冲着她眼睛一眨，带着几分顽皮地笑道。说完，不等叶薰阻止，他就推开窗户翻身跃出了。

叶薰走到窗前，萧若宸的身影早已经消失在了茫茫的夜色之中。这小子出去干什么？可千万不要回来晚了啊。她暗叹一声，将窗户关上

此时的两人当然不知道，就是晚了这短短的两个时辰，彻底改变了两人日后的命运。

群芳阁里，已经后半夜了，通常这个时间前厅不会再有什么生意了。老鸨红姨身边的贴身丫环音儿正要关上大门，却见一个身影闪进来。她定神一看，是出去打听消息的小厮阿铿。

“阿铿，你怎么这会儿才回来？”音儿问道，“红姨临睡觉之前还问过你呢。”

阿铿连忙问道：“红姨在哪里？我有大消息要告诉她老人家。”

“你能有什么大消息，拿那些琐碎东西去烦她，小心她生气啊。”一边领着人上楼，音儿一边问道。

“这次的消息你听了也绝对大吃一惊。对了，那个今天新买来的女孩子在哪儿？赶紧派人把她叫过来。”阿铿得意地笑着，那个绝色小美人竟然不是女孩，这个难以置信的消息他也是反复打听了很多遍才敢确定的。

“要干吗？”

“你别管，只把人叫过来就好。”阿铿自信满满地说道。

音儿疑惑地瞪了他一眼，还是唤过一个小丫头，命她去后院将新买的姑娘叫来。

站在老鸨门前，音儿伸手在木雕花枝的门上敲击了几下，又轻声呼唤道：“红姨，红姨？”却迟迟不见里面的人有反应。音儿干脆推门而入，反正她是贴身丫环，可以自由进出内房。

走进屋里她只闻到一阵浓重的花香扑鼻而来，呛得她呼吸一滞。“屋里这是怎么了？红姨睡觉竟然要洒这么多香露。”她小声嘀咕着，走到床边。

被褥放得好好的，竟然没人。刚刚明明见到她进屋了啊，难道出去了？

音儿后退一步，看向四周，却冷不防备脚下踩住了什么东西。

挪开脚，她低头一看，眼睛瞬间瞪大了。颤抖着再三看了数遍，她终于忍不住惊声尖叫起来："啊~~~~~~~~~~~~"

刚刚被她踩中的，是一截白生生、血淋漓的手指，此刻正安静地躺在青瓷花砖的地板上，被踩变形的指甲盖向外翻开，露出鲜红的里肉。

她的叫声还没有停止，门口又传来一声惊呼，是刚才奉命去叫人的小丫头，一边奔跑一边喊着："音儿姐姐，不好了，那个新买来的女孩子不见了……"

远处的天际透出隐隐微光，初冬的天气，凌晨时分最是寒冷不过。口里呵出的气息凝成若有若无的白雾，叶薰拢了拢衣服领子。她已经付完账退了房，此时正坐在客栈门口处望着街道，等候着萧若宸。

正要等的不耐烦了，街道拐角处终于出现了他的身影。

"去哪里了。这么久才回来？"叶薰站起身来问道。

大步跨进门的萧若宸脸蛋红扑扑的，也不知是因为外面凛冽的寒风，还是因为急促的奔跑。他的眼中却闪动着喜悦的光芒，爽朗地笑道："我去西边当铺……"一句话还没有说完，远处忽然传来一阵喧嚣。

"别让人跑了，就在这里！！！"

"就是这家客栈！"

怎么了？叶薰好奇地探过头去，一边瞥了萧若宸一眼，他也是一脸的莫名其妙。

两人走到门口，正看见街道拐角处跑来一队身穿黑衣的人马。

萧若宸在看清楚来人的一瞬间，脸色刷地一下变得苍白如纸。凭借着过人的眼力，他已经看清楚跑在最前面的是一个小厮。这个人他清晰地记得在群芳阁里见过，虽然只是被丫环带出门时的擦肩而过，但对方紧盯在自己身上那种猥琐的眼神足够让他对这张丑陋的嘴脸记忆深刻了。

他怎么会出现在这里？而且跟在他身后的那一队人……难道是老鸨的事

情被发现了!

怎么办?!这些人肯定是冲着他来的。萧若宸脑海里瞬间浮现出无数个念头。

现在逃走?!凭自己的轻功,附近的街巷又复杂,眼前这些武功不入流的衙役肯定追不上他,但是……

他抬头看着眼前叶薰的背影,一颗心直沉下去。

随着来人身影的逐渐接近,叶薰也能够分辨他们的衣服了。咦?这些人的打扮,好像是经常在电影电视里面见到的那种……那种衙役官员的服装。

难道是那个老鸨已经发现钱财被偷窃的事情了?所以报了官?可是也不可能这么快找上门来吧,她忐忑地回头看去,映入眼中的却是萧若宸苍白单薄的脸色。

"你怎么了?"叶薰一惊,连忙上前握住他的手。

萧若宸摇了摇头:"没什么,姐,只是……我又给你添麻烦了。"他紧攥住叶薰的手,勉强笑着说道,笑容却有说不出的苦涩无奈。

叶薰还来不及细想这句话的意思,身后的人群已经杀气腾腾地奔到到客栈门口了。

"各位官爷,就是这两人!杀人凶手就是这两人!"那个尖嘴猴腮的男人指着姐弟二人,气势汹汹地喊道。

第五章

无妄之灾

令人窒息的黑色气息弥漫在空气里，四周森暗的岩石使得整个房间就像是一口石棺材。唯一的光源是通道尽头折射进来的光线，透过牢房门前林立的铁栏杆斑驳投射到铺满稻草的地面上。只是经过阴暗石壁的反射，那光线早已没了太阳的温度，反而带着一种阴森的寒气，笼罩住狭隘的空间。

刺鼻的霉臭萦绕在鼻端，闻地久了，原本恶心欲吐的感觉反而开始变淡。实际上，她的胃里也没有什么可吐的东西了。叶薰向后稍微仰了仰，舒缓僵硬的后背，身下的稻草立刻发出“咯吱咯吱”的声音。

怀里的身体抽动了一下，叶薰的动作一顿，然后小心翼翼地恢复姿势，低下头去，轻声问道：“又把你惊醒了？”

“没有，只是睡得太久了。”躺在她膝盖上的萧若宸动了动说道。

叶薰动作轻缓地将他的头抬高一些，问道：“伤口还疼吗？”

“不疼了，姐，你不用担心。”萧若宸冲她笑了笑，秀美的脸孔因为高烧变得越发红润，孱弱中带着灼灼的光华，便是这混浊的地牢也丝毫减损不了他灵动的气韵。

叶薰心中一阵酸楚，她强忍住眼泪流下来的冲动，轻声说道：“我知道。”她把手盖在他脸上，感觉到他灼热的气息呼在自己掌心里。

额头还是那么热，在这种地方根本不可能退烧，还有他的那些伤口……

三天以来，每想到这些，她的心脏就抽紧剧痛直如火焚，却没有能力去挽救这一切，她没法撼动眼前林立的铁栏杆，虽然它们已经锈迹斑斑，她也无法呼唤帮助，几次尝试换来的都是衙役毫不留情的辱骂嘲笑。

叶薰觉得自己一生都没有经历过这样的无助，此时此刻，她比任何时候都清晰地感受到自己只是一个平凡到极点的女子，眼看着自己最重要的亲人在面前生生湮灭，却无力去拯救。

她宁愿再经历一次雨夜山地的生死一线，也不想在这个监牢里看着他慢慢等死。

谁都好，帮帮他们！哪怕是沈涯走进来，要将他们姐弟二人立刻斩草除根，只要他能够在动手之前请个大夫，让他从这满身的病痛里恢复，不要再受这种折磨，她都会同样感激他。

他们住进这个牢房已经三天了。回想起三天前的那一幕，叶薰还忍不住怀疑自己是在做梦。

被衙役们推搡着押送入了衙门，两人随身包袱里厚重的“贼赃”，还有群芳阁里独独缺少了一张的那摞卖身契，再加上妓院仆役的证词……一切的证据都清晰地指明了凶手是谁。纵然叶薰想不通他们是如何在那么短暂的时间里找到客栈里去的，也不愿意相信萧若宸会动手杀人这个事实，但所有呈现在眼前的证据却让她说不出一句反驳的话语……

“姐，你在想什么？”怀里的萧若宸忽然动了动身体，睁开眼睛问道。

“没什么，你感觉怎么样了？”叶薰回过神来，连忙低头问道。

“姐，你是不是在生气？因为我杀了那个老鸨。”萧若宸看着叶薰低垂的侧脸，沉默了一会儿，忽然低声问道。

“说什么傻话呢，我怎么可能生气。”叶薰轻声说道。

“可是那天你进了衙门之后，就一直不愿意正眼看我。”萧若宸轻声说道，闭上眼睛，长长的睫毛轻轻颤抖，像是栖息在他的眼角的蝴蝶，正疲倦地收拢起翅膀。

叶薰沉默地低头看着怀里的人，这孩子有时候出奇地敏感。她心里确实有稍许的介意。她不是第一次知道萧若宸杀人，甚至他上次杀人就在她的面前，可那时候所杀的是一个威胁他们生命的杀手，而不像这一次。那个老鸨并没有威胁他们的生命，甚至可以说是被两人欺骗的受害者。

"姐，是我不好，我被她发现了，只好……"萧若宸低柔沙哑的嗓音带着丝丝的无奈，打破了叶薰的思绪，"对不起，我又给你添麻烦了。还惹你生气……都是因为我功夫不好，才会惊动人……还连累你……"萧若宸喃喃地说道。

"我不是说过了吗，我没有生你的气。"叶薰伸手把萧若宸额头上散碎的发丝掠开，柔声安慰道："就算我是在介意，在生气，我也只是在气我自己。是我自己不自量力，想出这种骗钱讨巧的法子来，结果害得你遇到危险，又不得不杀人。"

她说的是真心话，对于萧若宸杀死那个老鸨的行为，她介意的时间不过持续了短短几秒钟，当看着他被那些如狼似虎的衙役们按在地上行刑逼供的时候，那点儿介意就已经灰飞烟灭了，她全部的心神都被深深的心疼和愤恨占据。

当自己重要的人遇到危险的时候，你不会有时间去顾虑别人的痛苦。

也许那个老鸨不该死，也许她无辜丧命是天大的冤屈，但是眼前之人是她的弟弟，而且他是为了他们两人的生存而去冒险，相比之下，对于老鸨的同情根本不值一提。也许是她太自私，她的心没有那么广阔的空间，无关之人的性命她管不了那么多。她现在最关心的是眼前这个人，眼前这个她唯一的亲人。

而且……叶薰抱紧了怀里的萧若宸，这几天她被关押在牢房里，也曾经思索着为何群芳阁的人能够那么快找到两人的落脚点。想来想去，答案只有一个，是那个老鸨暗中派人跟着自己，而她这么做的目的何在？是想把两人一网打尽？还是舍不得那一百两银子？抑或者两者皆有……叶薰嘲讽地一笑，她实在是想不出任何善良的理由。

这时候的她才发现，他们对于这个世界的险恶了解得太浅薄，是她的不成熟和自以为是把两人害到了这种地步。

那一天，高高坐在台上的县太爷甚至没有给姐弟俩一个辩解的机会。对杀人凶犯例行的五十大板杀威棒和仓促的刑讯审问之后，两人就被衙役扔进了这座棺材一样的监牢，等待着最后的行刑。

整整一天没有吃任何东西，再加上大堂上严酷的刑讯逼供，还有那些天紧张到连喘息机会都没有的奔波逃亡……这一切的一切，终于把这个坚定慧黠的少年压垮了。当天晚上，萧若宸就发起烧来。

没有足够的医药，没有卫生的饮食水源，对一个病人是致命的折磨。难道两人只能像这些人一样慢慢等死。叶薰的目光投向牢房的另一角，那里零星蜷缩着一些晦暗的身影，如果不仔细看，只怕要以为那是一些无生命的石块了。这些人都是等待秋后处斩的罪犯，他们早已经被磨去了最后一线希望，只是蜷缩在阴影里等待着最后命运的到来。已经是深秋，距离秋后行刑的日子也不过只有十几天了。

两人拼死拼活地逃出来，最后的命运却是以杀人犯的罪名被处死在刑场上。这个下场实在太过滑稽，滑稽到已经让叶薰不知道该哭还是该笑了。

也许，他们甚至连这样的下场都等不到。怀里的躯体一天比一天灼热，高烧正在迅速吞噬着他单薄的体力。这样下去，根本不用等十几天之后的斩首，只怕不用两三天……

想到这个令人绝望的可能，叶薰不禁握紧了拳头，心脏骤然收缩的剧痛让压抑了整整三天的东西从眼中涌出。她转过头，不希望被他看见自己的眼泪。

“姐，你怎么了？你哭了？”怀里的萧若宸虽然闭着眼睛，却敏锐地感受到了她的动作，轻声问道。

“我没有哭。”叶薰竭力压抑住眼角的酸涩，回头勉强笑道。

“你是担心我吗？”

“你放心，我一定不会让你死，不会让你一个人，我们一定要活着出去……”叶薰握住他无力的手，低头在他耳边斩钉截铁地重复道。是在安慰他，也像是在安慰自己。

“我知道。我们一定会出去的，”萧若宸嘴角浮现欣慰的微笑，他紧紧攥住叶薰的衣袖，仰望着她的脸，眼神却逐渐涣散，如梦呓般喃喃说道：“所以，姐，你不要哭，等我们出去了，我去把所有欺负我们的人……全部杀光……统统杀光……他们……”他一边说着，声音却逐渐变得衰弱无力。

看着他的手软软地松开自己的衣袖，然后凋零的树叶一般失力地垂下，叶薰刹那之间跌入了数九寒冬的冰窖。

“小宸，小宸……”她的心跳几乎停止，颤抖的呼唤之后，她终于鼓起勇气低下头贴近他的胸口和嘴唇……

还有呼吸！！！他只是因为衰弱昏迷了过去。

谢天谢地。她的心脏终于开始慢慢搏动。

可是，那呼吸却一次比一次更微弱，而且每一次都会将他身体里残留不多的生命力耗减地更低更弱。

她不能再等了。每一下细微的呼吸都像是鼓槌重重敲击在她的胸口，叶薰再也忍受不住，心中的愤恨和不甘像是突如其来的雷霆在她的脑海中猛地爆裂来开，什么都无法挽回的无力感几乎把她逼入疯狂。刹那之间眼前只余下这张苍白憔悴的脸孔在不断放大。

她将怀里的人轻轻放下，猛地跑到牢门前，狠狠敲击着锈迹斑驳的铁栏杆：“来人啊，来人啊！快来人啊！……”

凄厉的喊叫声在狭长的过道里迂回传开，撞击石壁发出呜咽迷蒙的回声。栏杆被敲击的“铿锵”作响，原本就有些松弛的铁柱被这突如其来的巨力打击地几乎变形，剧烈的振动使得暗红色的铁锈顺着栏杆洒落下来。

叶薰的手因为过度的打击而变得红肿发紫，但她感觉不到丝毫疼痛，另一种近乎绝望的痛楚像是毒蛇猩红冰冷的信子紧紧缠绕住她的心脏……

就在叶薰几乎绝望的时候，“哐啷……”从过道尽头传来一声清晰的响动，那是监牢大门被打开的声音。紧接着一阵怒骂响起："这个疯女人，喊什么喊，那个小崽子死了就死了，再喊老子把你剁成十八块，让你陪着他一起下地狱！"

急促的脚步声响起，通道尽头走入一行人。

叶薰机械式地停止了对栏杆的打击，怔怔地看着来人。

领头的是两个衙役，满脸不耐烦地看着牢房。而后面紧跟着的是一个蓝衣花布打扮的中年妇人，下巴尖削，个子高瘦，像是一只挑着蓝布裙的竹竿。

一进牢房，她就满脸厌恶地捂住鼻子，尖细的眼睛四下打量着。当眼神落到伏在栏杆前的叶薰身上的时候，连接上下扫了几遍，目光瞬间亮了起来。

当先那个满脸胡子的衙役已经快步走近了牢门，朝着叶薰就一脚踢过去，"臭丫头，敲什么敲，三天两头闹腾，不想活了早说。今天大爷我就成全你……"

"哎，哎，周大爷且慢，"他身后的妇人连忙冲前一步拦下来，赔笑道："周大爷这么大的火气干吗？我看这位姑娘生的颇为文静秀气，何必为难呢？"

"怎么，王大娘是看中人了？"姓周的衙役愤愤地收回了脚，说道："别说我们不告诉你啊，这个死丫头每天拼命的打闹叫唤，跟疯子哭丧似的一点也不老实，只怕不是个听话的主儿。"

"奴家知道了，多谢提醒。"王大娘笑道，眼神却停留在叶薰身上。

叶薰还没有反应过来，另一个衙役已经上前跨了一步，用手中的刀柄狠狠地敲击着铁栏杆，冲着牢里高声叫唤道："都起来了，别装死！妈的，立刻给老子起来。你们马上就能出去了！"

马上就能出去了？！

对这个牢房里的人来说，马上就能出去只意味着一件事，就是马上就要行刑了。

牢里蜷缩着的身影开始蠕动起来，难道定在秋后的处斩提前了？

“算你们好运气，一为上应天象，向天祈福，二为恭贺皇后娘娘册立之喜，朝廷已经颁了诏书，大赦天下。”那个衙役继续喊道，“都赶紧起来让王大娘看看，看中了是你们的福气。”

大赦天下？这个词语雷电一般蹿过叶薰的脑海，给她干枯绝望的心神带来一线生机。

“真的是大赦天下？”牢里有人不敢置信地问道，声音颤抖虚弱。

“当然是大赦，老子用得着骗你们吗？呸，也不知道你们积了几辈子的福分，竟然赶上了这种好时候……”

死气沉沉的牢房里开始骚动起来，原本只能够等死的人却遇到了意料不到的生机。

“都老老实实地给老子站好了，别乱动。”衙役继续向着牢房里喊道，然后转头向身后的王大娘说道：“您老就挨个仔细看吧，看中了的就掏银子，我们也好尽快向上面交差。”

第六章

长路漫漫

身下的车子不停地晃动着，叶薰被颠簸地有点头晕。她向后依靠着车壁放松身体，窗户缝隙里渗进的寒风却让她禁不住打了个寒战。

“你还是向里一些吧，小心着了凉。”旁边一个温婉的声音体贴地提醒道，一边说着，声音的主人起身将车门悬着的帘子向旁边扯了扯，希望能够堵住车门的缝隙。

待她坐回车里，叶薰感激地向她笑了笑。坐在她身边的这个女孩姓许名雁秋，是王大娘路上买进的女孩子之一。

十几天前，当今圣上正式册立了沈贵妃为皇后，使其成为了大周开国以来第一个非萧姓的皇后。为昭显圣上仁德爱民之心，也为恭贺皇后娘娘册立之喜。朝廷颁下了大赦天下的旨意。

大赦天下是皇帝在登基祈福等重要时刻显示自己仁德的手段，当今皇上只有在十几年前登基继位的时候大赦过天下。甚至前几年太后病情不善，朝中有大臣上表请求大赦，以向上天祈福积恩，都被皇帝以不扰民为借口否决了。这一次沈贵妃晋位，竟然为了她专门大赦天下，可算是本朝开国以来头一次了。其恩宠之盛，可见一斑。

不过大赦并不是将犯人完全免罪，只不过是减免刑罚而已。死刑犯里像叶薰这些女子和十六岁之下的男子被减免之后的结果就是由官方出面发卖为奴，卖得的银子充入国库，增加财政收入，也算是他们这些“恶行累累”的罪人对国家的赎罪。于是在死牢里住了三天之后，叶薰姐弟又踏上了新的旅程。

如今他们所跟随的王大娘是镇上有名的牙婆子，长年跑京城到北方各城市这一段路线生意的。在本地颇为吃得开，手下带着几个小厮和四辆大车，也算是人牙子里头的成功人士。

整个过程细想起来实在有些讽刺，他们兄妹二人是因为沈家的阴谋而沦落到这种地步，却又是因为沈家的成功，因为沈皇后那无与伦比的恩宠而意外捡回了性命。

搭乘在王大娘的马车上一路向北，走了十几天，时节已接近寒冬，日益寒冷。一路走过村镇城市，车队里不时会买进或者卖出人口，车里的人也时而增多，时而减少着。

如今叶薰所在的这辆车子统共挤了六个女孩再加上萧若宸一个男孩。本来买来的男孩都是安排在最后面的两辆车里头，但叶薰对王大娘苦苦哀求让她亲自照料弟弟，而王大娘也不想多分出人手来照顾这个病人，就答应了叶薰，将萧若宸安排在这辆车上。

“小宸病情还好吧？今天风这么大，小心着了凉。”雁秋低头看着依然在昏睡中的萧若宸，关切地问道。

雁秋是王大娘从路上一处小乡村里买来的。她本来是个老秀才家的女儿，父亲早在她五岁时就一病死了，只余下娘亲带着四个孩子以浆洗织补衣服为生，日子贫苦不堪。今年秋有人为她弟弟做媒，家里却拿不出几两银子的聘礼来，一狠心就干脆就把雁秋这个长女给卖了。

雁秋不仅模样生得好，性情也温顺和婉，也许是因为家境的原因，尤其习惯于照顾人，几天下来，她与叶薰相处最为融洽。

“没事，他只是累了而已。”迎上她关切的眼神，叶薰笑道。此时的萧若宸正半依靠在她的腿上昏昏沉沉地睡着。

雁秋伸出手去想要试一试萧若宸的额头，萧若宸却无意识地呻吟了一声，仿佛不舒服似的，微微晃动了一下。生怕打扰到他，雁秋赶紧收回手来。“他病情好像一直没有起色啊。听说今晚就要抵达白汶城了，不如我们两个再去求求王大娘，请个大夫来吧。”

“不用了。”叶薰连忙摆手道，“上回已经请大夫看了一趟，连带抓药统共花了四五钱银子，只怕王大娘不会再答应了，再说，开出的药还没有吃完，不必心急。”

“那句俗话怎么说的来着，病来如山倒，病去如抽丝。他病得这么重，肯定好得慢了。”旁边的陈卉儿笑道。她只有十三岁，生的甜美可人。

叶薰也点了点头表示同意。

“若真是病着就算了，这么久还不好，可千万不要是瘟疫啊！否则传染了我们怎么办？”坐在叶薰对面的金菱嘴唇翘了翘，不耐烦地小声嘀咕了一句。说完又扫了萧若宸一眼，神色之间闪过一丝鄙薄，“王大娘也真是的，怎么能够让病人躺在我们里头呢。万一过了病气……”

“大夫都说了只是劳累伤寒而已，怎么可能是瘟疫呢。”心直口快的陈卉儿反驳道。

“那种乡野大夫的诊断也能相信？哼。”金菱冷哼了一声，语气越发鄙薄，“料想你们是没有见过真正的大夫的。这病情都拖延了十几天了，普通的风寒，早就痊愈了。”

“这一路上车马劳顿，平常人都有些吃不消，何况小宸身体这么弱，痊愈慢很平常。”雁秋温声解释道。

“车马劳顿，我们这些女孩子都没事，就他一个人吃不消，只怕……”后面的话语金菱没有说出口，只是冷笑一声，不再理会几人，口里却犹自嘟囔着，听声音隐约是，“杀了人……报应……恶灵缠身……”之类的话语。

金菱对萧若宸被安排在这辆车里很是不满，而且也从来没有掩饰过这种不满。一个杀人凶手，而且牵扯到妓院这种不干净的地方，这种杀人谋财的姐弟，竟然会同她这样一位出身清白世家的大小姐安排在同一辆车子里，实在是让她难以接受。

如果真的追究起原本的身份来，金菱确实是出身高门的世家小姐，甚至与叶薰姐弟俩凑巧还能扯上点联系。金家当家的人，金菱的父亲，正是叶薰他们曾经想要投靠的太医院首座杜献唯的族舅。所以算起来，三个人算是远方表亲。当然，这点七拐八弯的关系金菱是不可能知道的，而叶薰也是在王大娘向顾客推销“货物”时候凑巧听到的。

正是这点毫不起眼的偏远关系，让金家受到了连累。在这一次的朝政大清洗里面，无数的豪门贵阀受到牵连，金家只是其中微不足道的一个，所幸因为牵连地较远，所以避免了砍头的命运，全家被发卖为奴。从高高在上的贵族小姐沦落到如今的地步，金菱意志难免消沉，但日常言谈中似乎依然认为自己高人一等，连待人温和的雁秋都因为她贫寒的出身而颇看不入眼，对于流落异乡又是杀人犯的叶薰姐弟自然更加鄙薄了。

对这种心态，叶薰只觉得好笑。人真是阶级动物，连同一辆马车上等待销售的商品也会分出个三六九等来。

从本质上来说，如今她们都是同样的待卖货物。如果真的要分个高低贵贱，也只是王大娘在购买她时花费的银子比自己多上那么一两五钱。至于她那引以为傲的世家出身，如今也只不过是让她能够为王大娘多赚回几两银子的华美包装纸而已。

“今天晚上就要抵达县城了，不知会不会有人在这里被卖出去。”雁秋见车内气氛有些发冷，连忙打圆场说道。

这句话不说还好，一说出口，车里的气氛又冷了几分。一路向北已经走了十几天了，单单这辆车上的人，叶薰就已经亲眼看着轮换了好几遍。买进卖出本来就是生意场上的常理，只是被卖的货物换成了自己，任谁都不会高兴。

“应该不会吧。白汶又不是什么大城。”陈卉儿怯生生地说道，却也有几分心虚。

“那可不一定，”车里的另一个女孩子苦笑着说道，“上一次在骖口的时候不也卖出去好几个人吗。骖口还不如白汶大呢。”

“就是不知道会有什么人来买……”陈卉儿喃喃说道，“千万不要像在骖口那样就好了。”

听到这句话，车里的几个女孩子脸色都有些不好看。马车停留在骖口的时候，前来买女孩子的是两家妓院，统共被买走了五个女孩子，甚至还有两个男孩。他们日后的下场是什么简直不言而喻。

想起这个，金菱的脸色尤其苍白，像她这种识女训、明礼则的大家闺秀，被贬斥为奴婢已经是天大的羞辱，若是再被卖到妓院……她简直不敢想象。

这辆车里的几个人，明显是王大娘的重点货物，几个女孩子都生的很不错，相比之下，叶薰算是其中容貌最普通的一个了。叶薰一开始也在担心自己会被卖去妓院，从事这项对她来说很有“钱途”的工作，但是一路上她暗中观察王大娘的交易，发现这个可能性并不大。

王大娘卖人的途径主要是大户人家的丫环和青楼。两者比较而言，丫环所赚的身价银子明显比卖入青楼要高一筹，豪门贵阀对于相中的资质优异的女孩所能给出的价钱远超锱铢必较的妓院。所以这一路上卖出的女孩子里头最出色的几个都是被卖进了大户人家。

见到车里几个女孩都恐慌地厉害，叶薰安慰道：“不用太担忧，我向同行的赶车伙计打听过了，白汶那里没有什么出名的大妓院，不可能出得起我们的身价银子的。”

“说的也是，王大娘想必不是这么狠心的人。”雁秋勉强笑道。

“可是，白汶也没有什么出名的世家大户啊，这样……”陈卉儿小声嘀咕着。

这样……这样就只能等下一站了。

几个人都沉默起来，就算在白汶没有出得起价钱的大妓院，不会被卖出去，但是下一个城市呢？再下一个城市呢？她们迟早有被卖出去的一天，谁知道厄运会不会突如其来……

看着几个人的表情，叶薰暗暗叹息，其实对于她来说，被卖进妓院或者卖进豪门世家都没有什么太大的差别，尤其是有些豪门世家表面上看着花团锦簇，内底里的肮脏污秽只怕比妓院都不如。进了这种地方，还不如妓院呢，至少从妓院里面逃跑也容易些，只要他们姐弟不被分开就好。

正在想着，车帘子被掀开，凛冽的寒风灌进来，伴着一个沙哑尖细的嗓音，“叶薰，你弟弟情况怎么样了？”进来的正是王大娘，说话间，那张尖瘦精明的脸已经凑近了萧若宸，上下打量着。

“好多了。多亏大娘前些日子为小宸请的医生。”叶薰满是感激地将萧若宸扶起，只是眼神落到弟弟身上时，掠过一丝不易察觉的忧虑。

她的神情并没有逃过王大娘的眼睛，王大娘又低头看了看萧若宸，依然苍白憔悴的脸色，依然昏沉迷蒙的神态，她禁不住叹了一口气。

那天在监狱里，王大娘只看中了叶薰一个人，萧若宸容貌虽好，但已经病的七歪八倒，眼看离丧命不远了，她自然不肯买回个死人自寻晦气。

奈何经不住叶薰苦苦哀求，而且牢里也不想收拾死人，所开出的身价银子极为低廉，王大娘终于一咬牙答应了。

为了不让自己花出去的银子打水漂，之后她不得不追加投资，为萧若宸请来医生，只是这一路上已经吃了十几天的药了，怎么还不见好转呢？王大娘皱了皱眉头，说道：“病情一直不好只怕是路上车马劳顿的缘故，这也是没办法的事儿。等到了凉川城，就能多休息一些日子了。到时候再请大夫来看看吧。”说完又叮嘱叶薰道：“好好照看他，落脚之后，别忘了给他熬药。”

“记得的，谢大娘挂心。”叶薰点头说道。

又交代了车里几个女孩子几句话，王大娘就放下帘子走了出去。

“大娘倒是好心。多亏了她小宸的病情才没有恶化。”雁秋感慨地说道。

好心……叶薰摇了摇头，这几天王大娘对萧若宸的关心明显增多，这只能说明一个问题，已经有人想要出价购买萧若宸了，而且人数还不少。否则，她何必心急到一天进来看三四次呢。

嫣红的夕阳余晖透过车窗缝隙斜斜地照进来，斑斑点点的光晕打在人身上，灰白色的陈旧布帘子被阳光镀上一圈金边，随风鼓荡起意外的华美。

已经是傍晚时分了，叶薰微掀开帘子一角，远处，轻烟袅袅升起，将金红色的天际缭绕成浅褐的云光。遥远的地平线尽头，土灰色的城墙逐渐升高。

夕阳西下，一行人终于抵达了白汶城，白汶是大周北部一座中等城镇，占据南下的交通要道，各地商旅云集，虽然比不上京城冠盖云集，却也别有一番繁华热闹。

叶薰跳下车子，扶着病弱的萧若宸进了安排好的客栈房间。因为照顾萧若宸需要熬药等格外的工作，所以王大娘专门将两人安排在了同一间房。

关上房门，原本病恹恹地依靠在叶薰身上的萧若宸却意外地站直了身子，刚起床一样伸了伸懒腰，活动起僵硬的身体，全无路上那种行走坐卧都需要人扶持的病弱模样。

“小心有人突然进门来啊。”叶薰转身看到他的举动，笑着提醒道。

“大家都去休息了，谁会有工夫进来呢？在车上睡了足足一天了，好歹让我轻松一下。”萧若宸秀气的面容上扬起轻快的笑容，眼睛里光华流转，早已不再是白天所见的黯淡无光。

叶薰走到他的身边，将手按在他的额头上。

“姐，”萧若宸握住她的手腕，微带抗议地说道：“我说过已经不发烧了，你就别瞎操心了。”

额头上的温度确实在正常范畴之内，叶薰放下心来。

其实萧若宸的病情早在几天前就已经开始好转，至少没有在车上所表现的那样病弱不堪了。在马车上那种病入膏肓、奄奄一息的模样是刻意伪装出来的。

在彻底痊愈之前不要让人发觉病情的起色，尤其不能被王大娘知道，这是两人考虑到目前境遇的共识。

王大娘这一路上也收买了不少俊俏的男孩，这些人的归宿与女孩子也没有什么不同，幸运一些的被卖去大户人家当书童仆役，而运气差的多是被一些戏班子，以及妓院买去。这些日子以来，想起王大娘和前来看货的客人落在萧若宸身上的眼神，叶薰就心惊胆战。她头一次感激这场病，没有客人愿意花大价钱买下个奄奄一息的病人自寻晦气，才让两人幸运地滞留到今天。

虽然烧已经退了，但身体并没有完全康复，叶薰拉住萧若宸，不顾他的抗议，把他塞进被子，然后细心地叮嘱道："我去向厨房借地方给你熬药，你先好好休息一下，不要被人看出破绽来啊。"然后收拾起他刚刚换下的衣服准备顺便去浆洗。

拿起衣服，忽然手心一痛，似乎是被一根硬硬的东西硌了一下。她奇怪地翻开衣服，一抹碧绿色的光华意外映入眼中。

这是……她拿起那根簪子，簪首的蝴蝶翅膀震颤不止，流动着水样的光泽，晶莹剔透，不可方物。

这不是自己带在身上的那支碧玉蝴蝶簪吗？记得它已经被卖出去凑自己的医药费了啊。叶薰疑惑地抬头看向萧若宸："这根簪子怎么又……"

萧若宸目光落到簪子上，也是微微一怔，然后才恍然大悟地想起来道："这是那天拿到银子之后我去当铺赎出来的。本来想立刻给你，可是凑巧遇上……那些事，"萧若宸的眼神黯淡了一些，随即又抬头笑道："之后就搁在身上一直忘了。"

"那天你跑出去就是为了它？"叶薰想起那个夜晚最后两个时辰里萧若宸从窗口跳出去的事情，当时她就在纳闷他这是要去干什么。只是之后一连串的变故让她措手不及，这点无关紧要的疑惑早就被她抛在了脑后。

萧若宸点点头，"这是你以前最喜欢的一根簪子了。那时我见时间充裕，银子也够，就跑去赎回来了。"

叶薰轻叹了一声，原来这次让两人栽到家的罪魁祸首就是这根簪子。想起这几天来吃的苦，受的罪，就因为这根簪子，就因为晚了那短短的两个时辰……叶薰心情禁不住有些郁闷，“不过是一根簪子而已。值得去冒这么大的风险奔波吗？就算是再喜欢，也不过是一件死物，怎么能……”

萧若宸嘴唇抿了抿，神情带着些微倔强，“反正这是你戴过的、喜欢过的东西，我就绝不能让它落到别人手里。就算是砸了碎了扔了，也得你来砸来碎来扔。”

这小子倒是有心，虽然这话听起来有几分任性单纯，但叶薰心中还是禁不住流过一阵暖意，她笑道：“那我可一定要好好收着它，谢谢你奔波这一趟了。”事情已经过去了，再追究探讨并无意义，叶薰将那些烦恼抛在脑后，把玩起手里的玉簪。

这根簪子与她之间的缘分真是奇妙啊！它不仅陪伴了她那段短暂的侯门生活，而一路上的奔波历险也跟这根簪子密不可分。几次失去都以为永远见不到它了，但曲曲折折拐了好几圈之后，竟然每一次又都会重新回到了她手上！叶薰心里感慨着，也有小小的开心，毕竟，这是那段短暂的萧家生活留给她仅有的一件纪念品了，而且……叶薰心情大好地握紧了簪子，它还很值钱。

她正要仔细检查簪子是否有磨损，床上的萧若宸忽然抬起头，警惕地向着门口看了一眼，然后向叶薰打了个手势，迅速躺下，蒙上被子。

外面有人来了。叶薰连忙将簪子塞进怀里，一边帮萧若宸掖好被角。

不一会儿，门外传来由远及近的脚步声，熟悉的温和声音响起：“叶薰，在屋里吗？王大娘有事找我们。”

“在。”听到是雁秋，叶薰上前拉开房门问道，“王大娘有什么事情吗？”

“大娘让我们赶紧收拾打扮整齐然后下楼去。”雁秋说道，声音颇为着急，“马车就在门口，收拾好了立刻上马车。”

“收拾打扮整齐？难道是有人来买人？”叶薰疑惑道，经这么一提醒，她才注意到，雁秋今日的打扮不同往常，她身上穿了一件崭新的鹅黄色布裙，料子并不如何出众，做工针线却甚是细密精致，梳理地整整齐齐的发髻上斜插着一根云形金漆木簪，整个人宛如一枝盛开在早春的迎春花，清淡之中带着几分俏丽。

对上叶薰打量的眼神，雁秋略有些不自在，连忙说道，“是有人来买人，而且，听说还是来头大地不得了的人家，住在东临馆的。”一边说着，她的眼中闪烁起兴奋的光彩，“所以王大娘让我们赶紧收拾好了过去。”

“可是我正想给小宸熬药。”

“我知道，我刚刚替你去厨房拜托过，店里的伙计已经答应帮忙熬药了。”雁秋体贴地笑道。

“多谢你了，”叶薰感激地说道，难为她想的这么周全，“我这就收拾，一会儿就下楼。”

雁秋继续去通知金菱她们了。叶薰关上房门，坐到那扇简陋的铜镜前，迅速将头发拢了拢，又理了理身上那件灰扑扑的布裙。

“姐……”身后，被子里萧若宸闷闷的声音传过来。

明白他在担心什么，叶薰走上前隔着被子朝着他的肩膀拍了几下，安慰道：“就是去走一趟而已，很快就回来了，不用担心。”

叶薰确实没有太担心，几个女孩子里，生的最好看的就是金菱和雁秋了，自己容貌并不出众，与这几个人同去的话，被挑中的可能性不大。

“等再过三天，不……再过两天，我的武功就能恢复了，到时候我们立刻走！谁也别想拦住我们。”萧若宸气恼地把被子掀开，低吼道。

叶薰赶紧替他把被子重新拉上去，无奈地道：“好好好，就等着你痊愈了。不想再着凉就给我老老实实躺回去。”一边把气呼呼的萧若宸按回被窝，一边不放心地叮嘱道：“记得吃药啊。”

萧若宸气闷地闭上眼睛，但随即又忍不住睁开，带着几分担忧地看着叶薰忙碌收拾的身影。

外面传来王大娘高亢的呼唤声，“快一点！别磨蹭了，都给我赶紧下来……”

叶薰又对着萧若宸交代了几句，匆匆推门出去了。

第七章

身不由己

漫长的一路，马车里静谧地出奇，除了王大娘不断地探出头去催促赶车的伙计加快速之外，没有一个人开口说话，甚至没有一个人向王大娘打听这一次主家的姓名身份。也许，她们很清楚，这些并不重要。她们已经知道那是一户前所未有的富贵人家，想要挑选几个服侍伺候的侍女，这就已经足够，足够让她们明白，以现在的处境而言，摆在眼前的是一条对于她们落魄飘摇的命运来说最好的出路。

马车猛地一顿，停了下来。几个沉浸在紧张静谧中的女孩条件反射地微微一颤，纷纷将目光投向车门口。

叶薰掀开帷幕向外望去，高大厚重的楼门前一座赤金匾额高高悬挂其上，喧闹的红光从两边的灯笼串上投射出来，映地匾额上“东临馆”三个金漆大字熠熠生辉。门前的石狮子威猛狰狞，两旁还守着七八个劲装打扮的大汉，神态警惕精锐。

作为全城最大最豪华的客栈，东临馆的装潢气派和服侍周到自然不是叶薰她们一行人落脚的小客栈可比。王大娘领着几个人跳下马车，进了客栈门，立刻有侍立在门口的小厮上前盘问来意，之后一个家奴领着王大娘和六个女孩子向馆内走去。

几人连续经过数道盘查才进了后院。院内屋阙连绵，尽皆精雕细琢，装饰华美。雁秋等几个贫寒人家出身的女孩子哪里见过这种富贵繁华，一个个左顾右盼，眼中满是赞叹震惊，眨都不舍得眨一下。

连金菱的眼中也闪烁起充满希望的光芒。单看路上的派头，她就已经明白这户人家必定非富即贵，能够被这样的人买去作侍女，远远好过沦落入风尘之中起伏叵测的命运。

叶薰对于庭院画廊没有多少关心，东临馆再豪华，比较起睿国公府邸还是有一段不小的差距。她所注意的是路上的盘查佣人和各个门前的守卫都是同样的青色装束，看这副架势，似乎整个客栈都是被一家客人给包下了。

家奴领着几人到了一处独立的小楼前停下来，另有人将她们迎进了楼内大堂。

这是一处天井式的内堂，装饰典雅富贵，大堂中间摆着一架雕刻山水图案的紫檀螺钿屏风，两侧几盆时鲜的花卉开得正盛。屏风前是一张太师椅，一个高挑精瘦，眼神敏锐的中年男子正端坐其中，他穿着褐色盘福字花纹的素绸长袍，腰上悬着一块质地温润的白玉佩，形容举止精明中透着几分文雅，看来就是这一次的主顾了。

刚踏进门，王大娘忙不迭地快步上前行了一个礼，口里称道："万爷，辛苦您老久等了。来的这么迟，我真是该死。"

太师椅上的中年人瞥了王大娘一眼，不紧不慢地放下手里的茶盅，方说道："王大娘也是贵人多忙碌啊，幸亏这次只是让我等，尚无大碍，若是让老太太和少爷等，你们才真是万死难辞其咎了呢。"

听了中年人的话，叶薰不由得一愣，原来眼前的中年人不过是个管家，并非正主儿。

"都是老身的错，只因怕手下的这几个不争气的货色污了您老的眼，所以专门命她们好好拾掇了一番……"王大娘搓着手，局促地解释道："害得万爷您百忙之中还要等候我们。真是该打……"说着，王大娘作势就要打自己耳光。

“算了，也不过是迟了一会儿而已。”万管家大度地摆了摆手，然后向着旁边几张梨木靠背椅子随意地指了指。

王大娘上前坐下来，却也不敢坐实了，只是小半个屁股挨着椅子边。小心翼翼地问道：“不知道老夫人和大少爷去了哪里？可有这个福分见上一面？”

“若是老夫人和少爷身体都康泰，我哪里会用得着叫你过来。”万管家蹙眉说道，“我们府邸里头奴才仆役本来多的是，若不是这次路上太辛苦，老夫人和少爷都病倒了，偏偏带来的人手大部分都留在了京城，服侍的下人有缺，又怎么用得着找你来买人呢？”

“老夫人和少爷吉人天相，又有神灵庇佑，必定会痊愈的，万爷不必心急。”王大娘脸上讪讪笑着，她虽然常年跑京城北方的生意，但也很少与这种豪门贵阀打交道。这些年久根固的世家门第都有家生家养的奴才，就算买人也多半是粗活佣人，极少从外面买入贴身服侍的侍女。

“原来老夫人将这桩差事交给万爷您了。我就说嘛，万爷您向来最得将军大人的信赖，事情无论大小，巨细无遗，都是要劳顿的。”她又赔笑着说了几句好话，方转过话题：“只是……不知这次府上要买几个人服侍？”

“这就是你这一批货色里头最好的几个？”万总管抬眼打量着眼前站成一排的六个女孩子。

叶薰条件反射地向后缩了缩，低下头让目光落在自己脚尖上。以她眼下的打扮，应该不会入他的眼吧。

“正是，不仅模样都是最顶尖的，人品家世也都清白，手脚勤快，不然我胆敢往您跟前塞吗？”王大娘小鸡啄米似的点着头，一边走上前将雁秋和金菱拉出来，“像这两个……”

“不用细说了，”万总管不耐烦地摆摆手，爽快地说道：“把这几个都留下吧。多几个人伺候也能周到些。”然后转身向身后的小厮说道，“带着王大娘去结银子。”

都留下？！几个女孩子脸上都现出松懈狂喜之色，却唯独叶薰恍如晴天霹雳。

都留下，就是说她也不幸中标了，然后……她不用再回去那个小客栈了……再也见不到小宸了，而他们即将实行的逃跑大计也泡汤了，最重要的是，现在小宸还病着，怎么能够丢下他……

“慢着！”大脑还没有来得及仔细思考，拒绝的话语已经条件反射地脱口而出，掷地有声。

正回头交代事宜的万总管，恭谨侍立的仆役，欢天喜地的几个女孩子，还有准备跟着小厮屁颠屁颠跑出去领银子的王大娘，听到这句不和谐的声音都禁不住一愣。随即几十道目光火辣辣投射到声音的源头——叶薰身上。

“怎么了？”万总管挑了挑眉，有些意外地看着眼前这个衣饰打扮毫不起眼的女孩。

“我不卖……我……我是说，我不能卖进贵府去……”叶薰结结巴巴地说道，同时脑子飞快地转动起来，试图找出一个能够让自己理直气壮点的理由。

天啊，这下子让她怎么办？

她不卖？她有喊不卖的资格和权利吗？

她的卖身契还牢牢地掌握在王大娘的手里，当然也只是暂时保管，过一会儿那张代表着她整体所有权的纸片就会转交到眼前这位万总管手里了。

对于整个交易过程，作为被交易对象的她甚至连评论一句的资格都没有。

还有比这更让人无奈的境遇吗？原来，身无分文并不是真正的山穷水尽，人生贫穷的极致还能够百尺竿头更进一步——穷到连自己都没有了。而现在的她正可悲地面临这种最悲惨的境地。

这万恶的旧社会！

当穷到身无分文的时候，你还可以去卖自己，但是当你穷到连自己都没有了的时候，你能怎么办？反正她绝对不能被卖出去，不能抛下萧若宸一个人，心里默默翻滚着这个念头，叶薰心念数转，忽然生出一个想法。略一思量，她便抬头直视着面前的万总管语气坚定地说道：“请万总管且慢一步，我不能卖身入贵府。”

“不能卖？这是怎么回事？”万总管蹙起了眉头，转头看着王大娘，“王大娘，你这次难不成有拐骗来的良家……”

“冤枉啊，老身干这一行足足干了二十多年，什么时候干过这种伤天害理的事情？”王大娘惊天动地地叫唤起来，“这个女孩子是老身前些日子从京城大牢……京城大西头的奉贤县上买来的。卖身契上写的一清二楚，而且是有官家印章的……”

王大娘辩白的话语还没有说完，旁边的叶薰开口打断道：“万总管有所不知，叶薰不想卖入贵府，并非身世问题，而是为了贵府邸考虑。”

万总管闻言转向叶薰，满脸狐疑地等着她的解释。

大堂上众人眼神都集中到叶薰身上，没有人注意到，二楼正中房间门前垂下的帐幔微微颤动，一个高挑纤细的身影出现在帐幔之后，若有所思的眼光居高临下地投向大堂正中。在他视线的尽头，叶薰正略带局促地站着。

叶薰把牙一咬，硬着头皮继续说道，“我不想入贵府服侍，是因为……是因为叶薰恐怕为贵府带来不测……”

带来不测？堂中众人尽皆一愣，眼前这个女孩莫不是有什么特殊的来历不成？

“嗯，怎么说？”万总管眼中浮起一丝兴趣，仔细打量叶薰问道。

强忍着擦冷汗的冲动，叶薰在心里给自己打气，开始说道：“此事说来话长，我本来出身山间的一户普通人家，在我三岁那一年，有个相命的道士路过我家，给我看过相，结果说我一辈子都是天煞孤星的命数，克夫妨母折友绝亲，并告诫说，要不赶紧将我扔了，要不就送进庙里出家一辈子，方才能让与我有关的人逃过大劫。这种话，爹爹如何肯相信？当场把那个道士痛斥一顿，责他平白污蔑别人，然后把他赶走了，不料……”说到这里叶薰的声音顿了顿，神色现出一丝哀伤，“不料……就在道士走后没有一个月，爹爹他入山采药就……就在山上不幸遇见了老虎，然后就……”叶薰一边说着，一边用衣袖抹了抹眼角，继续信口胡诌道：“之后，娘亲带着我和弟弟靠织补衣服过活，一直到了我七岁那年，我感染了一场风寒，娘亲她为了照顾我，日夜不眠地守在床边，三天之后，我终于好转，可娘亲却因为操劳过度一病不起，终于在十几天之后就撒手去了。”

“而且，在我五岁那一年，我们远方舅父……在六岁那一年，一直对我们母女照顾有加的邻居……在我九岁那年……”叶薰一边擦着“眼泪”，一边继续滔滔不绝，如数家珍，从她家隔壁邻居，到遥远的亲戚，甚至不幸与她有一面之缘的路人甲路人乙都纷纷中标落马，而这些不幸事件似乎都与她有着若有若无的联系，仿佛谁和她沾个边就要倒上七八辈子霉。

“……直到今年春天，村里发生瘟疫，村里人走的走，病的病，我和弟弟两人举目无亲，不得不变卖了房产到京城投亲，可到了京城才知晓，舅父已经早在数年前病故了，剩余的家人也都不知晓搬到哪里去了。最后盘缠耗尽，我们姐弟不得已沦落京城卖身为生，谁料，就连卖个身都会横生枝节……”

说到这一段，叶薰的怨念倒是十足真金：“……将我们姐弟买下的群芳阁老鸨就在当天晚上遭了贼人算计，身首异处，而凶手……更是连夜潜逃，不知所踪，结果反倒是我们姐弟二人变成替罪羊，被牵连蒙冤入狱。若不是有幸遇到了皇后娘娘册封，大赦天下，早已经不知埋骨何处了。”

叶薰将逃亡路上一连串的事迹娓娓道来，六分假话里掺杂着四成的真话，真假交织，虚实难辨。她口才又甚是清明，一时之间大堂里众人都听得入神。

“经历了这么多，虽然不想相信，但当年那位道长的指点只怕是有道理的。”说到最后，叶薰眼中闪过伤痛之色，似乎是强忍住眼泪一样，语重心长地感慨道：“我真希望爹爹当初把我扔了算了。也不必来到世上经历这许多苦，受这许多罪了。”

这一席话，说的人是声泪俱下，听的人是目瞪口呆。众人看向眼前这个清秀灵气的女孩的眼神禁不住多了几分特别的意味。

叶薰偷偷抬眼打量着周围的人，众人脸上的表情有同情，有疑惑，也有惊讶，形形色色、不一而足。她挨个扫视过去，却不经意间与万总管的视线在半空中撞了个对儿，那眼神锐利明晰，带着意外的深思。叶薰不禁偷偷打了个哆嗦，低下头去。

这个万总管一看就是个精明人，他相信了没有？古人都是很迷信的，眼下他们又带着病人，这种事情就算明知道是自己胡诌八扯，也应该本着“宁可信其有，不可信其无”的原则处理才对，反正六个侍女和五个侍女也没有太大差别。

万总管眯起眼睛上下打量着眼前的女孩。刚刚叶薰的一番话虽然说的声情并茂，其实他并没有相信。不过，无论这些话真假如何，她说出这番话来的目的，明摆着是不想入他们府邸服侍。就算是坚持把她买下了，日后服侍也多半不尽心，既然如此，何必自找麻烦呢。微一权衡，万总管便爽快地挥了挥手：“既然这样，王大娘，这个女孩就暂且……”

“且慢。”就在万总管要求退货的时候，一个温和清亮的嗓音意外地从上方响起。

众人抬头望去，是二楼正中间的客房，重重的帷幕珠帘之后不知道何时多了一个沉静的影子。

侍立在房门口的小厮躬身拉开珠帘，一个青衣素服高挑纤瘦的身影显现出来。

看清楚来人，叶薰微微一怔，是个比现在的她大不了多少的少年公子，清俊如玉，五官之间有几分莫名的眼熟。一眼看去，令人印象尤其深刻的是那双深黑似夜色的眸子，氤氲如溺人的深水。

“大少爷，您怎么出来了？万一再着凉怎么办？”看清楚楼上的人，万总管急切的话语打破了堂内的沉静。

这个少年就是这家人的大少爷？好灵秀的少年啊！叶薰忍不住在心里赞了一句。

映着房门前跃动的烛火，少年的脸孔温润如光晕流转，只是脸色带着病态的苍白。

秋末初冬的天气，大堂内已早早地置上了数个火盆，叶薰几人衣着单薄，在屋里待久了都有些闷热，眼前少年的肩上却已经披着厚厚的貂绒披风。看来这位少爷真的是个病号。

少年神态虽然病弱，眼神却明亮如镜，炯然清冷的目光居高临下地投到大堂里，方向……似乎……似乎是在盯着自己。

叶薰的心里一颤，因为刚才自己那番长篇大论吗？不知为何，她直觉地感到一阵心虚，某种不好的预感油然而生。

少年的眼神离开叶薰身上，转向万总管，神态和缓下来："万叔，不用担心，我精神好些了，所以出来透透气。"

不待叶薰稍微松口气，他视线又回转过来，神态淡然地问道："你叫什么？"

是在问我吗？不会是在问我吧。叶薰自我安慰地偏过头去，想假装不知道，上面继续传来的话语却打破了她想当鸵鸟的企图，"就是你，刚刚话不是很多吗？你叫什么名字？"

刚不说了吗，叶薰无奈地抬起头，毕恭毕敬地回答："叶薰。"

"你刚才说的都是真的吗？"少年挑了挑眉头，问道。

这位大少爷不会对这个感兴趣吧？叶薰在心里嘀咕着，脸上却满是诚恳地点头说道，"是真的。"所以少爷您为了自身的安全健康着想，赶紧将我有多远赶多远吧。

"你身边的人真的都死掉了？"眼前这位大少爷好像真的对这个很有兴趣，微微偏着头看向叶薰，再三追问道。

好学求知是好习惯，但太八卦、太直白就不可爱了，叶薰暗暗腹诽道，脸上却摆出一副泫然欲泣的表情，继续认命地点了点头。

"嗯，那万叔，就把她留下吧。"少年继续一副波澜不惊的表情，缓缓说道。

“什么？！”叶薰瞬间瞪大了眼睛看向二楼，她没有听错吧？

大少爷，难道你就不怕被我克死，好吧，就算你是新时代五讲四美的好青年，不吃封建迷信那一套，或者是你心地纯良堪比圣母不忍心放我这个祸害出去害别人，但你现在是个重病号啊，看看你自己病恹恹的脸色，至少也要犹豫一下吧。

想到这一点的显然不止叶薰一个人，旁边的万总管已经迫不及待地开了口：“少爷……”语气之间带着明显的不赞成。

万总管，还是您老明智啊。叶薰心底满是感激。

“这样不是很好吗？反正我的命硬得很。”少年的眼神一瞬间浮起奇异的冷漠，仿佛无色的流水般清冷，不带焦距地扫过堂下众人，然后停滞在万总管身上，“我已经决定了，就留下她吧。”他的语气平缓，却带着不容反驳的沉稳。

一句话说完，不等万总管开口，就果断地转过身去。旁边的小厮手忙脚乱地掀起帘子，略显纤瘦的身影很快消失在了影影绰绰的珠帘之后，留下大堂里愣了一地的众人。

“这……”万总管无奈地将视线收回，转头看着叶薰，眉头皱了起来。

您老别皱眉毛，我比你更想要皱眉毛呢。叶薰低下头看着脚尖，心里却越发焦急不安。怎么办？白白浪费她编造出那么一大通话来。这个少爷未免太多事了，心绪来潮的一句话就把他们兄妹二人的计划全部打乱了。

万总管啊，您老千万不要遵从那个任性少爷的意见。他只是一时兴起，您一定要坚定立场，果断地把我扫地出门。此时此刻，叶薰只能暗暗祈祷着。

万总管神色阴沉不定地打量着眼前这个看起来局促不安的女孩，压下心头的烦恼，思量了一阵子之后终于开口道：“既然少爷发话了，你就一起留下吧。”

叶薰心里一沉。

看着她脸色，万总管略一沉吟，随即道：“你刚刚说还有一个弟弟？”

“正是。”没等叶薰开口，旁边的王大娘已经先插嘴了，“名叫叶宸，人也在我那里。很是乖巧机灵的一个孩子，生的也好，做个书童小厮真是再好不过的了。就是身体稍微弱了些，当然，也没有什么大病……”

“无妨，那也一起留下吧。”万总管毫不介意地说道，“就这七个人，一起算银子吧。”

王大娘愣一愣，难以置信就这么简单地又卖出去一个，等反应过来，脸上顿时堆满喜色，口里涂了蜜般忙不迭地称赞着，“万总管果然好眼力啊，难怪将军大人这般看重……”然后欢天喜地的跟着小厮下去领银子去了。

叶薰愣在一旁，大脑险些反应不过来，不是要买丫环吗？怎么会忽然出言把萧若宸也一起买下了呢？三两句话就把局面又重新反转了一遍，结果竟然是两个人都被卖入了这里。

她疑惑地抬头看着万总管，万总管神色叵测地瞥了她一眼，像是知道她心里在想什么似的开口说道：“少爷看中了你，是你天大的福分，至于把你弟弟一起买下，是为了让你安心伺候少爷。你们姐弟身世堪怜，不想分开也是常理，我们沈家向来是仁善之家，只要你们好好服侍主子，尽自己的本分，自然不会亏待你们。”最后一句话却是向着几个女孩子一起说的。几个人连忙躬身应是。

叶薰心神一颤，听他的话语，似乎是看出自己心里打的那点小算盘了，她禁不住偷偷地抬头看向他。是猜测，还是刚才自己的话语露出破绽了？

正好万总管锐利的眼神向着她扫过来，“至于你那些什么天煞孤星之类的说法，不过是乡间野夫的胡言乱语，不必当真，日后也不可再提起。”说到后来语气逐渐严厉。

“是。”叶薰只好以尽量温顺的姿态低头应是。人在屋檐下，不得不低头啊。

“而且，就算是真有其事，入了我们沈家也不必为此担忧。皇亲贵胄岂惧区区乡间流言？所以这些怪力乱神的胡言乱语日后谁也不可当真。”说着，眼神越发冷厉，威然扫视着堂中众人。

大堂之中众人忍不住凛然，纷纷低头应是。

叶薰却在听完万总管的这一番话后刹那之间脸色变得苍白如纸，她竭力压抑震惊的神色，随着众人一起躬身下去，却抑制不住身体轻颤，刚刚万总管他说什么，“沈家……皇亲贵胄……”不会这么凑巧吧？！

叶薰觉得自己心脏不受控制地剧烈狂跳起来，激烈的跃动声充斥着耳膜，却依然没有阻挡住接下来的话语传入耳中。

“从今以后，你们也是靖北将军府的人了……”

之后万总管继续交代了些什么，她完全没有听清楚，直到堂中众人都散去了，她依然呆呆地愣在那里。好在一直维持着低头躬身的姿势，众人也没有察觉异状。

“叶薰，你怎么了？脸色这么苍白？”身边传来一个轻柔的呼唤声，叶薰感觉自己的衣袖被人拽住。

她身体一颤，方从震惊中清醒过来，转头看向旁边的雁秋，勉强笑道：“我没事，就是觉得有些巧……”

“是啊，竟有这么巧的事情，我们六个都被买下了，而且连小宸哥也被一同买下了，我们车里的人又不用分开了。”陈卉儿欣喜清脆的语调响起。

“是啊，是啊……”周围几个女孩子欢喜地赞同着。

叶薰强自压抑住内心的震撼，保持着虚弱的笑容，此时的她心里只余下一句话在不停地回荡着，沈涯，官拜靖北将军……

冬日苍白的阳光如清冽的水晶，投射在大周后宫重重的金红琉璃瓦上，熠熠生辉。在这座整个大周权力最集中的宫殿里，连空气似乎都浮动着富贵荼靡的气息。

外面寒风凛冽，正堂里却暖气熏人，阳光透过半透明的 绡窗纱投射进屋里，将房内端坐的两个身影笼罩进淡淡的金色光华之中。

“母亲和归暮如今可好？车驾走到哪里了？也不知道是否一路安泰。”一个华服凤冠的女子依靠在窗台前，语调略带惆怅地叹道。正是大周新册立的皇后沈含嫣。

“昨天刚刚传来消息的，已经快到白汶城了，想必今晚就是宿在那里。等过了白汶，快则三五日，慢也不过七八日就能够抵达凉川了。”沈涯依然一身素淡的青衣布衫，含笑说道。

“母亲……她身体可好？她老人家年纪大了，精神又一直不好，今次难得过来看我一趟。却偏偏无缘得见……还有归暮，身体也是一直……”沈皇后偏过头看向窗外，语调惆怅地说道。

沈涯眼中闪过一丝不易察觉的阴影，声音却依然平和地安慰道，“你放心，母亲身体尚稳。归暮近来的病情也大有起色。”

“反正是我不孝，不能顺她老人家的意……”沈皇后苦笑一声，转过话题问道：“如今你那里一切可顺利？晋封兵部尚书的旨意也不过是这几天的事情了，朝中切莫再起波澜。”

“朝中事情我都已有准备，这些你不必担心。”

“我担心的不是这个，”沈皇后眉头微蹙，“东西还没有找到吗？”

不等沈涯回答，从他凝重的面色上，沈皇后便已经知道了答案。她思索了一阵子，忽然问道：“会不会只是萧国丈那只老狐狸传出来的谣言呢？故意扰乱人心，毕竟事情已经过去三十多年了，一封文诏不可能封存这般久远……”

“也有这种可能，”沈涯沉默了片刻颔首道：“这件事情我会命人暗地里加紧追查，一旦有消息，我自然会告诉你，你不必太忧心。”

听了沈涯的话，沈皇后沉默了片刻，忽然意外地坐直了身子，抬高声音说道，“别担心，别担心，你总是这样，什么事情都是别担心！朝中的事也罢了，还有母亲归暮他们，难道我就不能为你分担，还是你根本没有相信我，自从我入了宫……”

“含嫣！”沈涯的声音拔高，语气凝重起来，打断她的话道，“我怎么可能不信你，这个世间，若是连你也不可信了，还有我沈涯可信之人吗？”

沈皇后身体一颤，仿佛松弛下来一样依靠到软椅后背上，没有说话。

沈涯的语气放缓，继续柔声说道："我只是担忧你，宫中诸般事端已经足够你劳累了。又怎好让你再为这些杂务耗费心力呢。至于文诏的事情，此事颇有蹊跷，待我有了眉目，再好好向你解释。"

沈皇后神色依然郁郁，没有开口，一时之间，屋里气氛陷入沉寂。

"在这里住了有一段日子了，滋味如何？"眼看气氛僵硬，沈涯放下手中的茶盏，刻意转变话题笑着问道。

"若要真细说起来，这凤仪宫的陈设可是比我那缘月宫寒酸多了。"沈皇后颇带嘲讽意味地笑了笑，无趣地说道。

"那是因为皇上看重你，自然什么好的都是先由你挑。"沈涯淡淡地说道，这十几年来，沈贵妃宠冠后宫，但凡有各州县以及国外进贡的器皿玩物、衣食果品，除了太后那里，就是先由沈贵妃的缘月宫挑选，为此萧皇后也不知吃了多少干醋，生了多少闷气，却始终无可奈何。

听了沈涯这句话，沈皇后只是闷闷地哼了一声，偏头看向旁边窗台上。那里陈设的花瓶中插着几枝含苞待放的月光白。若有若无的清香萦绕在花朵周围，一滴清亮的露珠正沿着花瓣将滴未滴。

她伸手捻起一朵花，触手处却感觉不对劲儿，这才想起，大冬天的哪里会有牡丹花，不过是宫中巧手的宫女用新绸缎裁出的假花而已。滴上了几滴清新的露珠，也就栩栩如生了。

无端的心里头恼火起来，沈皇后信手拔出一枝花，恣意撕扯着白绫裁剪的花瓣。

"这瓶花又怎么惹恼你了？"沈涯清雅温和的声音从身后响起。

沈含嫣不耐烦地扔下手里的花朵。

"你如今贵为皇后了，明里暗里不知道有多少人眼里盯着，心里念着。行为举止更要小心，步步谨慎。明年又有选秀……"

"这我知道，"沈皇后不耐烦地打断他的话道，"惦记我的多了去。以前是那份恩宠，现在是这个位子，宫里头这么多年都过来了，岂会在这个时候栽了跟头？"

沈涯的表情微怔，语气一滞，原本端和的神情浮现起些微苦涩，沉默了片刻柔声说道：“含嫣，这些年苦了你了。”眼神之中有着毫不掩饰的黯淡。

沈皇后愣了愣，不太自然地转过头，“也没有什么，皇上待我一向很好，在宫里头只有我给别人委屈的份儿，再说无论什么风险，如今我们不是熬过来了吗。”说到后来，声音逐渐和缓。

“当初本不应该送你进来。”沈涯的表情带着几分沉痛，“一切都是我的错，你可怨我……”

“别说了。”沈皇后别过头，不想让眼前的人察觉她细微的波动，她摇摇头，缓缓说道，“局势所迫，岂能轮到我们选择，这些过去的事情就不要再提了。宫里头有我，你不用费心，好好把精神放在朝政上头吧。”

沈涯沉默了半晌方才嗯了一声。正要继续说什么，门口传来一声高呼：“娘娘，大人，点心准备好了，要奴婢现在奉上吗？”

沈皇后怔了怔，随即恢复了端庄怡然在姿态，向门口说道，“端上来吧。”

待几个宫女掀开帘子走进屋内，屋里又是大周的皇后娘娘和靖北将军端坐相对，既是兄妹，亦是君臣。

宫女将果品点心香茶等端上桌。

“这是新近西疆贡过来的金丝蜜枣，与雪莲子一起熬汤最是鲜美不过，又能醒神补身，你尝尝看吧。”沈皇后含笑说道，微一示意，伶俐的宫女已经将汤盛好，捧上来。

沈涯循礼起身谢过赏赐，方才端起来慢慢品尝着。

也不过一碗汤的时间，女官悄悄上前，凑在沈皇后耳边轻声提醒道：“娘娘，已经申时末了，皇上那边……”

碍于宫规，外戚自然不能久留，沈涯随即起身告退。沈皇后送他到门边方分别。

回到房内，贴身的女官建议道：“娘娘今日亲手做的蜜枣莲子汤，不如送去皇上那里尝……"

"不必了。"沈皇后眉头蹙起，断然拒绝道，似乎感觉自己有些失态，又补了一句："皇上不喜欢吃这个，改天再做别的东西吧。"

眼见几个宫女上前准备收拾茶盏，她摆了摆手，"不必收拾了，我想用些点心，你们先退下吧。"

正堂里很快空无一人，只余下寂静的寒风吹过廊下的声音。她手里银调羹无意识地搅动着透明的汤汁，心情却也如同手里的这碗羹汤般，像是被什么东西搅动着，动荡难安。视线空濛地投向窗外。

华灯初上，月色清朦，寒风吹过廊下，几盆菊花随风摇动，受不住风力的花瓣零星飘落下来。连这个季节撑地最晚的花朵也开始有了凋零的迹象，明明记得几日前还开得正盛的。她嘴角浮动起酸涩的笑容，冬日的脚步总是来的这样快。

第三卷 韶光花影逐水流

第一章

夜来风急

叶薰掀开车帘一角向外看去，一阵寒风吹过，夹杂着几滴带着土腥味的雨点子扑进来，她忍不住打了个喷嚏，

初冬的雨总是格外凄冷，天空阴云密布，遮蔽了黄昏的余光，景色如开天辟地之初般一片晦暗。山路两侧林木影影绰绰，间歇有倏然而过的黑影飘落，那是稀疏的树叶被雨水打下，落到泥泞里。

“好冷啊，”身后的雁秋禁不住轻呼一声，爬起身来与叶薰一起凑到窗口，笑道，“果然是冬天的景象了，听说凉川最冷的时候初冬就会下雪呢。”

叶薰点点头没有说话，越来越冷不仅是因为冬天到了，也是因为他们走到北方了。

“冻死人了，赶快放下帘子吧。”金菱在后面不满地喊起来。

叶薰依言放下车帘，坐回车内叹道：“看这光景，今晚只怕是别想住客栈了。”

她们离开白汶城已经三天了，车队准备周全，一路行程前方都有预定好的客栈安排，今日原本准备抵达下一处村镇住宿，却不料刚过了中午天色转

阴，淅淅沥沥下起了雨，路上泥泞，兼又顾忌到车里两位主子身体都不好，车队进发的速度立刻慢了下来。

虽然看不见太阳，但叶薰估计此时应是下午五六点钟，距离村镇还有一段不小的距离，想要在今晚住进客栈只怕难了。

“不住客栈也无妨啊，就睡在马车上不就很好吗，”雁秋笑道，一边拍着身下的软垫，“马车这么宽大，躺起来也舒服，比前些日子王大娘替我们安排的客栈床榻还好呢。”自从被沈家买下后，她的心情一直很欢快。

平心而论，被卖进沈家当丫环的待遇确实不错，论物质上，比起跟随王大娘一路奔波的日子强多了，而精神上，也不必为自己会被卖进娼门而担惊受怕了。

六个丫环被安排进两辆青蓬硬木马车里。其中叶薰、雁秋和金菱三人被分派伺候那位病弱的少爷，所以搭乘一辆马车，而陈卉儿和另外两个女孩负责伺候那位传说中的老夫人，在后面一辆马车上。

车里铺陈着厚实的垫子，角落堆着几床软被，几个藕荷色的半旧缎子靠垫散落在车里。马车不仅宽敞舒适，密封性也好，车外凄霜冷雨，寒气凛人，车里依然温暖静谧，馨和舒适。

“可今晚总不能露宿在野外吧。”金菱眉头略皱了皱，说道，“天已经黑了，就算我们能够忍耐，老夫人和少爷只怕也不能……找不到宿营的地方，单说食物和热水就没法准备。”

“刚刚万总管已经派人去前面探路了，想必不久就有回报，我们安心等着就好了。”雁秋道。

几句话之后，车内静默下来，雁秋转头见叶薰有些神不守舍，笑道：“你是担心小宸独自一个人吧。放心吧，有大夫在，小宸一定很快就能够痊愈的。”

“我知道，今早看他的时候就已经好了不少，等安顿下来我再去看他。”叶薰冲她笑了笑说道。

雁秋拍手笑道：“说起来，那大夫好大的本事啊，小宸病得那么严重，记得在车上时连起身都不容易，不料被他几针下去又开了药剂竟然马上好了大半。依我看，就算是皇宫里头的御医只怕都难有这么大的本事。”

叶薰在一旁干笑了两声，她当然不能说萧若宸的病情之所以好得这么快，是因为他本来就已经好了大半，再加上沈家的医药大夫确实远远比平常江湖郎中高明，

车里沉寂下来，叶薰的心思慢慢飘远。她确实是在担忧萧若宸，但却不是在担忧他的身体。

那天晚上，王大娘随后就将萧若宸送来了东临馆。叶薰胆战心惊地迎了出去，生怕萧若宸知道买下姐弟俩的主顾是沈家之后，无法接受现实，更害怕他会当众露出破绽，让两只在逃的小鱼变成自投罗网。

谁知在偷偷提醒了他这个“噩耗”之后，萧若宸的反应出奇的平静，之后面见万总管一番训话时也毕恭毕敬，毫无破绽。让叶薰总算放下心来。

事后，萧若宸也同叶薰一起分析了当前的局势和被卖入沈家的好处。两人未死的事情按照时间应该已经被发现了，而停留在奉贤县的时候打听到的官府说法是“萧家前去参加秋猎的家人尽皆遇害，无一幸免”，也就是说，沈涯把两人未死的消息按了下来。也许是感觉两个孩子不可能对他造成威胁，也许是想靠自己的势力暗中解决。无论怎样，两人身后总是埋着一颗随时可能爆发的不定时炸弹。

一旦入了沈家，追踪在他们身后的人无论如何也不可能猜测得到，他们暗地里苦苦追索的姐弟二人竟然就隐藏在自己家里。还是那句老话，最危险的地方就是最安全的地方。

萧若岚是个深闺弱质，生长在国丈府的十四年里，除了每月一次前往城东寺庙进香拜祭生母之外几乎足不出户，连自家下人对这位庶出的四小姐都印象模糊，何况远在凉川的沈家人，除了沈涯之外不可能有人认识她。而萧若宸是萧家的大少爷，年纪尚幼，又是独苗，平日里萧夫人爱得跟眼珠子似的，生怕遇见丝毫意外，等闲不肯放他出门，所以京城里见过他的人也不多。两人停留在沈家，反而是最安全的地方。只要行事低调一些，就不会被

人揭穿身份。

萧若宸能够这般冷静理智地面对现实当然让叶薰很欣慰，但是从另一个角度，反而让叶薰更加担心了。暂时只能够这样了，但以后怎么办？两人难道就在沈家当一辈子的丫环小厮，就算她不介意，他心里怎么想？总有些莫名的烦躁停驻在心头，挥之不去。

正在出神的时候，马车一顿，停了下来，几个人掀开车帘看向窗外。

外面已经一片漆黑，月亮被厚重的阴云雨水遮蔽，天地间灰蒙蒙一片，只闻淅沥的雨滴打在马车顶棚上。借着马车檐下微弱的火把光亮，叶薰勉强看到前方有一团模糊的黑影，似乎是一座建筑物，正静谧地伫立在道路一侧，衬着身后的密林，显得凄冷阴森。

车队前面的马车上跳下几个人，举着油纸伞和火把向那里走去，看来今晚是要在这里过夜了。

叶薰几个人也跳下马车，撑开伞。随众人走到了近前，方才看清楚那是一座破庙，枯枝败叶的掩映下格外破落。前后统共就一件屋子，低矮的四壁勉强支撑着摇摇欲坠的屋顶，让人禁不住担心下一刻就会在呼啸的寒风中倒塌。

庙内空无一人，佛龛上供奉的佛像早不知哪里去了，只余空荡荡的高台上积满了厚厚的灰尘。堂前满是杂草枯枝，显然是废弃很久了。

叶薰几个人踏入庙门，一个清亮的声音呼唤起来，“还不快过来帮忙。”是沈归暮身边的青涟，几个人快步进了庙内忙碌起来。

她们被卖入沈家之后并没有干什么力气活，甚至连日常的贴身服侍都用不着，只是干些整理东西，准备茶点，跑腿传话之类的杂务。沈家前往京城时候带去的随从虽然大半都留在了京城，但老夫人和少爷身边依然不缺少服侍的人。青涟就是沈家大少爷沈归暮的丫环，也算是叶薰几个新手暂时的总指挥。

今晚既然要宿在马车里，老夫人和少爷两辆马车都径直赶入了庙里。万总管指挥着随从升起火，烧好热水并将随行的干粮准备好。不一会儿，食物的香气夹杂着腾腾的热气在颓败的庙里回荡开来。

贴身小厮把沈归暮从马车里扶出来，不知道是否是火光昏暗的错觉，眼前的大少爷似乎比上次在东临馆见到的时候更加苍白了。

也许只是灯下看病弱的美少年更有韵味的缘故，叶薰有点邪恶地想着。一身白衣更兼临风而立，少年看上去如玉般洁白无瑕，在破败颓唐的废庙中越发显得明珠灿烂，不染纤尘。

叶薰满是欣赏地上下打量着，禁不住想起她家那只小鬼。嗯……她摸着下巴在心里比较着，还是比不上我家小宸啊，不过也就差那么一丁点儿了。

冷风吹过，沈归暮一阵止不住的咳嗽。

叶薰禁不住同情心起。青涟曾交代过，沈归暮天生体弱，这病是从小就有的，时时离不开药。据说沈归暮生母是个娼门女子，而他本人则是沈涯一夜风流不慎留下的孽缘。其母被赎回沈家后不久就因为生他而难产过世了，也许就是因为难产的缘故，沈归暮从小身体留下了病根。

听说了这段故事之后，叶薰第一个反应是发呆，她怎么也想象不出来沈涯去嫖妓的情景……算了，还是不要挑战自己想象力的极限了。第二就是叹息了，好好一个将门子弟，竟然成了男版林妹妹，虽说病弱美少年才是当今的流行趋势，但……

“叶薰。”青涟的一声呼唤把叶薰从遐想之中惊醒，赶紧打消心里的念头，将手里的热水和食物递上。

沈归暮坐在火堆一旁，漫不经心地吃了几口点心，忽然动作一僵，随即放松下来，就毫无兴趣地将东西放下。

“少爷，东西太粗陋，但多少再吃一些啊。”青涟在一旁规劝道。

雁秋适时地将另一盘小点心奉上。

“不用了，我不饿。”沈归暮不耐烦地挥挥手，将放到他面前的盘子推开，却正打在盘子沿上，“乒”一声，盘子被他打翻了，点心洒了一地。

“是奴婢不小心。”雁秋愣了愣，赶紧躬身告罪道。

“我不想吃，端到一边去吧。”沈归暮没有理会雁秋的告罪，看都没看她一眼，径自站起身来向马车走去，却因为绊到脚边的小凳子上，一个趔趄，险些摔倒。

这位大少爷走路不看路吗？叶薰暗暗疑惑着。青涟已经眼明手快地上前扶住他，轻声唤道，“少爷？”

“我累了，想回车里睡觉了。”沈归暮扶住青涟的手站稳了身体，语气平淡地吩咐道，动作却带着一丝不易察觉的慌乱。

“少爷……”青涟语气略带惊讶，随即却像是发觉了什么，脸色忽然凝重起来，匆匆说道：“那就先入车休息吧。”随即青涟扶着沈归暮进了车内。

“这位大少爷脾气可真是清冷啊。”叶薰在身后偷偷感慨道。

“他尚且病着，被外间的冷风一吹，只怕是身体受不住了。这庙里再怎么生火，也比不得客栈啊。”雁秋叹息道。

“大家子弟自然尊贵，哪里受得了这种颓败的破庙。”金菱在旁边点头附和着。

哪有这么娇气的？自家老弟不也是锦衣玉食的公子哥吗，一路走来也没见这么弱不禁风。叶薰不以为然地撇撇嘴，却没有说话。不知道为什么，刚刚看沈归暮的举止，她总觉得有些异样的僵硬，难道真的是病情又加重了？

不一会儿，青涟出了车子。金菱问道：“少爷看上去病情不好，是否要寻大夫过来看看呢？”

“不必了，不过是身体受不住寒，过度劳累而已。”青涟拒绝道，眼神落到几乎没有动过的食物上，眉头皱了起来。

“少爷没有吃多少东西，要不再弄点小点心或者羹汤送去车里吧？”雁秋问道。

“深山野外，哪里有什么可吃的东西。”青涟叹了一声，道，“也罢，雁秋你去和万总管说一声，行李车里还有御前赐下的杏仁贡米，取来熬一碗翡翠杏仁羹，过一会儿送过来就好。”

雁秋领命去了，青涟又道，“今晚宿在这里不同于客栈，需得守夜伺候，金菱和我先留下吧。等后半夜叶薰你再和雁秋过来替换我们。”

叶薰答应一声，将散落的盘子略一收拾，手脚麻利地将晚餐打包，叶薰叮嘱雁秋一声，就快步出了山庙。

像沈家这样的大家族，下人之间也是等级分明，小厮们的马车自然停留在最外围。雨丝毫没有变小的趋势，撑开油纸伞，借着马车前摇曳的火把，叶薰勉强分辨着路径，终于找到了萧若宸所在的车子。

刚走到近前，车帘就被掀开，萧若宸俊美的笑脸露出来："姐，你可算来了。"

叶薰弯腰钻进车里，顺便把萧若宸推了回去："你穿得单薄，不要见风，小心着凉了。"

萧若宸抗议无效，只好顺着叶薰的力道躺回车里，一边小声抱怨着，"我的病早就好了。"

"少拿这句话搪塞我，都听你说几十遍了，"叶薰故意板起脸训斥道。

萧若宸无奈地摇摇头，又笑嘻嘻地凑到叶薰面前问道，"姐，你带了什么好吃的？我闻到香气了。"

"就你鼻子最灵。"叶薰笑着将食物取出来。

萧若宸因为病着，虽然大夫说过病症并无传染之虑，但万总管还是生怕过了病气给别人，单独将他安排在后方搁置行李的一辆车里。这样倒是方便了姐弟俩独处。

萧若宸低头专心致志地对付晚餐，叶薰仔细地端详着他。

他的脸色已经恢复了初见时候的红润健康，病情应该是好了。容貌依然精致秀美如同女孩子，只是比起自己第一次见到他的模样，那种如薄陶瓷般细腻纤美的感觉不见了，取而代之的是一种说不出的味道，温润中仿佛隐含着锐利的锋芒，那锋芒却又好像被深埋在坚韧的表层之下。

什么时候变成这样的呢？让温室里成长的柔软变成了风霜雨雪过后的柔韧……不过短短三个月而已，一切都发生了翻天覆地的变化。就像眼前的少年，还有自己……叶薰神思飘摇地想着。

"姐，你在看什么？"在叶薰X光般透析的视线之下，萧若宸难得地有些难为情起来。

“当然是在看我的美人弟弟，”叶薰回过神来，随意地笑道。

萧若宸窘迫地白了她一眼，偏头看向小几上的食物，“东西快要凉了，你不吃吗？”

看他难得尴尬的反应，叶薰忽然童心一动，恶趣味地伸出手捏住萧若宸脸颊，笑道：“还用得着吃这些吗？单是看着你就足够了。”一边摇头晃脑地说道：“古人云，秀色可餐也，今日方知，古人诚不欺我也。”

“姐……”萧若宸满头黑线地看着得意洋洋的叶薰，无语了。

他偏头想要从她的魔爪下脱离出来，叶薰故意不放开。挣扎了一阵子，萧若宸的脸孔止不住地红了。

“咦，脸色怎么这么红？哎呀，难道是我捏得太大力了吗？”明知道萧若宸是因为羞恼，脸色才变红的，叶薰却坏心眼地凑近他的脸，测量他额头温度一样，把自己额头抵到他的头上，然后一脸惊讶地嚷道，“这么热！莫非烧还没有退？”

“姐，”萧若宸的语气急促低沉起来。

眼见自家老弟要恼羞成怒了，叶薰这才施施然放开手，笑眯眯地摆摆手说道：“别生气，别生气嘛，虽然生气的美人更好看。哈哈。”

“姐，”萧若宸闷闷地白了她一眼，无奈地低声抗议道，“你不要老是把我当作小孩子好不好？”

“你本来就是个小孩子嘛。”叶薰心情爽朗地笑道。

“我会很快长大的。”萧若宸垂下眼帘轻声说道，长长的睫毛掩盖了眸中璀璨的神采，叶薰没有注意到那眼神之中所流露出的异样的认真。

停下打闹，叶薰也感觉肚子有些饿了，拿起一块点心放进嘴里，咽下肚之后，方正色说道，“其实我是担心你被人认出来。”她确实很担忧这一点。萧国丈家的贵公子终究是众人瞩目的焦点，而萧若宸本身的容貌也太过于出众，足够让人过目不忘了。难保沈家没有几个见过他的下人。

“你放心吧，我已经打听过了。”稍微沉默了一会儿，萧若宸也恢复平静，详细解释道：“沈家的家人仆从，确实有些在猎场见过我，不过那些人都跟随沈涯留在京城了。这次返回凉川的都是负责保护沈家老夫人和公子的人，一个也没有见过我。”

“那就好。”叶薰心里一块大石头落了地。据说沈涯有可能被任命为兵部尚书，势必要在京城开府长居，留在京城的仆从短期内不可能回凉川了。萧若宸这个年龄的少年正是长身体的时候，三五个月一变样，眼前这个萧若宸与在国公府里第一次遇见的那个萧若宸就已有了不小的差距。只要过上三五年，相信没人能认得出当初的萧家大少爷了。

这一桩心事放下，又有另一桩心事提起。叶薰想了想，开口说道，“嗯，还有一件事……”可话说到一半，看着萧若宸轮廓秀美的侧脸，却欲言又止了。

“什么？”萧若宸抬头注视着她，明亮的眼神中浮动着疑惑，等待着她接下来的话语。

对上那迷惘中稍显青涩的眼神，叶薰忽然觉得心里的问题说不出口了。“没什么，”犹豫了一下，她笑着拍了拍他的头，轻声道，“赶紧吃东西吧，不然就凉了。”

“姐。”似乎是在抗议叶薰的举动，萧若宸气恼地偏了偏头，却还是没有躲开，只好无奈地扭过头。

叶薰趁机小人得志地揉了揉他轻软的头发，心情又重新开朗起来。

她其实是想要问问他之后的打算，但终究还是没问出口。虽然口口声声强调自己长大了，但眼前的人还是个孩子，何必硬逼着他去背负那么多呢？

走一步算一步吧，两人先在沈家安顿下来再说，如果情况有变，到时候大不了再卷铺盖跑路。反正天大地大，古代又没有迅捷便利的通讯交通设备，海阔凭鱼跃，天高任鸟飞，凭两人的机灵，未必就怕了他们的追捕。叶薰乐观地想着。

正想得出神，萧若宸却冷不丁欺身上来，尖俏的下巴贴近叶薰，浓密秀气的睫毛轻颤，眼神之中带着迷离的热度。

“喂，不要贴得这么近啊。”你知不知道自己这张脸太具有杀伤力了。猛地被打断了思绪，然后就看着那张脸在自己视线里不断放大，叶薰莫名其妙地一阵心跳加速。眼前的少年就像是一只小豹子，虽然稚嫩，矫健的身姿和秀美的容貌却已经彰显出凛冽的杀伤力。

正想赶紧推开他，叶薰却忽然感觉脸颊上一热，轻软温润的感觉闪电般擦过敏感的脸颊。

刚刚是……叶薰难以置信地抬头看着他，石化了一样，大脑无法做出任何反应。

一瞬间，马车内的时间像是被定格了，凝结成一副静止的画面。

气氛停滞了几秒钟，萧若宸终于忍不住低头吃吃笑出声来。爽朗的笑声迅速划破了车里僵持的气氛，让车内的空气重新流动起来。

“姐，我只是想要告诉你，你脸上粘着点心渣而已。”笑了半天，萧若宸抬头一本正经地说道。一脸无辜的表情却掩不住眼神中闪烁着的邪气，与微挑的嘴角形成坏坏的笑容，

这小子……分明是在报复自己刚刚捉弄他的事情。叶薰顿时醒悟过来，恨恨地想着。

好胜心起，她气呼呼地把萧若宸一把推到，按在地上狠狠“蹂躏”起来，一边教育道：“以后不许这样了，记住了，别说粘着点心，就算是粘着金子也不准这样舔。”

小狗一样舔来舔去是不卫生的。而且这种事情……他还小，两人又是姐弟，做起来自然没有什么，但如果和别的女孩子这样……

“如果换成别的女孩子，会被人家以为你在对她告白……”叶薰不放心地叮嘱道。

“知道了，姐，我不会对别的女孩子这样做的。”萧若宸蒙着被子，躲避开叶薰拧向他的“魔爪”，一边笑着说道。

两人嬉笑打闹着，间或吃着点心，时间过地飞快。眼看时候不早了，叶薰嘱咐萧若宸安心休息，就下了车向自己车内走去。

第二章

烛影摇红

车内雁秋已经铺好床单被褥，又将软垫当作枕头，躺了下来。下半夜还要去替换金菱她们，叶薰也早早收拾停当，钻进了被窝。

刚刚熄灭车内的油灯，闭上眼睛，却意外的听见车门处响起一连串的“咚咚”声。有人在敲车门。

“谁？”叶薰半撑起身子，向着车门问道。雁秋也爬了起来。

“是我。”一个清丽中带着稚气的声音响起，急促颤抖的语气掩不住熟悉的感觉。

是陈卉儿？怎么会在这个时候过来呢？

叶薰只好从被窝里钻出来，打开车门。车外的寒风一下子灌进来，她忍不住打了个喷嚏。

定神一看，果然是陈卉儿孤影伶仃地站在车门前，昏暗的天色下看不清她的表情，只见纤瘦的身体像是寒风中一片飘零的落叶不停地颤抖着，雨珠子打在蓑衣上，汇聚成细密的水线沿着边角流下。

“外面太冷了，快上来吧。”雁秋凑到门前扶住她，把她拉进了车里。

叶薰替她解下蓑衣挂到车檐下，然后飞快地关上车门，将凛冽的寒风隔绝在车外。

雁秋躬身把油灯点上，摇曳的灯火瞬间驱走黑暗，照亮了车内狭小的空间。叶薰这才注意到，陈卉儿脸色苍白，嘴唇发紫，似乎是被冻得不轻。

外面有这么冷吗？看她这表情，更像是受了什么打击似的。叶薰有些纳闷。不等她开口，雁秋已经含笑问道："卉儿？你怎么过来了？老夫人那边不需要服侍吗？"

陈卉儿没有回答，只是无声地摇了摇头。

"先喝口茶暖和一下吧。"试了试小几上的茶壶尚有余温，叶薰倒了一杯递给她。对这个活泼可爱的女孩，她一向心有好感。

"老夫人睡下了……"喝了一口茶，像是恢复了说话的力气，陈卉儿缓缓说道，"翠莲姐和红玉姐留在那里守夜，我没有别的事，就过来了。"

"对了，老夫人是个什么样子的人呢？"雁秋兴致勃勃地问道。她们自从被分派到沈归暮身边服侍，还从来没有见过这位传说之中的老夫人呢。沈归暮每到休息的时候都会下车活动，但这位老夫人却极少下车来，连吃饭都是身边的侍婢送进去。

听到这个问题，叶薰敏锐地感觉身边的陈卉儿似乎打了个哆嗦，雁秋也察觉到她不同寻常的反应，神色禁不住疑惑起来。

"老夫人……好像是个很……很难琢磨的人……"陈卉儿斟酌着言词，轻声说道，语音里带着轻微的颤抖。

叶薰感觉她好像是在恐惧着什么一般。难不成那个老夫人是个很凶恶的女人？她抬头看向雁秋，在她的眼中也看到了相同的疑惑。

陈卉儿紧紧捧着茶杯，手指握紧了又松开，像是在隔着杯壁汲取茶水中残余的温度一样，终于下定决心，抬头问道，"叶薰姐，雁秋姐，我今晚睡在这里可好？"

"也好，反正金菱在守夜，车里有空位。"雁秋点头应道，然后又将声音放轻，柔声问道，"怎么了，发生什么事情了吗？是不是老夫人斥责打骂你了？"

陈卉儿摇了摇头："不是，是我一个人待在车里害怕。"

"原来是因为这个。"雁秋禁不住莞尔，翠莲和红玉去守夜的话，她们车里确实只剩下陈卉儿一个人了，而且今天又是阴雨天，露宿荒郊野外，难怪她一个女孩子会害怕。

"不是因为这个……"陈卉儿却摇头说道，她咬着下唇，像是要把下唇咬出血印一般，犹豫了片刻，终于鼓足了勇气，抬头说道："我害怕，是因为我刚刚听说，沈家……沈家有鬼？"

有鬼？

这个词语冷不丁传入耳中，像是有一阵无形的冷风吹过车里，冷飕飕的，雁秋忍不住打了个哆嗦，脸色有些发白。陈卉儿也是一脸恐惧，向后瑟缩了一下身子。

叶薰虽然感到惊奇，却并没有害怕，看见她们两个苍白的脸色，反而感觉有些好笑，女孩子果然天生怕鬼。她出言安慰道："这种怪力乱神的话语你们也相信？我们如今还没有到沈家呢。连沈家的人都没有见全，怎么先相信起沈家的鬼来了……"

"是真的，叶薰姐你不要不相信，这可不是我瞎编的。"眼见叶薰不信，陈卉儿心急地分辩道，"这是我从红玉姐那里听来的，红玉姐是从替我们赶车的小厮青顺那里听来的。他可是沈家的家生奴才，知道的可多了。"

"到底是怎么回事？仔细说来听听。"从乍闻"鬼"字的震惊中恢复，雁秋脸色稍微缓和，追问起详情。

秘密谁都有兴趣，叶薰也睡意全无，兴致勃勃地看着陈卉儿。她对于沈家有鬼的传言虽然颇不以为然，但这些奇闻逸事，自然知道得越多越好。

"听说沈家有一座鬼屋，就建在后花园里，那里面锁着一只恶鬼。"陈卉儿犹豫了半天，方才憋出这么一句话来。

"是怎样的恶鬼？怎么会传出这种谣言呢？"雁秋迫不及待地追问道，语调虽然竭力保持平静，但仍然有些压抑不住的上扬。

"是不是那间房子曾经死过人？"叶薰随口问道。

陈卉儿瞬间睁大了眼睛，“叶薰姐，你怎么知道的？”

“有鬼的传言不都是因为这个吗。”叶薰一阵无力，全世界的鬼故事好像都是这种套路，一点特色都没有。

也许是叶薰从容不迫的态度安抚了陈卉儿紧张的情绪，她整理了一下思路，将从红玉那里听来的谣言娓娓道来。

“……那是后花园深处一个独立的小院子，十几年前就已经荒废不用了，但是时常见到里面会有火光闪动，据说，三更半夜的时候还会有人哭泣的声音传来。而且……有沈家的下人无意中靠近那里之后，不出几天就会莫名其妙地丧命。大家都说是冲撞了恶鬼，这些年，大家都不敢去那里了……”

车窗外豆大的雨点子打在车篷上，淅沥作响，像是敲击在人心深处的鼓点，配合着陈卉儿幽中带颤的嗓音，在密闭狭小的空间里回荡开来，一种阴森森的感觉让人心底里毛毛的。

故事不长，也很俗套，纵然陈卉儿的语速很慢，还是很快就讲完了，一时间车内陷入一片静谧之中。

也许是气氛太过于诡异，纵然叶薰并不相信这些传言，也忍不住打了个寒战，漆黑的雨夜说这种话题实在不是个明智的选择啊。

长吸一口气，她笑了笑，安慰道：“这些都是谣传而已，传言总是有七分夸大，说不定只是个荒废的园子，被人半夜看见了猫影之类的东西，就产生了错觉……”

“可是听说不止一个人看见过呢，只是大家都不敢说出来而已。”陈卉儿小声说道，“而且，还有一个传言……”她抬头看了两人一眼，欲言又止。

“还有什么？”雁秋声音里也带着不易察觉的颤抖。

陈卉儿压低了嗓子，用近乎耳语般的声音轻声说道，“据说因为老夫人所居住的院子离那里很近，结果老夫人身边的侍女总是活不长久，就是因为被那里的阴气影响……甚至还听说，那位归暮少爷就是因为小时候去了那个院子，结果回来之后就开始一病不起，恶鬼缠身……”

好像越说越玄了，叶薰无奈地想着，抛开这些不着边际的情绪，她出言安慰道：“这些终究只是谣言而已，我们又没有亲眼见过，算不得实。何况就算真有什么，所谓‘平生不做亏心事，夜半不怕鬼敲门’，也与我们不相干。”

“就是这个道理，”雁秋沉默了一会儿，拍着陈卉儿的肩膀，勉强笑道：“我们做丫环的，只要安心伺候好主子就行了，既然是荒废的院子，一不要我们去整理，二不要我们去居住。何必想那么多，自己吓唬自己呢。”

几句开解之后，陈卉儿脸色缓和下来，她刚刚在车里听闻了这个消息，紧接着同车的两人都离开去守夜了，凄风冷雨，呼啸交加，独自守在车里的她越想越害怕，终于忍不住跑来找叶薰和雁秋。此时把心里的恐惧说出来，倒也平静不少。

叶薰又问道：“卉儿，这些话你还和谁说过？”

“没有，就是刚刚听红玉姐在车里谈起，我觉得很害怕，她们去守夜之后，我就跑过来了。”

叶薰点头道：“那就好，以后不要再对别人提起了，这种怪力乱神的话语，尤其是涉及主子少爷们的，还是少说为妙。也告诉红玉她们，小心一些，不要再对外人提起。”

雁秋亦说道：“我们刚刚被买下的那天万总管不就吩咐过了吗，任何人都不准在本家传那些扰乱人心、不着边际的谣言。这些话我们姐妹几个说说也就罢了，对外人，还是小心些为好。”

“嗯。”陈卉儿乖巧地点点头。

经历了这么沉重诡异的话题，车内几个人都睡意全无，熄灭了油灯，躺在车上翻来覆去也睡不着。

叶薰她并不相信鬼怪之说，但是，沈家不可能莫名其妙地传出这种谣言来，只怕内部也有一些不为人知的秘密吧。想到自己未来滞留在沈家的日子，她心里微微泛起一线愁绪。辗转反侧了不知多久，正觉得昏昏沉沉，车门处又传来“咚咚”的敲门声，紧接着金菱尖俏的声音传入车内，“叶薰，雁秋，快开门，快开门，冻死人了。”

是下半夜轮到守夜换班了，叶薰匆忙从被窝里爬出来，打开车门放金菱进来。

七手八脚地收拾穿戴整齐，接过金菱手里的灯笼，叶薰和雁秋一起向庙里走去。

雨势已经转小，寒风却越发凛冽，吹得人冷到骨头里。刚刚从温暖的被窝里钻出来，就算身上披着厚厚的蓑衣，也抵挡不住浸人的寒意，两人禁不住加快了步子。

庙门口值夜的几个守卫站在屋檐下，警惕严谨地恪守职责。踏进庙门，就看见青涟正站在车门前等候两人。

“你们两个上去吧，手脚轻一些，少爷已经睡熟了。”青涟轻声说道，又详细叮嘱了几句“保持安静”、“举止放轻”之类的话语，才放心离开。

叶薰两人踏着脚蹬，小心翼翼地打开车门钻了进去。

少爷所在的马车就是与她们丫环的不是一个档次啊，叶薰打量着车内，禁不住暗中感慨着。车内不仅宽敞舒适，四面的装饰也整洁雅致。刺绣精美的绫罗铺陈在柔软的兽皮之上，小窗边悬着珍珠编织的挂帘，帘子底下垂着秋香色的璎珞。车厢两侧各伸出一道盘扭的青铜花座，是两盏莲花形的灯台，淡淡的光晕从里面荡漾开来，笼罩住整个车厢。

中间一座珊瑚漆的雕花盘云长条小桌子将宽大的车厢分为内外两部分，隔着桌子望过去，就看见了安然而卧的少年。他正睡在车厢里侧，背对着两人看不清面容，只看到纤细的背影随着呼吸有规律地颤动着，几本书散落在他手边。

两人无声无息地在另一角抱腿坐下来。为了保持安静，自然不敢说话，只能倚靠着身后柔软的靠垫各自出神。守夜从本质上来讲，就属于无事可干的那种活儿，看他睡得这么安静，两人只要熬完这后半夜就可以收工了。

车厢内温暖宜人，空气中浮动着清雅的熏香气息，耳边也没有繁杂的雨滴声吵扰。这样静谧轻松的环境之下，再加上因为陈卉儿的打扰，上半夜几乎没有睡觉，雁秋很快打起了瞌睡，不一会儿就无意识地歪向一旁睡着了。

叶薰却是精神抖擞，无一丝睡意。她上半夜的时候瞌睡地要死，可是一旦拖延到下半夜还没有睡觉的话，精神反而振作起来，想睡也睡不着了。

都是上辈子熬夜养成的坏习惯，叶薰摇摇头，百无聊赖地打量着车内的摆设。三个月前，她也是有资格舒舒服服地睡在这种豪华马车里的娇小姐，三个月之后，她却只能是眼巴巴看着这些摆设的小丫环了。

在将摆设反复看了数遍之后，更加无事可做了。叶薰将视线投向那个静默的身影，想要看看美少年打发时间，可人家偏偏背对着自己，坐在这里只能够看背影，总不能大逆不道地扑上去把他的脸扳过来吧。

穷极无聊之下，叶薰的眼神落到了车中间摆放的珊瑚漆小几上，上面几个景泰蓝瓷盘里装着满满的点心，精致玲珑，色香俱全。

注意到这一点，叶薰立刻意识到肚子有些饿了，空气里清雅的熏香气味似乎也变成了点心诱人的香甜气息，而这气息又迅速转化为让她肚子更饿的催化剂。

身为一个合格的丫环，要随时随地，全方位、多角度地为主人考虑。如果自己继续饿下去，肚子一定会咕咕叫，如果肚子咕咕叫，肯定会影响到眼前这位大少爷的休息。所以，为了少爷的睡眠质量着想，自己就勉为其难，解决掉这些点心吧。

既然找到了“正当理由”，叶薰一不做二不休，轻手轻脚地爬过去，捻起一块小酥饼扔进嘴里。

太好吃了，这种木樨饼，还有这种清露糕，应该是京城最有名的点心铺——福乐斋的点心吧。其实在国丈府的时候，这种点心对于叶薰来说随手可得。相比于另外的各色珍馐美味，并没觉得有多么好吃，但是在经历了饥一顿、饱一顿的数个月流亡生活之后，再尝起来简直是琼浆玉露，奇肴佳品。

果然，人只有在经历过挫折之后才懂得去品味生活的甜美啊。

为了方便自己仔细品味生活，叶薰干脆坐到了小几前，将几盘点心都拿下来，吃得不亦乐乎。

正吃得有滋有味，不经意间抬起头，却对上了一双淡如烟水、清亮如泉的眼眸。

叶薰的动作顿时僵住了。

光彩流离的眼眸仿佛灿烂的星辰在漆黑夜空里濯濯生亮。猛地对上那么明亮纯净的视线，叶薰吓了一大跳，好像正在黑暗房间里做贼的人忽然发现房间被人点亮了灯光。

尤其是两人只隔着一张小几对视，距离极近，叶薰几乎能够清楚地看到那双晶亮的纯黑色眼眸中倒映出了自己手捧点心的模样。

是从什么时候开始被这一双眼睛注视着的呢？饶是她自以为脸皮甚厚，此时也有些不好意思了。

“你醒了？”定了定心神，叶薰迎上他的目光，小声问道。

沈归暮好像刚刚睡醒，眼神徘徊恍惚了一阵子，流水般的眸光才终于锁定叶薰。瞥了她手上的半块点心一眼，他面无表情地说道：“我能不醒吗？要是你睡觉的时候身边有一只老鼠在咬柱子，你还能够睡得着吗？”

老鼠……叶薰囧了，不就是吃你一盘点心吗，用得着说得这么……

算了，人家是主子，我忍。

“是我的错，对不起了。”叶薰诚心诚意地合掌道歉，然后老老实实地放下手里的点心，“那我不吃了，你继续睡吧。”

沈归暮挑了挑眉头看着她，似乎很意外叶薰这样的反应，或者他只是意外竟然有这种脱离常理的丫环。

意识到刚才言行的不妥，叶薰赶紧尽力摆出低眉顺目的认罪姿态来。

沈归暮无趣地哼了一声，转过头去不说话了。

车内重新寂静下来，眼看沈归暮差不多睡着了，叶薰松了一口气，既然不能吃点心，看看书打发时间也不错，叶薰眼光一扫，顺手拿起桌子上的一本书，悄悄翻开看了两眼，是一本诗词，只是灯光太昏暗，看了几行，梅花小篆的字体就看得她头昏眼花，正要悄无声息地放回去，忽然沈归暮又回过头来。

“怎么了？有什么不舒服吗？”想起自己丫环的职责所在，叶薰赶紧狗腿地问道。

沈归暮却只是没好气地说道：“我睡不着了。”

“啊？”叶薰愣了愣。

“都是被你害得。”他心烦意乱地说道。

这……这能够怪我吗？我可是保持安静了啊。叶薰心里小小地腹诽了一下，睡不着是应该的，自从进入沈家以来，第一天，你躺在车里睡觉，第二天，你还是躺在车里睡觉，现在都是第三天了，就算你是头猪，估计也睡不着了吧。

“你想说什么？”沈归暮的直觉出奇地灵敏，抬头注目叶薰问道。

“没有。”赶紧压下心里的腹诽，摆出一副悔恨当初、痛改前非的表情，叶薰低头说道，“都是奴婢的错。”

沈归暮冷着脸看了她一眼，眼光却无意地落到叶薰手里的书上，“你识字？”他的表情带着明显的惊讶，“你不是山里人家出身吗？”

“这个……村里也有教书匠，前几年送弟弟去念书的时候也顺便听过几句课，认识得不多，略微认识几个字而已。”叶薰解释道。山里人就不能读书识字了？你这是歧视。

沈归暮睫毛低垂，看不清楚表情。叶薰也不知道这个解释是否安全合理地蒙混过去了，正在忐忑的时候，听见沈归暮又缓缓说道：“你的名字叫……”

“叶薰。”虽然奇怪沈归暮怎么会忽然提起这个问题，叶薰还是依礼回答。

“是哪个字？”沈归暮淡淡地问道。

“就是薰草的薰。”叶薰正要脱口而出。薰草是古代中药之中的一味，既能够当作药用，也可作为香料，香气清雅宜人，有安定心神、缓解紧张的效用，而且记得它作为香料还有一个名字……

“零陵香……”沈归暮喃喃说道，声音低微不可闻。

叶薰没有听清，追问了一句：“你说什么？”

沈归暮没有回答，只是抬头上下打量着她，都看得叶薰有几分不好意思了，才忽然没好气地说道：“说你真是糟蹋了一个好字。你这样的女子，怎么配得上这个字？”说完就转过头去不看她了。

“啊，你……”叶薰又郁闷了。我又是哪里惹到你了，连叫个名字也要被贬损一顿。

算了，人在屋檐下，不得不低头。我再忍。叶薰认命地叹了一口气，不去理会看上去心情不好的沈归暮，自行退到角落里。

车里寂静下来，沈归暮似乎睡意全无，只是出神地看着车顶上雕工精美的扭花灯台，过了片刻，又不耐烦地拿起身边一本书。

叶薰发现他看了半天也没有翻动一页，肯定是心不在焉，无聊之下忍不住问道：“少爷，你能看得清楚字吗？”在这样昏暗的灯光之下，她不过看了两页就头昏，何况此时沈归暮背对着光线，这样很损伤眼睛。

被书本遮住了脸孔，叶薰看不清楚沈归暮的表情，但却明显地感觉到他颤抖了一下，身体仿佛瞬间僵住了，车内的空气莫名其妙地紧张起来。

“在这样昏暗的灯光之下看书，是很损伤眼睛的。”叶薰感觉气氛有些不对劲，却继续实话实说道。

听了她的话，沈归暮静默了一瞬，却忽然爆发一样将手里的书扔出去，狠狠地说道：“你真烦！”

摸着被砸进怀里的书，叶薰一下子愣住了。而沈归暮正毫不示弱地瞪着她，眼眸里满是气愤和厌恶。

他为什么要生气？叶薰简直莫名其妙。我明明是在关心提醒你。狗咬吕洞宾，不识好人心就算了，至于让你拿书来丢我吗？简直……她无语地看着沈归暮。

两人正僵持着，忽然一声轻呼从身后传来，“嗯……”

两人动作都猛地一顿。叶薰回头望去，是雁秋。

刚刚他们在车里一番交谈都很有默契地压低了声音，只有沈归暮那一句“你真烦”说得甚是大声，把沉睡中的雁秋惊醒了。

雁秋迷迷糊糊地清醒过来，抬头看去，却只见到叶薰也同她一样依靠在车壁上打瞌睡，而沈归暮依然安静地躺着。

刚刚听到的响动也许只是睡梦中的错觉，雁秋恍惚想着，打了个呵欠，换过一个稍微舒服一点的姿势，又睡了过去。

叶薰偷偷睁开眼睛，心里稍安。但随即又感觉一阵不满。你心虚个什么劲儿啊？叶薰，你又没做什么亏心事，充其量不就是偷吃了一盘点心而已，怎么弄得自己像偷情似的，实在是太虚伪了。

小小唾弃了自己一下，叶薰又坐起身来。沈归暮却没有理会她，继续安静地躺着，似乎已经睡着了。

他睡着了最好，叶薰自然不会去主动招惹他。没有了遮蔽，她仔细端详着他静默的侧脸，他的睫毛并不长，却根梢微翘，显得格外秀气，从这样近的距离看上去，几乎一根根都能数的清楚。

就在叶薰无聊到快要数人家眼睫毛数目的时候，沈归暮忽然睁开了眼睛，轻声问道：“你有一个弟弟？”

“是啊，比我小两岁。”提起萧若宸，完全可以算作叶薰来到这个世界短暂的人生经历中最大的骄傲，她的心情忍不住振奋起来，问道：“对了，你不是也有一个弟弟吗？”

她记得沈涯有两个儿子的，小儿子似乎和萧若宸差不多大小。

沈归暮神色之间浮动着淡淡的思绪，似乎不想多提起自己的手足，只是不知所以地嗯了一声。

既然已经十三岁了，为什么这次去京城没有带去呢？叶薰忽然想到这个问题，而且听说这个儿子是正室的将军夫人所出，更应该入京城拜望才对。不过这次沈涯的夫人好像也没有随行……

正想着，沈归暮打断了她的疑惑，“你的弟弟……是怎么样的人呢？”

听到这个问题，叶薰毫不犹豫地笑道："当然是又乖又俊，体贴勤快，知书达理，伶俐聪慧，天字第一号十全十美的好弟弟了。"她家小宸的完美是毋庸置疑的，说起优点来，简直是数也数不完啊。

"哼，"看到她得意洋洋的表情，沈归暮却只是冷冷地哼了一声，偏过头去不说话了。

叶薰又愣住了，自己不会是又有什么话得罪他了吧？这位大少爷还真是不容易伺候呢。看着他的背影，她暗暗咋舌想着。

天际已经泛起微光，漆黑的夜色逐渐淡去。晨光从车门缝隙透进来，雁秋清醒过来，不一会儿，青涟和金菱也到了。

在万总管的指挥下，众人用过早饭，重新踏上路途，叶薰拉着雁秋回车里补睡眠。日后的服侍照应，依然是青涟跟随在沈归暮的身边，似乎一切都没有变化，让叶薰闲暇时候也有些怀疑那一夜的谈话不过是自己睡着后无聊的白日梦。

虽然车队行驶地极慢，数日之后，终于抵达了目的地——凉川城。

第三章

侯门似海

叶薰隔着马车帘子向外看去，时间正是正午，街市繁华热闹，人烟阜盛鼎沸，几乎不逊于京城了，不愧是北方第一重镇的凉川。更有不少金发碧眼、奇装异服的外国人不时从车边经过，引得金菱和雁秋指指点点，连连称奇。

车队从街市中心走过，所经之处人人自行辟易，沈家威望之盛可见一斑。沈家世居凉川，为北方数一数二的名门贵阀，上一代家主就是凉州太守，统领一省事务，坐镇凉川城，而沈涯本人官居靖北将军，统领北方泰半兵权，沈家在凉川的尊贵，便如同萧家在京城一般。

在城内行了半日，方到地势略高的城西。沈家府邸正坐落在这里，高高的围墙隔断了众人的视线，仅从大门辉煌的气派上，便可想象其中巍峨的气度。门前开阔处蹲着两座大石狮子，意态狰狞威武，三间乌黑饰金的兽头大门上挂着闪闪发亮的铜环，上方悬着巨大的洒金匾额，“文信侯府”四个大字龙飞凤舞。文信侯正是沈家开国之初所得的封爵，此后家族子弟所领官职虽然有所不同，但封爵一直没有变化。底下还有一行小字，叶薰仔细看去，其中的“御”字格外抢眼，原来是皇帝钦赐。

抵达府邸，门前早有诸多衣饰华整的仆从婢女林立恭候，礼仪规整，鸦雀无声。沈老夫人和沈归暮的车驾停在大门前，数个钗环服饰华丽脱俗的丫环迎上来，先走到老夫人的车驾前，准备服侍老夫人下车。

车帘掀开，却是一个身形消瘦面容肃历的中年女子从车上下来，叶薰认得是老夫人身边的许嬷嬷，她扫了那几个丫环一眼，冷着脸道："老夫人身体劳累，要直接回春晖堂休息，就不用讲究这些俗礼，也让夫人不必去请安了。"说着，也不理会诸人，直接招了招手，唤过门前四个身强力壮的小厮，抬来一顶小轿，几人将轿子口对准马车门。从叶薰的角度只能够看到许嬷嬷和几个丫环簇拥着一个佝偻的身影从马车里钻出来，紧接着就隐没在了轿帘子之后。然后小厮抬起轿子径直进了府门，消失在重重的楼台之后。

这般雷厉风行的举动，叶薰和雁秋她们隔着帘子看得咋舌不已，而看看周围沈家众人的脸色，却似乎都见怪不怪、习以为常了。

随即那几个丫环又来到沈归暮的车驾前，口里说着："奴婢恭迎少爷回府。"一边俏生生地施了礼节。

"夫人可是在正堂？"青涟掀开帘子问道。

领头的丫环笑道："夫人正在内堂休息，"顿了顿又说道："只是夫人今日操劳了一天，身体略有不适，又想到少爷一路车马劳顿，因此特意说了，不必讲究那些繁文缛节去请安了。"

这是哪一套的规矩。叶薰在后面车里听得一清二楚，禁不住好笑了。婆婆让儿媳不必去请安了，紧接着夫人又对儿子说了同样的话。是真的病了？还是有别的缘故？虽然不过是府邸门前短短的一幕，但沈家这祖孙三代人之间的关系，总让叶薰感到有一种说不出的冷漠。

对这样的安排，万总管似乎也在意料之中，径自指挥随从驾着马车从侧门进入。

进了府门，小厮领着众人一路向前，穿过拱门，又转过几处走廊，景致越发清幽起来。行过一处小花园，终于抵达了沈归暮的居所。

圆形拱门上方青檐鎏瓦，檀木匾阁上浮雕着"兰蔷园"三个大字。叶薰看向四周，沈归暮似乎不喜欢热闹，身为沈家长子，兰蔷园的位置几乎与她当初在萧家的位置相仿了，都是极为偏远的角落。只是风景格外清丽。园中一条潺潺的溪水流过，几处假山将庭院装点分割成几片，庭中植了不少枫树，此时正是枫叶红至荼蘼的时节，棵棵如火般灿烂，连通透的溪水里也浮动着片片殷红的落叶，让这个清幽的庭院中别有一种繁华的韵味。园子一角还植了几株梅树，已经打了小花骨朵，等秋叶落尽，想必不久就会换上梅蕊飘香，雪魄冰姿的美景。

园内打扫得干干净净，却缺少了一股子人气。房间不少，服侍的人却不多，甚至比较起园子的规模来，可以说少得可怜。

安顿下行李，万总管又将几个人传唤去，格外郑重地吩咐了一番。叶薰、雁秋、金菱三人依然是沈归暮的丫环，而萧若宸这个意外多出的人手则被安排做了打扫收拾花园的小厮。

一切似乎都平静顺利，长途的劳顿终于告终，再加上萧若宸的病情也已经痊愈，叶薰终于能够彻底放松下心情，安心地睡上一个安稳觉了。几乎是头一挨着枕头就睡了过去，第二天早晨醒来，太阳已经照到床边了。叶薰赶紧爬起来梳洗干净，正式开始了她作为丫环的打工生活。

这天早晨，青涟将几个人传唤过去，搬出一大堆流光溢彩的物件，尽是绫罗绸缎、珠钗饰品、糕点补药之流。这些都是在京城买下的礼物，就算夫人已经言明不用去请安了，母慈子孝，兄友弟恭的表面礼节也是必需的。

挨个打点整齐，用紫檀描金的填漆大盒装了，收拾完毕，青涟领着叶薰三人，捧着沈家大少爷孝敬母亲爱护弟弟的宝贵心意，向沈夫人所居的正堂走去。

一路走来，所经过的房屋越来越华丽气派，遇见的随从奴仆穿戴也越发奢美精致。叶薰是见怪不怪，雁秋却看得眼花缭乱，总算这几天也长了些见识，一路上也倒是竭力保持着端正的姿势，没有四处乱看。

穿过数道回廊，终于到了夫人所居住的院子，进了垂花门，正面数间上房尽皆是雕梁画栋，两边花树掩映着穿山游廊，房檐下挂着各色鹦鹉画眉等鸟雀，几个梳着双髻的小丫头正在摆弄着舔食加水。正堂门口井然有序地站着几个衣着体面的丫头，看见青涟领着人进来，立刻有人掀帘子进屋禀报去了。

叶薰几人在堂前停了步。青涟看起来和几个丫环甚是熟稔，上前去笑道："月锦姐姐，月瑟姐姐，好久不见了。"

"倒真是好久不见了，"一个绿衣丫环笑道，"青涟你这一趟去了京城，可是长了见识了。"

"月锦姐姐说笑了，哪里能长什么见识，左右不过是去服侍主子而已。"青涟笑道，转而又问道："离家这么久，不知夫人近来可好？昨天听说夫人身体不适，今日可是好些了？"

"夫人尚好。"月锦笑道。

"只要二少爷好好的，我们夫人自然就好好的。"月瑟也插嘴道。

"那归曦少爷可好？我们少爷这几天也着实记挂着他，在京城买了不少新鲜玩意，交代我们送过去。"青涟顺口问道。送完这边，她们还要去一趟沈家二少爷沈归曦所在的翰碧园。

"二少爷一切如常，前几天又得了新乐子，有一个西域客商送来了一只猎犬，说是什么域外名品，好生威猛，少爷爱得和宝贝似的，所以这些日子每天一大清早都要出城打猎去，不到太阳落山不见回来。你们这时候去送东西，肯定见不到人了。"

"那真是可惜了。"青涟笑着说道，心里却暗暗松了一口气。

几个人正说笑着，帘子微动，回禀的丫环探出头来，带话道，"夫人吩咐了，你们进来吧。"

几个丫环掀开帘子，叶薰等人鱼贯而入。刚踏入房内，一股暖香扑鼻而来，浓而不腻，清幽别致，让人心旷神怡。

放眼望去，屋内陈设富丽堂皇，浅青色刻纹格子瓷砖铺着地面，正面一溜数张黄梨木环臂座椅，上面随意搁放着绿底金花的靠垫，金色的流苏迤逦沾地，西洋的金摆钟在一侧滴答轻响。

大堂一侧是一扇八页的紫檀屏风，宝石绿的地毯从屏风下穿过延伸到门边，青涟领着众人绕过屏风，进了内堂暖阁，一个盛装华服的美貌女子正懒洋洋地斜倚在炕上。

青涟连忙领着几人跪下，连大气也不敢喘一声。

那夫人穿着淡黄色绣百柳图案的锦裙，头上挽长长的坠珠流苏凤钗，斜插两只攒珠蝶翼金步摇，面相生地极美，肌肤细腻如玉，尤其一双丹凤美目更是勾魂摄魄。她正拿着一只玉簪子闲闲地挑弄着身边汉白玉香炉里的沉香屑，袅袅的轻烟弥合开散，衬得她眉宇蒙胧莫测，隐隐带着不怒自威的气度。不知为何，叶薰一眼看上去，只觉得她眸光流转间带着一种异国风情。

“夫人，归暮少爷那边的人过来了。”眼见自家主子心不在焉，她身边的丫环轻声提醒着。

“嗯，”沈夫人方漫不经心地抬头看了几人一眼，曼声问道：“归暮还好吗？”

“回夫人的话，归暮少爷一切安好，都是托老爷和夫人的福。”青涟恭声回禀道。

“一切安好？我怎么听说他回来的路上又病倒了？”沈夫人闻言冷冷地笑了一声，语气之中颇为讽刺，“难得千里迢迢地去了一趟京城，本以为什么病都应该好了的。否则岂不枉费了他父亲这一番心意。”

“老夫人和归暮少爷相继病倒，都是奴婢们服侍不周。”青涟似乎完全没有听出话中隐含的不满，只是惭愧地低头说道。

沈夫人瞥了青涟一眼，淡淡地道，“算了，去这一趟也着实辛苦他了，让他这些日子安心养病吧，不必来请安了。”

“夫人体贴少爷的心意，我们岂会不知，因身虚力弱，不能侍奉在夫人面前尽孝，少爷也深感不安。”青涟笑道：“这次前去京城，少爷特意亲自挑选了几样摆设玩物，送夫人闲暇时候把玩使用，也算略尽一份孝心了。”

叶薰几个人上前一步，把东西呈上。

沈夫人悠悠然道：“难为他想得周全，既然是他一片孝心，我就收下了。”旁边丫环上前接过礼盒。

沈夫人眼神一扫，落到了叶薰三人身上，开口问道：“这几个丫头就是万总管在路上买下的？”

“正是。”青涟应道，然后将叶薰三人挨个介绍。

“万总管可真是劳心了，”沈夫人将手里的玉簪子一扔，坐起身来，略带讽刺地笑道：“早就说兰蔷园那里人手不够，我派去的丫头，他却推三阻四，一个也不肯要。难不成我这个嫡母还会派人谋害自己儿子不成？”

这句话说的甚重，低头听着的叶薰禁不住暗暗心惊。青涟只好强笑道：“夫人言重了，万总管推辞，不过是因为归暮少爷素来不喜欢人多嘈杂……”

“算了，我也懒得理会这些。”沈夫人不耐烦地打断青涟的解释，瞥了叶薰几人一眼，吩咐道：“既然你们住进了兰蔷园，日后记得好好服侍少爷，免得他三灾五病的，让外人看了，还以为我是在欺负他不是我亲生的呢。”

叶薰几个人也不知道该说是好，还是说不是好，正在为难的时候，救星到了。一个丫环走进房里，躬身道：“夫人，吟荷斋那边刚送来各色挂帘的新样子，请夫人定夺，选定了他们好开工。”

“夫人忙碌，我等就不打扰了。”青涟趁势起身告退。夫人也没有挽留，点了点头，就自顾向丫环问话了。

叶薰几人绕过屏风，听见身后传来沈夫人的声音，“这就把人传过来吧，对了，少爷呢？他房里的也应该换了，叫他过来一起看看。”

“少爷又去打猎了。”一个丫环回禀道。

“怎么又去了？唉，整天只知道东奔西跑。那山里地势崎岖，野兽又多，万一要是遇上什么吃人的猛兽……”

“夫人多虑了，少爷身边的侍从，哪个不是一等一的武艺，再说，少爷近来的武功突飞猛进，几位教习师傅都赞不绝口，直夸奖说有将军的气度了。”旁边几个丫环纷纷笑着开解道。

"净是胡说，他一个小孩子有什么气度的……"沈夫人的声音传来，虽是反对，语调却微微上扬，带着掩不去的喜悦，

丫环放下帘子，隔断了堂内的声音。

退出房门，叶薰忍不住暗暗摇头，这位沈夫人对两个儿子的态度真是天差地别啊。想想倒也是常理，毕竟一个是自己的亲生骨肉，一个是自己丈夫与别的女人生得孩子。想要一碗水端平根本是痴心妄想。听刚才的言谈，沈涯这一趟前往京城只带了沈归暮一个人，想必也让她有所不满吧。想起那个病弱的少年，叶薰心里忍不住浮起些微同情来。

再接下来是二少爷的礼物，青涟领着几人往翰碧园走去，半路上一个小厮远远跑过来，"青涟姐，万总管有事找你，让你去他那里一趟。"

青涟略一犹豫，转念想到二少爷既然出去打猎了，翰碧园内也不过是几个随从守着，便转头吩咐道："我先去万总管那里，这一趟就由你们几个去吧。翰碧园离这里不远，反正二少爷不在，你们将东西交给那里的随从，说是归暮少爷送来的就行了。"

说罢，命那个小厮为叶薰几人带路，自己离开了。

跟随小厮拐了数个弯，穿过一道水上浮桥，叶薰便看到了青绿石砌成的围墙，"翰碧园"三个大字用一种掺着金粉的青色染料写在紫檀木匾额上，龙飞凤舞，苍翠欲滴。

进了园子，叶薰几个人眼前一亮，如果说兰蔷园清幽素雅仿佛一阕宋词，那么翰碧园就是富丽繁华的唐诗汉赋了。

园内建筑无不精致华美，比沈夫人所居的正堂更胜一筹，陈设更有一种别样的风格，带着一种少数民族的异域风情。屋内座椅上铺着雪白的动物毛皮，上面的靠垫装饰也均是兽皮缝制，联想到那位二少爷打猎的爱好，也不知眼前这些是不是他的战利品，叶薰暗暗猜测着。

园中的仆役远多于兰蔷园，只是清一色都是小厮，没有一个丫环。

见到叶薰几人，园内管事迎接上来，接过礼盒，照例客套了几句，叶薰几人就退了出来。

几人正要返回兰蔷园，刚走到大门口，却不料迎面熙熙攘攘走来一群人，将道路堵得水泄不通。

叶薰抬头望去，第一眼就看见了那个身穿银青色猎装的少年，银弓金箭，意气风发，骑在一匹通体乌黑，金雕玉鞍的骏马上，被众人簇拥着向这边走来。少年五官生的极为精致秀美，配着一双流光溢彩的丹凤美目，却不带丝毫女气。身边十几个随从，有牵狗的，有拉马的，有持猎弓长枪的，有捧茶壶食盒的，皆是清一色的灰色劲装。

叶薰一阵恍惚，记得几个月之前，她在京城的秋猎场里所见到的萧若宸也是这般犹如画中的排场打扮，可眼下却连当一个跟在马匹旁边的小厮都不够格了，心头微感发酸。

眼见道路被堵住了，叶薰几人退到一旁，静候这一队人马经过。就算不用任何人介绍，她们也知道眼前这位就是沈家万千宠爱在一身的二少爷沈归曦了。只是不知应该在下午才返回的打猎队伍为何在这个时候就回来了。

行至门前，沈归曦潇洒地一甩手，将缰绳扔给一侧的随从，翻身跃下马来，向门前走去。从这样近的距离看上去，他的五官，尤其是下颌线条文雅清秀，真的很像沈涯，而那双水光潋滟的丹凤明眸，自然是遗传自母亲了。

叶薰正看得出神，忽然一道黑影从人群里冲出来，势如狂风般猛地扑向她们。叶薰惊得一个趔趄，身后的雁秋更是被吓得一屁股跌倒在地上，手脚发软。

定神看去，是一只体型巨大的恶狗，看模样似乎是藏獒之类的品种，长得小牛犊般大小，在众猎犬之中格外威猛。

幸好看狗的随从及时拉住了铁链子，巨犬并没有扑到三人身上。被拉回到狗群里之后，犹自不甘心地刨着地上的泥土，冲着叶薰三人示威一样低声咆哮。铁链被它狂猛的力道绷得笔直，看得三人胆战心惊，生怕铁链随时会被崩断。

这一场小风波却让沈归曦注意到了她们，“你们是谁？我这里什么时候有丫环进来了？”他挑了挑眉头，问道。

园内迎出来的随从连忙解释道："是大少爷那里派来给少爷您送东西的人。"

"原来是那个痨病鬼的丫头，送东西？哼，谁要他的东西了，没来由的过了晦气。难道去一趟京城就了不起了？我要的话，自然是亲自去京城买去。"

叶薰哑然了，他好歹是你的兄长吧，就算你不知道什么叫兄友弟恭，也不能当着这么多随从的面……她偷偷瞟了一眼，却见那些随从均是神色如常，似乎这样苛刻尖酸的讥讽嘲笑已经是家常便饭了。

丹凤明眸在阳光下宛如璀璨的宝石潋滟生辉，少年眼角眉梢却满是不屑傲气："喂，那个鬼上身的痨病药罐子还没有死吗？"

叶薰三人谁都没有回答。

"怎么不说话了？难道是三个哑巴。"沈归曦似乎兴致上来了，走到三人面前提高了声音问道。

叶薰这才想起她们的发言人青涟不在身边了，雁秋刚刚从地上爬起来，脸色苍白，举止僵硬，手脚似乎还在打哆嗦。而本来最爱出风头的金菱，此时也不停地往叶薰身后瑟缩，竭力想要离那只龇牙咧嘴的狗远一些。

叶薰低头看了一眼，正对上藏獒血红色的双目，强忍住想要后退的冲动，她移开视线回道："归暮少爷一切尚好，多谢二少爷挂心。"

"你们是新来的？以前怎么没有见过？"看清楚三人的相貌，沈归曦用鞭子轻轻敲击着手心，问道。

"正是。"叶薰现在只希望这位小少爷能够尽快放他们离开，离这只狗越远越好。

"长得倒是不错，比那个青涟强了不少。"沈归曦一边说着，一边围绕着三人转了一圈。

靠，你当是在动物园看熊猫啊。叶薰低头没有说话，心里却满是不忿地想着。

"那家伙整天跟一群女人混在一起，难怪自己也是个娘娘腔，连走一步路都要喘三声。”转完一圈之后，沈归曦总结陈词似的说道。

真不知道沈夫人是怎么教育孩子的，叶薰暗暗摇摇头，这种人长大了多半是纨绔子弟败家子，白白生了这样的好相貌。算了，自己可没有替沈家操心这个的义务。“少爷若是没有别的吩咐，奴婢告退了。”她向后退了一步，冷淡地躬身说道。

“这么急着走啊……”沈归曦摸着下巴，似笑非笑地说道，“那好吧，想走就走吧。”

叶薰几人低着头，完全没有注意到他眼神里闪烁着满是恶意的光芒。

金菱和雁秋如蒙大赦，快步向前走去。叶薰勉强保持礼节行了个礼，然后转身跟上。

刚走了没两步，却听见身后传来一声尖锐的哨音。紧接着锁链声合着尖锐的狗吠咆哮声刺入耳膜。

叶薰不敢置信地回头看去，视线瞬间被一个夹着腥气的黑影遮蔽了。

一阵天旋地转，叶薰重重地摔倒在地上，这一下子只摔得她七荤八素，眼前全是一圈圈的小星星团团转。

还没有回过神来，充满血腥味的热气直扑鼻端，低沉的咆哮声贴近耳畔。是那只藏獒正扑在她身上，凶戾的眼睛布满了血色，死死盯着爪下的猎物，近在咫尺的森森白牙闪动着锐利的光。

上面重重的压力让叶薰几乎无法呼吸，而后背因为跌倒被砂石磨砺的剧痛一波波传来，这一切的痛苦都转化为深深的恐惧从心底最深处肆意蔓延而上。

叶薰使尽全身的力气，也不能把那张血盆大口推开地远一些，一连串腥臭的唾液滴到她脸上。

沈归曦和一众随从笑嘻嘻地看着眼前这一场闹剧，对他们，尤其对这位悠闲的少爷来说，这确实是一场闹剧，恰到好处地填补了今天打不成猎所带来的懊恼。

叶薰从来没有这么恐惧过，金菱和雁秋惊恐凄厉的尖叫声和身后沈归曦的嬉笑声混合在一处，不断刺激着她的神经，大脑仿佛变成了一片空白。

挣扎间，叶薰触到了自己的腰部，一点坚硬冰冷的感觉顺着她的指尖蔓延上来，缺氧窒息的大脑中瞬间蹿入一线清明。她鬼使神差地抽出藏在腰间的短刃，用尽全身力气向着笼罩住她的庞然大物捅进去。

一声尖锐凄厉的嚎叫响起，震得叶薰险些昏过去。巨犬猛地直立起来，两条粗壮的前腿发疯似的向空中乱划，滚烫的血从它腹部喷涌而出，溅了叶薰满头满脸。

叶薰本能地向后一个翻滚，堪堪避开了藏獒最后的反扑。

惊天动地的咆哮之后，藏獒倒在地上，抽搐了几下就不动了。

围观的众人目瞪口呆。一道影子飞快地掠到藏獒身边，正是狗的主人沈归曦，他气急败坏俯下身子观察爱犬。

叶薰那一刀正扎在要害上，也许是危急时刻人的力气格外大，那把短刃竟然被叶薰生生扎入没尾，连握柄都看不见了，只余下一个血洞不停地向外喷涌着鲜血。

沈归曦的脸色顿时变了，回头瞪着叶薰，眼中满是阴森的寒意："你这个贱丫头，竟然杀了我的骠骑将军!"

脱离危险的叶薰正要挣扎着爬起来，冷不丁却觉得胸口一堵，还没有反应过来发生了什么事，就觉得身体失去平衡，飞了出去。

直到重重地摔到地上，叶薰才明白过来自己是被沈归曦狠狠地踹了一脚。麻木过后，剧痛在胸口炸裂开来，叶薰只疼得呼吸停滞，险些晕倒过去。

沈归曦犹自不解恨，三步并作两步冲上前去，手中的鞭子狠狠地抽下去。

眼看鞭子劈头盖脸抽下来，叶薰伸手一挡，胳膊上蹿起火辣辣的剧痛。

沈归曦还要再打，却凭空伸出一只手，把鞭梢紧紧攥住了。

"归曦少爷，叶薰好歹是我们兰蔷园的人，虽然不知她何处得罪了少爷，但总要由我们兰蔷园来发落才对吧。"是匆匆赶到的青涟，她正一手握住鞭子，平静地说道，平凡无奇的脸孔上带着格外的严肃。

“滚开！”沈归曦气急败坏地冲她喝道，一边用力想把鞭子抽出来，可鞭子被青涟牢牢拽住，纹丝不动。

沈归曦越发恼火上来，却也知道万总管专门指派青涟服侍沈归暮，就是因为她谨慎细心，武功也好。既然她赶过来了，想要再私自出气是不可能了。

当即撤回鞭子，喝道：“你们兰蔷园的人杀了我的骠骑将军，你说怎么赔吧？”

骠骑将军，怎么不叫靖北将军算了。叶薰恨恨地想着，手上和后背的伤口痛得钻心。劫后余生的雁秋金菱两人上前扶起她。

青涟看着地上藏獒的尸体，皱起了眉头。她本来与万总管商议一些杂事，返回兰蔷园就听说了二少爷今天因为弓弦折断，没有打成猎，已经回家的事情。她放心不下，连忙赶过来看看，谁知还是来得晚了。

“少爷，不过一只狗而已……”青涟蹙眉说道。

“就算是一只狗，也是我翰碧园的狗，由得你们想杀就杀吗？”

“若不是刚才少爷您纵狗去咬人，叶薰会杀它吗？”青涟正色辩白道。

“难不成还是我的错了？”沈归曦冷笑着反问道。

“奴婢不敢，”青涟躬身道，神色却不见一丝退让，“是非曲直、缘由因果尽在人心，这园子里头也不只是一双眼。”

“哼。”沈归曦愤愤地哼了一声，没有说话。

青涟将声音放缓，继续说道：“既然叶薰杀了少爷的狗，待改日青涟请万总管再为少爷寻一只更好的就是了，必然让少爷满意。”

沈归曦瞥了叶薰一眼，忽然嘴角扬起不怀好意的笑容：“不必了，你们若真有心赔我，也不必再费力气去寻什么狗了。”

“那少爷的意思是……”

“就把这个丫头赔给我好了。”沈归曦指着叶薰，漫不经心地说道。

“少爷，”青涟皱了皱眉，“您不是素来不喜欢丫环服侍吗？”

“我改主意了不行吗？”

“少爷既然想要丫环服侍，自然有夫人和总管挑选伶俐体贴，善解人意的……”

“我就是看中这一个了。”沈归曦挑了挑眉，带着一丝狠气地笑道，“我是主子，难道要一个使唤丫环的权利都没有？”

青涟一阵为难，若是在平时，沈归曦索要一个新买入的丫环她自然无权反对，可是眼下他索要叶薰摆明了是别有用心，若叶薰真进了翰碧园，只怕有死无生。

“难道我的骠骑将军还比不上这个新买来的臭丫头尊贵？”沈归曦见青涟犹豫不决，索性指着叶薰喝问道。

叶薰正被雁秋和金菱扶持着，头昏脑涨地站在那里，听了这句话，忍不住想要冷笑了。明明应该很生气，很悲愤，此时她却一丝也感受不到，她只是想笑，一个人就如同一只狗一样，不！是连一只狗都不如，叶薰啊叶薰，你也会有这么惨的一天。

身上越来越痛，头脑也越发昏沉起来。她听见青涟的声音说道：“叶薰是我们兰蔷园的丫环，岂能……”

“那我就去找那个痨病鬼问问，不信他不给。”沈归曦任性固执地说道。

青涟还没有开口，一个意外的声音冷冷传来：“不必问了，我的丫环自然没有平白给别人的道理。”

众人抬头望去，园子前的浮桥上，不知何时多了一个清癯文雅的身影，苍白的脸色在阳光照射下多了几分鲜活的红晕，越发如明珠美玉般灿烂，正是沈家的大少爷沈归暮，他漫步向这边走来，身后还跟着一脸严肃的万总管。

沈归暮走至场中，又把刚才的话重复了一遍，语气虽然平淡，却带着斩钉截铁的意味。

正主儿出现了，终于不用担心被卖出去了。叶薰松了口气，随即支撑不住地晃了晃身子，眼前众人的身影仿佛变成一团黑沉沉的迷雾，弥合晃动，蒙胧不清。昏过去之前，叶薰犹自狠狠地剜了沈归曦的背影一眼，唯一的念头是，如果将来有机会，绝不能放过这个臭小子。

悠悠然从昏迷中醒来，叶薰费力地睁开双眼，入目处是青色的幔帐，是自己的卧室。偏过头就对上萧若宸满是关切的眼神。

见叶薰清醒过来，那张冰封般的俊颜终于解冻，紧张的眼神瞬间转化为惊喜。

“谢天谢地，可算是醒过来了。”雁秋松了一口气的声音从萧若宸后面传来。

“我……”叶薰想要开口说话，却感觉嗓子一阵干涩。

萧若宸及时地递过来一杯水，喂着叶薰抿了一口。

缓过一口气，身体慢慢恢复知觉，全身上下的酸痛立刻如潮水般涌上来。“我是怎么了？晕迷了多久？”叶薰推开水杯问道。视线转向窗外，外面一片漆黑，已经是晚上了。

“眼下已经是丑时初了，小宸可是守着你紧张地不得了呢。”雁秋一边笑着说道，一边将桌子上的油灯拿到床边，用一根银簪子挑亮了。

“你身体刚刚痊愈，怎么能硬撑呢？脸色都不好了。先回去睡觉吧。”屋里光线明亮起来，叶薰立刻发现萧若宸脸色有些异样的苍白。

萧若宸沉默地摇了摇头，没有说话。

“你别心急，小宸的病情大夫已经说过无碍了，他脸色不好我看多半是心急担忧的缘故，”身后雁秋笑道，“方才你若再不醒，小宸就要去找戚大夫发脾气了呢。说起来，这次多亏了少爷，不仅救了你，还请了戚大夫过来诊治。”

“可不是嘛，你在翰碧园那里晕过去，那个混账……那个二少爷还不肯罢休，幸好归暮少爷和万总管都在，才没有让他得逞。”金菱正捧着一盏油灯推门进来，正听到雁秋的话，愤愤然接口道。

雁秋向叶薰简略描述了一下她昏迷之后的情形，又交代道：“戚大夫说了，你身上并无大碍，不过是惊吓过度，只要醒过来，静养两三天就好了。这几日的活儿就先交给我和金菱吧，你只要安心养病就好。”

几句闲话之后，眼看叶薰已经没有危险，雁秋又问道：“你肚子也饿了吧？厨房里给你留了吃的，我和金菱去热一热端过来。小宸你先在这里守着。”说罢和金菱一起出去了。

萧若宸送走两人，回到房里。

“怎么了？”叶薰笑着问道，从刚才起萧若宸就一直闷着没有说话。

“姐，”萧若宸走到床边低低轻呼了一声。

知道他是在担心自己，叶薰拉住他的手，笑道，“我这不是好好的吗。”

“可是刚才我很害怕。”坐到床边，萧若宸把头抵到叶薰肩膀上，轻声说道。

叶薰心下感动，低声道，“别担心，我不是已经平安了吗。”

“可是如果再发生这样的事情怎么办？以后无论你去哪里，我都要和你一起去。”萧若宸带点任性地说道。

“不会再有下一次了，吃一亏长一智，再说，我也没有吃亏啊，不是把那只狗杀掉了吗。”叶薰拍拍他的肩膀，笑着安慰道。

回忆起杀死那只狗的经过，一种不舒服的感觉涌上来，似乎还能够感受到血腥味萦绕在鼻端，热腾腾的鲜血喷溅到自己身上的感觉。

叶薰真有点小小佩服自己了，人的潜力果然是无穷啊，回想起当初，自己怎么可能杀得掉那么巨大的一只狗，想来还是多亏了有武器在手。

武器……

这个词语倏地蹿入叶薰脑海，刹那之间，一阵惊惧像是冰冷的蛇钻入心田，让她手脚冰凉。

她所用的武器……手颤抖着摸向腰身，空空如也的触感让她的心顿时沉了下去。

“姐，你怎么了？脸色怎么这么不好。”萧若宸伸按向叶薰的额头，想要试一试温度，手伸到一半却被叶薰挡住了。

“小宸，不好了，那把短剑……那把短剑还留在狗肚子里。”叶薰勉强保持平静，却压抑不住声音的颤抖。

听了这句话，绕是萧若宸冷静自若，也变了脸色。

叶薰正坐在床上出神，雁秋推门进来，手里端着一个漆盘，上面摆放着几个碗碟。“等久了吧。”将漆盘递给叶薰，雁秋笑道。

“没有，多谢你了。”叶薰接过漆盘低头看去，是一碗碧玉糯米羹，还冒着腾腾的热气，外加一碟蜜饯火腿，一碟糖醋花生，一盘香菇青菜，都是清淡开胃的小菜。

“小宸哪里去了？”发现屋里不见了萧若宸，雁秋随口问道。

“我担心他的身体，打发他回房间睡了。”叶薰自然而然地回答道。一边低下头看向饭菜，掩去了眸中溢地满满的担忧。

就在刚才，萧若宸潜入翰碧园寻找遗失的短剑了。那把短剑是萧若宸的贴身武器，名唤染尘，原本是国丈府收藏的名品之一，外形看似一把灰扑扑的凡铁，实则是吹毛立断的神兵利刃，更兼薄如蝉翼，柔若流水。萧若宸刚刚开始修习武艺的时候就一眼看中了它，此后一直贴身带着，就算是落魄江湖也未曾离身，上次成功击杀刺客也多亏了它。直到在王大娘车队里的时候，他担心叶薰的安全，才软磨硬泡地要求叶薰带在身上。

染尘是天下闻名的利器不说，被收入国丈府之后把柄末端还刻着睿国公府的印记，一旦落到有心人手里，立刻能够认出来历，到时候姐弟俩就危险了。

不知道事情会不会顺利，叶薰忧心忡忡地想着。萧若宸的武功不错，但也仅仅是在同龄的少年里面不错而已，沈归曦的园子里头肯定有会武功的侍卫仆役，如果惊动这些人，萧若宸就危险了，偏偏短剑又不能不取回，而且还要尽快取回……

“你们姐弟的感情可真好，让我这个外人看着都羡慕。”雁秋不疑有他，笑着说道，转而叹了一口气，颇有感慨地道，“也是因为小宸是个好弟弟，任谁都要疼惜，哪像这家里的那一位。”说到后面，雁秋不由自主地压低了声音。

那小子确实可恶，提起沈归曦，叶薰觉得胳膊上的鞭痕又火辣辣地了。

“还不都是依仗着自己是嫡出的，那样目无尊长的脾气，真是难以相信与我们少爷是亲生兄弟。”雁秋摇摇头说道。

“别想多了，日后我们小心些不要得罪他就好，富贵人家的少爷多半都是这种脾气。”叶薰心不在焉地开解道。回想起自己在皇宫里曾经遇到的那一个，不也是差不多的行径吗？比较起来，小宸的乖巧真是大熊猫一样罕见。

“那可不一定，我们少爷就没有丝毫的坏脾气。”雁秋立刻反对叶薰以偏概全的理论，然后拍着胸口，庆幸地说道，“幸好我们是被买来服侍归暮少爷的。”

叶薰喝了一口粥，点头表示同意。一边暗自祈祷着，沈归曦那种极品少爷，只希望以后在沈家的打工生涯里，尽量少见到他。

“只是可惜了我们少爷，这么出众的人品，偏偏没有托生到夫人肚子里，如今要受这么多的苦，看看翰碧园和兰蔷园，唉，都是沈家少爷，何止天差地别啊。”提起沈归暮，雁秋的语调里溢满了同情。

没有这么夸张吧。叶薰瞥了雁秋一眼，心里暗暗想着。

对于沈归暮在沈家的待遇，她实在看不出有什么差别来。虽然比较起翰碧园，兰蔷园里服侍的下人少了一些，排场逊色了一些，陈设简单了一些。但服侍的下人少是因为主人孤僻的性格，而陈设虽然简单朴素，却件件都是精品，明眼人也能够看出庭院景致排布的精巧细腻，匠心独具。兰蔷园比较起翰碧园，就像是韵味深远的化外隐逸与喜欢把一切都装饰在头上的暴发户一样。

相比于沈归曦，沈归暮真正缺少的仅仅是一位关心他的娘亲而已。不过从万总管对沈归暮的重视和关心来看，沈涯对这个长子的关怀绝对不逊于嫡出的次子，甚至说不定还在其之上。

只是这些话没有必要说出来。两人你一言我一语地闲聊着，叶薰很快就把晚饭吃光了。雁秋正要收拾碗筷，却听见外面一阵喧哗。

“怎么了？”雁秋走到窗前，推开窗户向外望去。

叶薰的心一下子提到嗓子眼，不会是萧若宸出了什么事情吧。压抑不住担心，她干脆下了床一蹦一跳凑到窗口。

漆黑的院子不知何时变得灯火通明，开阔的院中凭空多出了一群人，打破了兰蔷园夜晚一如往常的寂静。

看到领头的那个，叶薰满头黑线了，不正是自己刚刚祈祷从此不要再见到的沈家二少爷吗？

他正满面杀气地站在门口，气势汹汹冲着园内正堂喊道：“立刻把人给我交出来！”

把谁交出来？难不成是小宸被发现了？糟了，叶薰心中暗叫一声不好。

旁边房间亮起了灯，金菱睡眼惺忪地走出来，看到院里站着的人是沈归曦，吓得一个哆嗦，立时清醒起来。不一会儿，正堂也开了门，一脸严谨的青涟走了出来，看到眼前这般摆明了兴师问罪的光景，她蹙起眉头，问道：“已经这么晚了，不知归曦少爷前来有何贵干？”似乎也被这个蛮横无赖的少爷惹恼了，她的语气依然恭敬有礼，却隐隐带着一丝干冰般的冷淡。

“让我走容易，把杀我狗的凶手交出来就行。”完全无视青涟的不满，沈归曦怒气冲冲地叫道。

借着明晃晃的灯光，叶薰这才注意到，沈归曦身上衣衫不整，上衣尚且有数个盘扣未扣上，一副刚刚从床上爬起来的样子。

“少爷，叶薰的事情……”青涟真的有些无奈了，上午事情明明已经了结了，这位少爷却又三更半夜跑过来胡闹。

“呸，谁说是她的事情了？好像我会看上那个臭丫头似的。”沈归曦气愤地打断了青涟的话，顺便满脸鄙夷地瞟了叶薰一眼，仿佛完全忘记了是谁在上午口口声声让叶薰给他的狗偿命。

“那少爷前来是为了……”

“我问你，刚才是你派人去杀了我的狗？”他瞪着青涟，恶狠狠地问道。

“杀了少爷的狗？”青涟愕然了。

“少在这里装蒜，除了你们兰蔷园的人，难道还有别人？刚刚是谁闯进我园子里，把我精心饲养训练的猎犬都杀了个精光，”沈归曦愤愤地嚷道，

听完沈归曦气急败坏的描述，青涟吃了一惊，今天晚上有人去翰碧园把他那群猎犬给……

这是哪出和哪出啊？叶薰心里也略感惊讶，是小宸动的手吗？为什么？

沈归曦一副不肯罢休的样子，冲着正堂喊起来，“沈归暮，你有本事给我出来，白天不敢动手，趁着晚上使……”

青涟神色冷了下来，提高声音打断了他的话：“少爷，定罪也要讲究证据吧。请问少爷有何证据说凶手是我们兰蔷园的人呢？少爷请想一想，我们兰蔷园除了几个干扫撒粗活的小厮，只有奴婢和几个丫头。如今我们满院子的人都在这里了，少爷认为有谁是凶手呢？”

一席话说得有理有据，沈归曦看着众人一时愣住了。他今晚刚刚睡下，就听见外面有人喊抓贼，被惊动起来，随即又发现自己精心饲养的猎犬被人杀得精光。联想到上午的事情，立刻肯定了是兰蔷园的人在暗中捣鬼，急怒攻心之下，套上衣服就气冲冲地跑过来寻仇了。而此时，他看着园中诸人，叶薰、金菱和雁秋三个都是不会武功的女孩，有这种本事的话上午也不会被猎犬追咬地那么狼狈了。

而潜入他园子里头的肯定是武功不错的人，那样的话……他的视线转到青涟身上，越发怀疑起来。

看着沈归曦落到自己身上的视线，青涟立刻猜到他在想什么，完全想不通这天外飞来的罪名是什么缘由，青涟一阵头疼，却也无可奈何。这种事情，本来就是越抹越黑，尤其对这个嚣张任性不讲道理的归曦少爷来说。

当即也懒得辩解，只是冷淡有礼地说道：“既然少爷拿不出证据来，就请暂且回去安歇吧。此事明日青涟自然会禀报到夫人和万总管那里，彻查府内。”

眼见沈归曦还要说话，青涟又开口道：“二少爷，如今时辰已经太晚了，归暮少爷也早已经睡下，无论有何事，还请少爷明日再来商讨。对于猎犬，万总管必定给少爷一个交代。”

知道再闹下去也不会有什么收获，沈归曦犹豫了片刻，终于恨恨地瞪了青涟一眼，转身领着随从走了。

园内重新恢复了平静，叶薰听见身边的雁秋明显松了一口气，金菱也是一副劫后逢生的表情。

“叶薰，你怎么出来了？身体不是还病着吗？”眼见叶薰披着衣服站在房檐下，青涟开口问道。

“刚刚吃过东西，已经好多了。”叶薰感激地笑道，“今日的事情还没来得及谢谢你呢，要不是你及时赶来，我们就危险了。”

回想起上午她拦阻沈归曦鞭子的那一幕，叶薰心中暗暗称奇，想不到眼前这个看起来再也平凡不过的丫环竟然是会武功的。

“本就是我不应该让你们三个新人去送东西。”青涟笑道，随即向四周扫了一眼，问道，“小宸去哪里了？怎么不见人了呢？”

“对啊，小宸怎么没有出来，难道睡得这么沉？”雁秋也奇怪道。

叶薰心跳瞬间漏跳了一拍，萧若宸的房间就在对面，院子里闹得这么大声，他却没有丝毫反应实在不正常。而且，青涟在这个时候问起他来，是发现什么了吗？她无意识地瞟了青涟一眼，青涟的神色依然平静自然，目光澄清地注视着叶薰，等待她的回答。

叶薰正犹豫着应该用什么理由好，忽然侧门打开了，萧若宸捧着一包药材走进来：“姐，戚大夫给你开了安神的药材……”

原来是去取药了，青涟放下心来，笑道：“小宸真是贴心的好弟弟啊。”

众人慢慢散去了，叶薰回到房内关上门，连忙拉住萧若宸问道："东西找到了吗？"

萧若宸苦笑了一下，给出了一个让人失望的答案："没有，我刚刚潜入园子就被人发现了。"眼看守卫围过来，他急中生智，没有向外逃，反而向里蹿入后院，躲进了圈养猎犬的小院子，为了避免狗吠引来注意，他眼明手快地送几只猎犬归了西，然后就趴在屋顶等待时机。等沈归曦气势汹汹地领着人前来兰蔷园兴师问罪的时候，他才逃出翰碧园，趁乱潜回屋里，包了一包药材假装刚刚取药回来。

叶薰默然，沈家内部卧虎藏龙，肯定不是群芳阁那种二流妓院所能够比较的，由不得他们仗着三脚猫的功夫来去自如了。

看来想要拿东西，只有趁着沈归曦不在的时候才行了。叶薰暗暗想着，头疼的事情太多，单是这起杀犬案还不知道夫人和万总管会怎么裁决呢。他们进沈家才是第二天啊，就发生了这么多波折。对于自己在沈家的前途，叶薰忍不住哀叹了。

第四章

鬼影迷踪

喧嚣热闹的声音隔着数道院落依然传入耳中，叶薰极目远望，前院浮动的灯火像是燃起的火焰，整个沈家府邸似乎都沉浸在浓厚的光彩之中，连天上的明月都相形失色。

前院一片喧嚣繁华，后院却依然宁静寂寥，比往常更加宁静寂寥。

三天前，从京城里飞马来报了一个天大的喜讯，沈涯晋封为兵部尚书的圣旨终于颁下了，不仅如此，沈家的爵位也连升三级，被封为一等信国公，同时沈夫人也晋为一品诰命夫人。据说连沈涯的两个儿子皇上也要下旨恩赐官职，只因沈涯固辞方才作罢，如此恩宠，天下无双。

正式的传旨太监比快马飞报慢了一步，却也在路上了。这三天整个沈府都在忙碌着迎接钦差，阖府上下喜气洋洋。今日下午，钦差的车驾终于抵达凉川，为了表示对沈家的圣眷之隆重，这一次的宣旨太监是皇帝身边亲信的御前总管罗公公。

府里头早已摆齐了香案供品，按照礼仪中规中矩地接过圣旨之后，就是热闹的接风宴席了。沈家几位主人除去常年卧病的老夫人外尽皆列席。阖府欢庆，忙碌纷杂，连带后院服侍的丫环小厮也没有一个得闲。兰蔷园之内，只余下叶薰一个人打着养伤的名义躲过了劳动。青涟她们不是跟随在沈归暮身边服侍，就是被抽调去前面帮忙了。

此时的后院寂静地出奇。叶薰加快步子穿过花园的树丛，一边小心翼翼地注意着周围的动静。偶尔遇见几个侍女小厮，也多半是行色匆匆地赶往前院，对叶薰这个路人没有丝毫注意。

轻巧地快步越过浮桥，前方就是翰碧园了。素来热闹的翰碧园此时也宁静地出奇，只有边角守门的小屋里透漏出几线灯光。

简直是天赐良机。叶薰壮起胆子，蹑手蹑脚地从侧门钻了进去，猫着腰穿过低矮的花坛，向院子深处潜入。

她已经打听过了，那只藏獒被杀之后，被沈归曦下令扒了皮为他制作垫子，而剥皮的地点就在后院的犬舍。这几天姐弟二人提心吊胆，生恐短剑被人发现，却一直没有听到染尘的消息。看来是因为染尘形貌普通，只被当作寻常的兵器扔在一旁，幸运地暂时逃过一劫。按照推测，此时多半还在犬舍里。

叶薰悄无声息地推开小角门，拜萧若宸把这里的恶犬杀光所赐，如今犬舍里没有一个下人在看守，叶薰顺利地潜入屋内。

一进屋，浓厚的血腥味直冲鼻端，叶薰险些呕吐出来。这气味让她很不舒服地想起了被关押在奉贤县大牢的那些日子。

这间房子本来就是下人为沈归曦处理猎物所用，乍一看上去，很像是传说之中的刑室。四面墙壁涂地粉白，挂着十几个明晃晃的铁钩子，有些上面还晃动着几只野兔山鸡的干尸，地面虽然干净，却弥漫着阴暗潮湿的味道，角落里摆着几张桌案，每张桌子上面都零散堆放着十几把钢刀铁钩之类的物件。

叶薰捏着鼻子凑过去，在里面翻检了几下，果不其然地发现了染尘。叶薰大喜过望地把它拿进手里，冰凉而又温暖的触感传递到心头，几日提心吊胆的生活总算看到了曙光。

不敢拖延时间，用袖子擦了擦短剑，将它塞进怀里，叶薰立刻循着来时的路向外摸去。不一会儿就有惊无险地走出了翰碧园。

想不到这么的容易就成功了，直到把翰碧园的围墙甩在身后了，叶薰依然有一种身处梦中的不真实感。

终究放下了一桩心事，轻快地越过浮桥，叶薰快步向兰蔷园走去。

夜色深沉，天气越发寒冷，不知何时竟然又起了浓雾，伴着呼啸的寒风弥漫在林间，浓密的树林益发萧瑟迷蒙。

叶薰原本满心兴奋地走在路上，走了半道却发现脚下的路越来越陌生，她进了沈家才不过短短的五天，而兰蔷园到翰碧园的这条路也只走过两次而已。

越向前走，雾越大，叶薰感觉自己像是走进了一个迷雾沼泽，脚下的路越来越荒芜，越来越难以分辨，但可以肯定的是，这绝对不是她来时的那条路了。

要不要退回去重新走呢？叶薰惶惑犹豫着，放慢了脚步，却发现已经来到了一个岔路口，四面干枯的杂草丛生，掩映着数条通往不同方向的小道。

叶薰定了定心神，勉强分辨着兰蔷园的方向，咬牙选了一条小路向前走去。就算是到不了兰蔷园，让她随便遇见一个人询问一下方向也好啊。可这一路走来，竟然连一个人影也看不到。

从来没发现沈家的府邸竟然这么大、这么深，就在她走得心慌意乱的时候，终于看到前方有一堵高高的围墙。叶薰安下心来，至少能够找到人问一下路吧。

她加快了步子，等走到院门前，却禁不住一愣。

眼前的院子看起来很平常，厚重的深青色漆门，两边灰色的粉墙延伸开去，上方悬着的匾额在漆黑的夜色之下看不清楚字迹。门是虚掩着的，从门缝里看进去，只觉得有一层淡淡的雾气隔着似的，院中的一切都迷茫如雾。

叶薰推开大门，走进院子，四面堂屋游廊一切如常，却有一种奇异的韵味，像是历经了无数风霜，透漏出陈旧的气氛。头顶上的天空出奇地明亮，满月如银盘一般映照院中，却浮动着一种与世隔绝的冷漠，仿佛有层层的黑气从地下弥漫出来，将整个院子笼罩住。

叶薰摇了摇头，甩开这些不着边际的臆想，镇定下心神。前院一片漆黑，似乎没有人在，中门大开着，她踏过去，就进了后院。

刚踏进后院，叶薰立刻发现正堂一侧的卧室里亮着灯光，她赶紧快步走到门前，高声呼喊道，“有人吗？请问一下路可好？”

连续问了几遍，只有灯光若有如无地晃动了一下，却不见丝毫回应。难道没有人在？叶薰心中起疑，干脆凑近窗前，贴近窗缝向里看了进去。

内里是一间陈设简单的卧室，器皿家具在黯淡的光线下泛着灰蒙蒙的光，像是长久没有人动用过了。正中间有一张黑色木制的圆桌，上面点着一支蜡烛，橙黄的烛火给阴冷的屋里带来一线暖意，后面苍白的幔帐垂下掩去了大半个房间，隐约可见里面有一张床榻，上面坐着一个人，怀里似乎抱着什么东西，正低着头。

有风沿着门缝吹进屋里，幔帐开合轻动，烛火亦跃跃不止，可床榻上的人却像是完全静止了，雕塑般一动不动。垂下的花白发丝将脸孔遮掩在阴影之下，叶薰看不清她的面容，只能从那身白衣的样式上看出是一个女子。

看了几眼，叶薰就觉得一阵诡异的阴冷从脚底直冲头顶。鬼使神差地，她忽然记起了就在前不久的那个雨天，陈卉儿一本正经地向她们讲述过的沈家秘闻。当时一笑置之的闲话不久之后便被她抛于脑后，此刻却无比清晰地浮现出来，每一个字眼，每一句话语，都像是铭刻在脑海里一样清晰深刻。

越是安慰自己不要往那方面想，脑海里的念头却不受控制地向那个方向歪去。像是有一只冰冷的蛇，带着战栗的恐惧，沿着她的后背蹿上来。她按在窗户上的手忍不住发抖，抖着抖着，冷不丁用力过大，“啪”的一声，竟然一下子把虚掩着的窗户推开了。

叶薰一时没有防备，身体猛地扑倒在窗台上。她胆战心惊地抬起头。

寒风顺着大开的窗口呼啸而入，灌进房里，掩映的幔帐“呼啦”一下子被高高掀起。床上坐着的人似乎终于感受到了外界的声响，像是电影里的慢动作一样，缓缓抬起头来。

刹那之间叶薰惊恐地睁大了眼睛，那是一张怎样的脸啊！沟壑纵横，干枯褶皱，就像是一只完全失了水分的橘子，只余下干涩的表皮，这与其说是一个人，倒不如说是一具干尸。

而她抱在怀里的，是一团锦绣被褥，刺眼的金红色中间，是一团白茫茫的东西，又看了一眼，叶薰终于看清楚，那真的是一具干尸！不，连干尸也算不上，只是一具骷髅而已，一张只有一两岁大小的婴孩骷髅。

白衣女人混浊的眼珠转动起来，缥缈不定的视线在半空中晃动了很久，终于停驻在叶薰身上。

深夜阴森的庭院里，干枯萧瑟的白衣妇人坐在床榻上，怀里抱着一具早已不知风干了多少年的婴儿骷髅，与你森森对视。眼前的一幕实在是太诡异，叶薰惊慌失措地连续倒退了三步，摔倒在地上。极度的恐惧让她连跌倒的疼痛都感觉不到了。

卧室的门受不住房间里鼓舞的风力，“吱呀”一声，缓缓打开了。空气里弥散着奇异的香气，闻起来好像置身于艳阳天下的花香田野，配合着眼前阴冷诡谲的气氛，融合成一种诡异惊悚的味道萦绕在鼻端。

被那声让人头皮发麻的开门声吓得一个哆嗦，叶薰再也忍受不了这种诡谲的气氛了，她挣扎着从地上爬起来，逃命似的向外跑去，踏过中门，临别时却忍不住最后转头看了一眼。

视线毫无障碍地穿过院子，穿过开敞的卧室门，穿过开合掩映的幔帐，投入床榻上，那里已经空无一人了！

不敢置信地揉了揉眼睛，确实是没有一个人了。一阵阴风吹过，叶薰激灵灵打了个寒战，忽然之间却感觉背后一阵发冷，似乎有一只冰冷的手，触摸在她脖子上。

那感触是如此的真实，叶薰连回头看一眼的勇气也没有了，只能够僵硬在那里一动也不动，任那双手继续顺着脖子向下滑动，带来一连串冰冷的触感。她想要尖叫出声，却觉得喉咙被什么东西堵住了一样。

不知道过了多久，就在叶薰觉得头晕目眩，口干舌燥，怀疑自己大限将至的时候，触感却忽然不见了。叶薰鼓起勇气，猛地转过头。背后空无一人。

难道刚才的一切仅仅是她的错觉？不敢继续想下去，叶薰拔腿向着大门跑去。

跑出了院门，无暇分辨道路，叶薰直接沿着草丛稀疏的方向跑去，现在她的脑海里只有一个念头，尽快远离这个见鬼的院子就好。

不知道跑了多久，前面忽然出现了一个人影，收不住脚的叶薰猛地扑倒在这人怀里。

叶薰压抑不住地惊叫出声，胆战心惊地抬起头，却对上一张俊美如玉的脸孔，水光潋滟的丹凤明眸即使是在黑沉沉的夜幕之下也璀然生辉。

叶薰的尖叫声戛然而止。

与叶薰对视了一眼，来人立刻认出了她，眸中闪烁起不耐烦的火气："喂，你干什么？快放开我！"

叶薰的心脏依然在止不住地狂跳，机械式地放开双手，却又忍不住怀疑，眼前这个人是真实的吗？不会又忽然消失吧？鬼使神差地，她伸出手去……

沈归曦大脑当机一样看着叶薰的动作，躲闪也忘记了。直到那双手狠狠地掐在他的腮上，疼痛的感觉九转十八弯地传递入大脑，他才终于反应过来，"啊，疼死了！死丫头你竟然敢……"这个丫环竟敢掐他的脸。

会痛！是真人！叶薰惊魂未定地呼出了一口气，稍微放下心来。

可是，刚刚看到的呢，难道是错觉？叶薰又迟疑了，那间卧室里的情景是无比的生动鲜明，尤其是那双冰冷的手贴在自己后颈上的触感，让她直到现在还觉得脖子上冷飕飕的。怎么也不可能用简单的错觉来解释。

正想得出神，一张脸猛地钻进视线里，叶薰吓了一挑，连接退了三四步，才看清楚来人。

那张俊美的脸孔很快在她的大脑里与一些不愉快的记忆挂钩了，直到这时叶薰才如梦初醒般意识到，站在自己眼前的人是沈归曦，是在这个家里横行不法，恣意妄为的头号恶少。

叶薰反而松了一口气。眼前这个恶少虽然讨厌可恶，可是相比起刚才虚无缥缈的白衣女子来说，至少还是真实的，是个活人，让她不用继续一个人在浓雾弥漫的漆黑森林里瞎猫一样四处乱撞了。从这一点来讲，这个惹人厌恶的二少爷比较起房子里遇见的那个白衣贞子还可爱上那么一丁点儿。

不过，也就是一丁点儿而已。如果少爷你不要这么恶狠狠地盯着我，不要一步步逼过来的话，肯定还能更可爱一点儿，叶薰一边后退一边想着。

沈归曦正一脸不满地盯着叶薰，再一次拉近了两人之间的距离。

叶薰只好继续向后退，可退了一步，身后坚硬的感觉传来，是后背抵到一株大树上了。她只好无奈地抬头看着沈归曦。

不过……眼前的这个场景，怎么这么……这么眼熟啊……看着越贴越近的那张俊脸，叶薰觉得自己额头正有一滴大大的冷汗滴下来。

这个姿势好像时常会在某些狗血无聊的古装电视剧里看到，而且都是发生在某些关系不太和谐的男女之间……正想着，脸颊上传来的剧痛打断了叶薰接下来的思绪。

是沈归曦狠狠地一把捏住叶薰的脸，气势汹汹地冲着她吼道："刚才我说话你没有听见吗？耳朵聋了？！"

如果忽略当事人的年龄，忽略满是厌恶的口气和无礼的话语，单看两人动作的话，眼前可真是一幕再典型不过的登徒子调戏良家少女的场景。

可惜两位当事人之间的气氛远远不是调戏与被调戏那么简单。叶薰只觉得脸颊上疼痛难忍，痛的连话都说不出来了。这小子是属螃蟹的吗？

她真想直接扑上去，先抡他几个耳光，拎起他的领子对着吼一声你TMD给我把狗爪子放下，再狠狠地踹上几脚，直接把他送到火星上去，让他永远不要出现在她的视线里。

可惜，以上这些只能够存在于yy当中，理想是美好的，现实却是残酷的。她现在所能够做的只是趁着低头的动作摆脱了那只"狗爪"，低声下气地问道，"少爷，刚才奴婢一不小心失神了，您说什么？请您再说一遍。"

“哼，一不小心，刚才你就是一不小心才扑倒我身上抱着不放，还动手掐我的？”沈归曦气势汹汹地喝问道。

喂，不要用这种暧昧的台词好不好，你以为我愿意扑到你身上啊？你一个乳臭未干的小毛孩我能看得上眼才怪。至于掐你……啊？！

叶薰这才回忆起刚才自己做了什么惊世骇俗的动作。赶紧抬头看向他的脸，粉嫩的脸颊上果然带着两个清晰的红印子。

糟了，自己是吓傻了，竟然干出这种出格的动作。

怎么办？

还是三十六计走为上策吧。一个人面对这种坏脾气的恶少太危险了。

“是奴婢眼神不大好，天色又太黑，刚刚还以为自己看到了熟人，结果……哈哈，手误，手误，还望少爷您大人不记小人过……”叶薰一边赔笑着，一边有意无意地向外错开身子，不易察觉地脱离了沈归曦的低气压笼罩范围。“兰蔷园那边还有活儿在等着奴婢，奴婢先行告退了。”几句话蹦枪子似的丢下，叶薰迅速转身，拔腿就溜。

没料到她竟然有胆量在自己面前逃跑，沈归曦愣了愣，立刻伸手去拉她，却拉了一个空。

叶薰忍不住要怀疑自己今天是衰神附体了。刚跑了没两步，却冷不丁绊到了一处蔓藤，然后就顺理成章地摔倒了。双手在空中无意识地划过，本能地想要扯住一个支点，结果她拉住了沈归曦伸出的那只手……上的袖子。

叶薰体重很轻，就算是加上前冲的势头，对有一定武艺根基的沈归曦来说也不算沉。所以他站着纹丝不动。但是他的衣服就承受不住了。

“刺啦……”一声，两人双双愣住了。

叶薰跌倒在地上，呆呆地看着握在手里的大半截衣袖。这是什么情况？她是应该感慨一番古代的衣料实在是太不结实了，还是应该庆幸自己刚才扯住的不是他的裤子？

“你……”头上传来咬牙切齿的声音，“你这个无耻淫贱的女人……”

囧，这样就叫做无耻淫贱了，不就是扯断你一只袖子吗，又不是扯断你一只手。再说，你里面还有中衣，又没有露出来，就算是露出来了，一只胳膊我也没有兴趣看。沈归曦嚣张恶劣的态度立刻将叶薰心中稍微露头的那点愧疚感驱散了，她愤愤然地想着，你小子放狗咬我的罪行我还记得很牢很牢呢。不仅如此，还有你刚才捏我的罪行，还有让染尘失落，害得我们姐弟担惊受怕的罪行……来沈家不过短短数天，你得罪我的地方已经多地数不胜数了。

沈归曦看着眼前的女孩，眼神也越发厌恶，他向来讨厌女孩子，只觉得这种生物又吵闹又无用，所以他居住的翰碧园内没有一个丫环服侍。也因此格外瞧不起那个同父异母的哥哥，病弱不说，整天身边围着一群丫环，自己也是个娘娘腔。沈归曦少爷的人生理想是同自己神武不凡的父亲一样，扬名与沙场之上，金戈铁马，杀敌立勋。

想起这个女孩刚才扑倒自己的身上，又撕裂自己的衣服的举动，沈归曦眼中闪过一线寒芒，而且她还是杀他骠骑将军的凶手，还有他那些精心饲养的猎犬……越看越厌，越想越恨，终于他冷哼了一声，直接朝着叶薰一脚踢过去。

叶薰跌坐在地上，眼看躲闪不及了，却有一个身影飞速地闪进场中，一手横在她身前，将沈归曦踢过来的一脚硬生生挡下了。

"你……"叶薰吃惊地看着来人。

萧若宸没有回答，回头看了跌坐在地上的叶薰一眼，视线瞬间闪动起寒光。

叶薰神情苍白怯弱（其实是刚才在院子里被吓得），衣衫散乱还带着点点污泥（两次跌倒的功劳），还有脸上清晰的於痕（这个倒真是某恶少的杰作，是被他掐的）。再看对面沈归曦衣冠不整，袖襟散乱的模样（其实是被叶薰撕扯的）。

每看一眼，萧若宸心头怒火更盛一分。但他明白眼前的身份和顾忌，只得深吸一口气，勉强掩去眸中锐利的寒芒。

踢到半路的一脚被人硬生生挡下，沈归曦吃了一惊。他从小被人娇惯，任性妄为、横行无忌惯了，对让他看不顺眼的人事物，素来是想打就打，想骂就骂，哪里见过有人这般违逆他的意思。

他刚刚踢向叶薰的那一脚也不过是火气上来的泄愤而已，真的踢不中，也就直接转身走了，不会有兴趣继续和一个厌烦的丫环纠缠不休。可萧若宸的这一挡却让他觉得大削面子。当即眼神转冷，又是一脚狠狠地踢过去，这一次却是踢向萧若宸了，你是谁？胆敢管老子的事！

萧若宸皱了皱眉，他也是从小娇生惯养的富贵少爷，但经历了这些日子的风风雨雨之后，早收敛了骄横自得的脾气，懂得有些情况下必须忍耐。更明白自己如今身处仇人家中，需得谨小慎微，万般忍让才能保得平安。方才沈归曦的那一脚如果不是踢向叶薰，哪怕是踢向他自己，他也断然不会这样反抗，引人注意的。

此时看到沈归曦一脚向他踢来，他本想着挨他一脚息事宁人算了，可沈归曦这一脚不同于刚才，踢得极为凌厉，显然是带上内力了。若是挨实了，只怕连骨头都要踢断了。

电光火石之间，萧若宸只好向后仰了仰身子，堪堪避开这一脚。

沈归曦眼中惊异之色更盛，眼前少年看起来跟自己一般大小，可身手竟然如此利落矫健。

对于武功一道，他素来颇为自傲，此时好胜心被撩拨起来，当即一步抢上前去，单掌为剑，斜斜向萧若宸劈去。

萧若宸无奈，只好再一次向后闪过，也趁着两次后退，将战圈拉开叶薰身边。

两人身影飞蹿，很快交上手了。

不过几招，萧若宸就已经看出，沈归曦的武功虽有名家指点，但举动浮躁急进，内力平平，远逊于自己。

须知和沈二少爷比武切磋的都是侍卫教习，自然不肯与他动真章。总是别人送上门来给他打，天长日久下来，哪会有什么临敌应变的经验。何况他日常迷恋骑射行猎，武功一道付出的精力远不及萧若宸。

若论临敌应变，萧若宸本来也不比他强多少，但他对武艺颇为爱好，下过一阵子的苦功，原本根基就胜过沈归曦，再加上性情机警敏锐，此番经历了大变，心性愈发沉稳仔细。此时两人交手，自是稳占上风。

只是萧若宸顾忌着当下的身份，不敢进逼，两人一时战成平手。

叶薰在一旁看到两人拳来脚往，呼啸生风，忍不住心急如焚。一边担心萧若宸会输掉受伤，又担心萧若宸赢了之后会被责罚，直急得她如热锅上的蚂蚁团团转。

久战不下，沈归曦越发心急，他向来自诩同龄人之中无敌手，此时却与一个家里的小厮战成平手，脸面如何挂得住？当即“唰”一声抽出腰间悬着的宝剑，剑花一挽，幻化成数道光芒卷向萧若宸。

萧若宸仰身退了一步，躲开剑锋，之后使用小巧腾挪的功夫，不与他近身相接，就算沈归曦手里有了武器，他应付起来依然游刃有余。

叶薰却看得胆战心惊。她不懂武功，只看到沈归曦手中明晃晃的刀光剑影如闪电激流汹涌而上，而萧若宸却只能腾挪闪避。刚才还担心他误伤了沈归曦而带来麻烦，但此只剩下满心的恐慌，只恐刀剑无眼，伤到了他。

她当即伸手摸进怀里，想取出短剑扔给萧若宸。

一摸之下，怀里却空空如也。

叶薰只觉得头上凭空响了一个炸雷，险些站不住脚。

短剑不在了！什么时候的事情？叶薰慌乱的大脑迅速回忆起自己离开翰碧园的种种，记得走过栈桥的时候她还伸手按了按怀里，短剑那时候还在，后来就是一路往回走，期间跌倒过两次。

叶薰的眼神迅速扫过刚才跌倒的地方，空无一物，那么只可能是在那座园子里头了。想到这个可能，她禁不住打了个寒战。

就在她出神的片刻之间，场中战局又变。

沈归曦宝剑上手，步步紧逼。剑势凌厉十足，招招都是要取人性命的架势。萧若宸虽然应对有余，心中却也涌起一阵怒意。

他武功明明远胜沈归曦，却只能无奈退避，心中窝囊感简直难以言喻。

要不干脆把他杀了！这个念头突如其来地钻入脑海，瞬间就占据了萧若宸的全部心神。这一带很荒芜，他刚才一路走来也没有见到外人。前院的宴席还在继续，人声鼎沸。今晚又是大雾弥漫，三步之外，人影难辨。只要在这里杀掉他，神不知鬼不觉……沈家不是有一座鬼屋吗，传说进去过的人都死得莫名其妙，就把尸体丢到那座鬼屋里头……

杀人灭口的念头在萧若宸脑海里反复徘徊，带着甜美的诱惑力，越来越清晰，越来越明确。不自觉地，萧若宸手下的招式越发凌厉，杀意也越发浓重起来。

他身为大周一等一的尊贵公子，从小未曾吃过任何苦头，这些日子里却连接遭逢打击。虽然他意志坚定，身边又有叶薰安慰相伴，也难免心中沉滞。尤其此时还要在仇人家中为奴为仆，以避灾祸，心中的煎熬和耻辱感根本不是开朗的叶薰所能够感受和想象的，他不愿叶薰担忧，在她面前一直努力装作毫不在意，其实心结越发深重，对沈家的仇恨也越发刻骨。此时沈归曦步步紧逼的举动无疑点燃了他心里久埋的杀意。

而沈归曦完全没有注意到萧若宸眼中的戾气，只觉得懊恼烦躁，自己明明武功极好，为什么这么长时间还拿不下眼前这个小厮。

难道自己的武功真的不如他？

这个念头连稍微想一想都是对沈家二少爷的侮辱。

沈归曦越发焦急不安，心下一狠，咬了咬牙，手腕横翻，宝剑划过空中，振动数次，刹那间剑光大盛，幻化为数道虚影，银网流水般铺陈开来。

萧若宸看着眼前水泼不进的密集剑网，眉梢一挑。他已经看出这一招极为高明，远不是现在的他所能够抵挡的，心中却无丝毫担忧。这样高明的招数，必要有充足的内力为基础，以沈归曦的武功底子，强使此招，只怕画虎不成反类犬。

萧若宸动作顿了顿，顺着剑势斜转身子，避过剑刃。剑光映照着他清亮的眼眸，如映照在一片薄薄的冰晶上，冷酷不带丝毫感情。

沈归曦招数使到一半，果然感觉内力不足，手腕发颤，原本光滑圆润的剑网立刻出现了破绽。

萧若宸等的就是这个时机，当即不退反进，暗运十成内力于掌上，欺身上前就要一掌拍出。

然而没等他挨近了沈归曦，战局又变。

沈归曦使出杀招的时候，叶薰看得胆战心惊，只觉眼前一片剑光灿灿，眼看兵刃就要卷到手无寸铁的萧若宸身上了。脑子里面一片空白，条件反射式的，她随手捡起手边可用的东西朝着沈归曦扔过去。

“哐啷”一声，紧接着“扑通”一声，等叶薰回过神来，沈归曦已经仰面躺在地上了。

叶薰顿时愣住了，眼神转到沈归曦身边那块翻了个滚才停下来的半块黑砖头上，又看了一眼沈归曦红肿的额头。

这……这是怎么回事……什么时候自己的暗器水准变得这么高明了！她目瞪口呆。

萧若宸一掌未及拍出，眼前却突然失了目标，险些收势不住扑倒在地上，待站稳了身子，只觉得胸口一阵发闷，气血翻涌。不由自主地后退了一步，长吸了数口气，才觉得自己狂跳的心脏略微放缓。

谁都不知道，就在刚才，他数月以来的屈辱和怒气完全爆发，让他完全控制不住心中隐藏的杀意，几乎要把沈归曦立毙掌下。那一掌，沈归曦若挨实了，不死也要重伤。

却被叶薰这一个乌龙的搅局，打散了凝重的气氛，也打破了他的心魔。他的视线转到叶薰身上，眼神逐渐恢复清明。

这……这下子该怎么办？没有注意到萧若宸的变故，叶薰全部的精力都投注在眼前躺着的这一位身上了。

虽然这个场景叶薰在心底里已经yy过无数遍了。但是真的变成了现实，叶薰才发现一时痛快之后所带来的麻烦有多严重。她几乎可以预见那位溺爱儿子的沈夫人的愤怒，还有清醒过来的二少爷知道自己是被她一砖头敲晕了之后的反应。

对他们姐弟会怎么处置，严刑拷打，私刑虐待，或者直接杀掉……古装片里头常见的种种刑具在她脑海里手拉手跳起了圈圈舞，叶薰觉得自己头上有冷汗冒出来。

抬头看向萧若宸，他也是一副不知道应该如何是好的表情。

“要不干脆杀人灭口算了。”叶薰低声嘟囔着。

萧若宸转头看了她一眼，苦笑不已，她当然不知道，就在刚才他也起过这样的想法，而且差一点就要把它变成现实了。

“杀人灭口是不行的，除非我们能够立刻逃出凉川城，否则迟早会被逮住。”定下心神，他已经恢复了冷静的思考。

“要不再加上几砖头，一直敲到他失去记忆为止。”叶薰认真地想着。小说里面出现失忆这种情节的几率貌似挺大的。

萧若宸：“……”

“叶薰姐，雁秋姐，你们都在啊。”门开了一道缝，一张甜美的脸蛋儿露出来。

“卉儿，快进了吧。”雁秋笑着招呼道。

陈卉儿推开房门跳进屋里，凑到叶薰两人身边。她在沈老夫人那里的活计很轻松，闲暇下来，时常往叶薰她们这边跑。

进屋里三人笑谈了一阵子，陈卉儿犹豫了一下，有点不好意思地问道：“叶薰姐，怎么没有见到小宸哥呢？”

“小宸啊，他身体有点不好，我让他休息去了。”叶薰回答道。

“身体不好？是不是又病了？”陈卉儿睁大眼睛，语调有些紧张。

“没有，只是有点水土不服而已。”叶薰干笑两声道。那天晚上对着昏倒在地的沈归曦，姐弟二人大眼瞪小眼地愣了一阵子之后，实在想不出解决的方法，干脆脚底抹油，直接溜走了，扔下沈家二少爷一个人直挺挺躺在那里吹着冷风……

逃回来之后，叶薰就发觉萧若宸的脸色有些不对劲儿，她自然不知道是因为自己的打扰，使得萧若宸凝聚全力的一掌凭空中断，功力反噬而引起了内伤。萧若宸只告诉她刚才力战疲倦，功力耗损，叶薰并未多疑，嘱咐他好好休息。

听说见不到萧若宸，陈卉儿脸上隐隐带着一丝失望。

“卉儿，你找小宸有事吗？”叶薰问道。

“没有，没有。”陈卉儿连连摆手道，随即转过话题问道：“对了，你们听说了没有啊？前天晚上发生了一件大事情。”

“什么大事？”雁秋来了兴致。

“是有关二少爷的。”

雁秋的脸色白了一下，看来沈归曦带给她的心理阴影还没完全消失。

“二少爷怎么了？”叶薰掩住自己的心虚，打听道。

“听说前天晚上，二少爷撞鬼了。”陈卉儿神秘兮兮地说道。

“撞鬼了？”雁秋惊讶地睁大了眼睛，语音略微颤抖，也不知道是因为害怕鬼怪，还是幸灾乐祸。她想了想，随即奇道，“前天晚上不是钦差大人的宴席吗？记得二少爷明明在席上的，怎么会撞鬼……不过似乎后半段没有看见他……”

“是啊，”陈卉儿点点头，“听二少爷身边的小厮说，二少爷因为不胜酒力，所以独自离席，向后院散心去了。服侍的下人迟迟不见人回来，前去后院寻找，竟然找到了晕倒在路旁草丛里的二少爷。而且血淋淋的，已经被打得鼻青脸肿，都看不出人形了……”

喂，喂，喂，谣言不是这么编造的好不好，什么鼻青脸肿，鲜血淋漓。我不就是敲了他一砖头吗？说得好像对他动用了酷刑一样。叶薰暗暗喊冤。

“不是吧。我怎么听说，二少爷就是出外散心的时候不小心撞到了树上，额头擦破了一点呢。”雁秋对谣言的真实性表示怀疑。

叶薰垂下眼帘，没有说话。她也在疑惑着，逃回来之后，原本担忧沈归曦会像那一天晚上一样，带着大群人马杀气腾腾地找上门来。可两天过去了，竟然没有丝毫动静。

那天晚上沈归曦在地上躺了足足半个时辰才被前去找人的小厮发现。被惊慌失措的小厮抬回去后，沈夫人心痛地不得了，连接追问他出了什么事情，可沈归曦竟然坚持说自己没有遇见任何人，连额头上的伤，也是自己酒醉之后雾中看不清前路，不小心撞到树上导致的。这让叶薰大感意外。

他是认为自己一个“武功高手”被一个丫环用半块砖头放倒这件事情实在是太丢人了，丢人到说不出口的地步了呢？还是决定暗中报复他们呢？难不成真的被她一砖头敲得失忆了？

“那只是少爷自己搪塞夫人的话。他伤那么重，怎么可能是自己跌倒的呢？”陈卉儿反驳道。

“二少爷的伤势没有那么严重吧，不是第二天就去演武场练习武艺了吗？”雁秋迟疑地问道。

“就是这一点最诡异啊，明明受了重伤，第二天却全好了。”陈卉儿说道，“而且少爷以前并不是很热衷练武功的，这两天却连续待在演武场里不分昼夜地苦练，听说还要重新延请教习师傅。”

会好得快那是因为他本来就没有伤那么重啊。叶薰无奈地想着，至于跑去了演武场……看来他们姐弟日后要小心了。

陈卉儿又小声说道，“最诡异的一点是，少爷昏倒的地方，距离那座传说之中的鬼屋不远呢。”

“难道真的……”雁秋吓得一哆嗦。

提起那座鬼屋，叶薰更加头疼了。事情已经过去快两天了。那天晚上偷偷潜入翰碧园取短剑，本来就是突发奇想，并未与萧若宸商议。这两天她担忧沈归曦的反应，又见萧若宸精神不佳，一直无暇分心这件事。

必须再去一趟了。叶薰看着窗外明晃晃的太阳。冬日难得有今天这般灿烂的阳光，想必贞子同学没有兴趣在白天出来逛园子吧。

第五章

寒夜梦魇

终于再一次走近这里，四面茂密的树林在白天看起来也有一种阴森森的感觉，叶薰站在院子门前抬头看向匾额，明媚地近乎刺眼的阳光下，珍珑园三个珠圆玉润的大字熠熠生辉。

院子不大，房屋也不算陈旧，可一眼看上去就知道废弃很久了，门前屋后都长满了杂草。这些生命力旺盛的植物不仅铺满了院子，甚至连廊下的砖缝里也执著地露出头来。只是在冬日的寒风下，再旺盛的生命力此时也只剩下一堆枯萎干涩的草梗了。

叶薰快步走入后院。发现正堂卧室的门窗一概关得严严实实，似乎从来没有人来过，记得那天晚上自己明明将窗子推开了的……

压住心底里不断翻涌的恐惧，叶薰安慰自己不要多想。根据记忆来到跌倒过的地方，蹲下身子，迅速仔细地翻找起来。

地上的草丛又厚又密，如果是在春天，只怕要有半人高了，而在冬日，草叶纷纷枯萎，低伏在地上像是一层厚重的天然地毯铺。

叶薰翻检了不多时，就觉得有一种奇异的香气萦绕在鼻端，沁人心脾。

香气似乎越来越浓厚，叶薰犹豫着停了手，这是哪来的香气？在这种没有人居住的园子，而且气味还有些熟悉。她看了看四周，心绪一动，抬起手放在鼻端闻一闻，果然满手都是馨香。

叶薰低头仔细查看着手边，果不其然发现了熟悉的东西。

她伸手拔出一根枯黄的药草。看外形这只是一株普通的杂草，茎叶早已因为失水而扭曲干涩，但依据叶子的形状，叶薰依然辨认出，正是别名零陵香的薰草。

这个院子里怎么会种着这个？而且薰草不是适宜于生长在南方吗，在凉川这种北方地带竟然也能够生存？

她将药草放到鼻子边上嗅了嗅，确实是零陵香没错。

学生时代的她，有一阵子迫于考试压力，有失眠的症状出现，她天生西药过敏的体制，不喜欢吞吃安眠药，于是专门去中药店买来了几株这种药草，它虽然没有直接的安眠效果，却能够舒缓人的紧张情绪，促使人安定心神，气味也淡雅温馨，正适合她使用。

仔细看手里的这一株，似乎和自己记忆中的零陵香模样有些差别，也许不是同一个品种吧，而且香气也比记忆里闻到过的浓烈不少呢。

闻了不多时，叶薰就感到有一种困意涌上心头。蒙眬间她感觉自己似乎在在别的地方也闻到过这种味道。

甩了甩略有昏沉的头，叶薰清醒过来，这个园子里竟然种植着这种东西，伸手扒开草丛，数量还不少呢。也许是院子以前的主人喜欢这种草吧，之后院子荒芜了，特意种植的药草也就跟着降级，变成自生自灭的杂草了。

将手里的药草扔下，叶薰抛开疑惑，继续寻找短剑。翻开一丛草叶，一道锐利的光芒闪烁不已，正是安静躺在地上的染尘。

叶薰大喜过望，连忙把它捡起来揣进怀里。想了想，又不放心地拿出来。按住剑柄，微折剑刃，就将它塞进了宽大的束腰里。

拍了拍腰间，坚硬的感觉透过腰带传入心里，叶薰顿时感觉底气足了不少。

不敢在这个诡异的院子里久留，叶薰快步出了院门。沿着来时的路向着兰蔷园走去，却意外看到前面路上站着一个高挑的身影。

待走近了，叶薰吃了一惊，竟然是青涟。“青涟姐，你怎么会在这里？”

“我只是路过而已，”青涟看到她却并没有意外，平和地笑道：“我正想问你，你怎么来这里了？”

“闲暇无事，陪着卉儿回老夫人那里。正要返回园子。”叶薰说道。

“我也正要回去，那一起走吧。”青涟笑道。

叶薰点了点头，上前与她并肩而行。

两人走近的一瞬间，一种清淡的香气飘进青涟的鼻端，她意外地怔了怔，随即不易察觉地贴近叶薰的身旁嗅了嗅，眼中闪过一抹异色。

“记得叶薰你以前说起过自己是山村人家出身吧，不知原籍哪里？”青涟漫不经心地开口问道。

她怎么忽然提起这个问题？叶薰心中警铃大作，面上依然装作毫不在意地说道：“原籍是在淳州南部的舜县一带。”这一带在去年发生了洪灾，周边不少村落受灾严重，很多人流离失所，无家可归。

“难怪你们姐弟要前去京城投亲呢。”青涟略带感慨地叹道，随即又笑道：“早听说淳州是个山明水秀的好地方，没想到连山野乡村也有你们姐弟这般出众的人物。”

“青涟姐过奖了。”叶薰谦和地笑道。

“只是不知你们父母是……”

“家父原本也是个读书人，只是屡次会试皆考不中，也就松懈了那些心思，后来……”叶薰将早已经准备好的家世娓娓道来。

两人一路闲谈着走回了兰蔷园，青涟又问了不少叶薰的家乡琐事，好在叶薰对此早有准备，言谈明快利落，不留破绽。

回了园子之后两人各自辞别，叶薰没有回房间，径直去了萧若宸屋里。

“身体怎么样了？”推开房门，就看到萧若宸手里捧着一本书坐在窗前，叶薰问道。

“已经没事了。”萧若宸推开书卷问道，“姐，你的脸色有些不好。”

叶薰坐到床边，将取回短剑的好消息告诉他，犹豫了片刻，又将回来时候遇见青涟的事情详述了一遍。

萧若宸的神情由欣喜转为凝重。自从意外得知青涟身怀武功之后，他就知道自己会武功的事情瞒不过她。但也明白自己根基浅薄，不会被人放在心里。

这两天他身负内伤，虽然尽力打着养病的幌子待在房内不出来，但青涟如果真的留心观察的话，必然有所察觉。

“怎么了？”叶薰眼见萧若宸若有所思的样子，出言问道：“小宸，你说青涟是不是已经开始怀疑我们了。”

“先不用担心。淳州那里相隔万里，水灾连绵，根本无从查起。”萧若宸安慰地笑道，“而且就算她真的怀疑，也不会联想到萧家头上去。”

叶薰点点头，暂时也没有别的办法可想了。

回到自己的房间，与雁秋、金菱一起忙碌了不久，天色就黑了下来。沈归暮有早睡的习惯，兰蔷园的灯一向熄灭地很早。用过晚饭，几人便回房睡了。

叶薰躺在床上，觉得极困，却又偏偏睡不着觉，心头纠结着很多烦躁的情绪，千头万绪，不知道从何处理清。

静谧的空气里，人的感官分外敏锐，叶薰隐隐感觉身边又浮现出那种熟悉的香气。她将手放到面前嗅了嗅，还真是有些香味微残留呢。

想不到这种香气这么不易清除，如今自己也算是体有异香了吧。她正好笑地想着，脑中忽然灵光一闪。她想起这种香气在哪里闻到过了，是在皇宫，记得那位传说中天生体有异香的沈贵妃身上就是这种香味。虽然中间掺杂了不少别的香料的味道，但确实是这种香味没错。难不成那个院子是沈贵妃以前的居所？这倒也有可能。

不知为何，零陵香的味道明明是安神放松的，此时闻起来却有些刺鼻，让她辗转反侧难以入眠。

叶薰叹了一口气，干脆爬起身来，准备去洗洗手，把这股子气味洗去。

小心翼翼地推开房门，院子里满地月光明晃晃如洒了遍地雪银，四下里悄然无声，大家都已经睡熟了。叶薰轻手轻脚地走到廊下，正要迈下短梯，远远却看见一个意外的身影从她视线尽头划过，转瞬消失在了院门外。

那是……叶薰愣住了，虽然只是惊鸿一瞥，但她依然认出，那是萧若宸的身影。

这个时候他要去哪里？犹豫了片刻，她快步向萧若宸消失的方向走去。

出了兰蔷园，面前是一片开阔的空地，叶薰左右看了一圈，入目处只见月光下亭台楼阁悄然静立，树木枝叶影影绰绰，哪里还有萧若宸的身影。

一阵寒风吹过，叶薰激灵灵打了个寒战，她本来只想洗个手而已，身上只随便披了一件外衣，根本挡不住这凛冽的寒气。

算了，叶薰紧了紧衣襟，等萧若宸回来之后直接问他好了，不信他不告诉自己，想着就转身向回走去。

不想再经过空旷的院子忍受寒风的摧残，叶薰绕路从半封闭的廊下走过。经过正堂一侧的抄手游廊，却意外地看见有一个人影正坐在廊下横栏上。

夜黑风高的深夜，猛地看到一个白森森的身影，叶薰吓了一跳，险些喊出声来，等定下神来，才认出那个清秀纤细的身影是沈归暮。

他正披了一件白狐皮的袍子，坐在横栏上看着远方出神。

进了沈家这些日子，名义上虽然是沈归暮的贴身丫环，但叶薰还真是没有见过他几面，沈归暮的性情极为孤僻，不喜有人近身服侍，白天大多数时候都是一个人待在书房里，晚上睡得又极早，经常一天下来也见不到一次面。竟然在这么深的夜里意外遇见了他，叶薰倒不知说什么好了。

沈归暮似乎听到了声响，偏头向这边看过来。叶薰只好冲着他笑了笑，正犹豫着应该怎么开口打招呼，沈归暮的眼神却没有丝毫停留地滑过她的身上，飘向远方。

叶薰怔住了，他是不屑搭理自己，还是……还是压根儿没有看见自己？！可是她明明就站在廊下正中间啊，只要不是瞎子，怎么可能看不见。

她禁不住睁大了眼睛仔细看去，然后伸手往沈归暮面前的方向挥了挥手，因为动作，衣襟上有细微的响动传了出来。

沈归暮猛地转过头，直视着叶薰所站立的方向，厉声问道："谁？"

叶薰这才发现，他的眼神看起来极其诡异，似乎是……完全没有焦距。她捂住口，忍不住惊得后退了一步。

没有听到任何声音回应，沈归暮眉头蹙起，脸上现出疑惑的神色。不一会儿，另一侧的房间里有灯亮起来，传来青涟的声音："少爷，怎么了？"

叶薰条件反射地向一旁闪去，然后小心翼翼地迅速后退，寒风从两人之间呼啸而过，掩去了细微的声响。

竭力让自己不发出任何声音地离开了游廊，叶薰才松了一口气。退到兰蔷园外面，叶薰忍着凛冽的寒风在外面跺着脚。已经惊醒了青涟，这时候就算走别的路进去只怕也会被她发觉，还是谨慎一些的好。

只是，他的眼睛是怎么回事？叶薰禁不住疑惑地想着。刚才廊下的那一幕，他确实是看不见的，可是日常里头，记得他的眼睛明明是好好的啊。

与沈归暮相处的时间不多，叶薰仔细回忆着。记得第一次见到他是在东临馆，他看向自己的眼神绝对没有任何问题，不过那天在庙里夜宿的时候，他状似无意地打掉了雁秋捧着的食物，那时自己就感觉他的举止有点不对劲儿了，只是说不出到底哪里不对劲儿。而在车里守夜的时候，他的眼睛似乎又恢复了，至少是能够看到自己了。

这算是什么病症？白天眼睛好好的，晚上就会时不时出问题。

难不成是夜盲症？叶薰脑海里搜索着自己以前看过的相关资料，忽然想到。对了，这不正是夜盲症的症状吗。

雁秋她们发现了吗？不过看沈归暮的反应，似乎不想让人知道的样子。

难怪兰蔷园一到晚上就立刻熄灯睡觉，而他房间也从不喜欢有人接近，哪怕是守夜的丫环，也都只守在外间。

正想得出神，一个低低的声音从身侧传来，"姐，你在这里干什么？"

“啊！”叶薰吓了一跳，一步跳开，就看到萧若宸正站在旁边，明亮的眼睛满是疑惑地盯着自己。

“是你啊，不声不响地凑过来，吓了我一跳。”叶薰松了一口气，然后解释道，“我刚才出来洗手的时候看见了你的身影，就跟着出来了，只是出门就跟丢了。对了，刚才你去了哪里？”

“我去你说的那个院子里看了看，”萧若宸偏过头错开叶薰探究的视线，回答道，“白天听你说地那么诡异，我很好奇，所以偷偷去了趟。”

“那你看到什么了没有？”叶薰赶紧提起精神问道。

“什么都没有看到，只是一个普通的荒废院子而已。”萧若宸心不在焉地回答道，随即拉住叶薰关切地说道，“天气这么冷，你还敢只穿一件外衣就出来了，我们赶快回去吧。”

叶薰不疑有他，回头看了一眼，正堂那边的灯火早已熄灭，便依言回了房间。

关上房门，躺回床上，叶薰依然感觉得到方才震惊的余韵。回忆起脑海中关于夜盲症的为数不多的资料……对了，胡萝卜，记得以前上生物课的时候老师说了，夜盲症大多数都是缺乏维生素a造成的暂时性疾病，只要多补充一定的营养就可以痊愈，最有效的食物好像就是胡萝卜了。就是不知道这个时代有没有这种食物，等明天再去厨房看一看吧。这么想着，叶薰逐渐沉睡了过去。

也许今夜她是注定无眠了，刚要睡过去，忽然有一声凄厉的尖叫响起，正昏昏沉沉着的叶薰顿时清醒过来。

尖叫声还在继续，分辨了片刻，叶薰听出是金菱的声音。她连忙掀起被子，披上衣服就推开房门。雁秋和萧若宸也纷纷推门出来，几人对着正堂的方向面面相觑。

“怎么了?”雁秋惊疑不定地问道。声嘶力竭的惊叫回荡在空旷寂寥的院子里，混合着呼啸的寒风，听得人头皮发麻。

“过去看看。”叶薰建议道，一边快步循声走到正堂门前。金菱今天应该是和青涟一起在这里守夜才对。

叶薰正要推门而入，门却被猛地撞开了，一个披头散发的女子冲了出来。叶薰被她撞得一个趔趄，险些摔倒。后退了一步，才发现冲出来的人正是金菱。叶薰和雁秋连忙上前拦住她。

“金菱，怎么了？”费了好大劲才抱住激动不已的她，叶薰对着金菱的脸，发现她满脸惊恐，面无人色，显然是被什么东西吓住了。

金菱嘴唇哆嗦着说道：“刚刚……有鬼啊，我见到鬼了！”

鬼？！叶薰几个吃了一惊。

“鬼，真的，鬼……把青涟杀了？”金菱继续语无伦次地说着。

青涟？！叶薰大吃一惊，放开金菱，三步并作两步冲到屋里。

目光扫处，立刻看到了床上横躺着的青涟，她的神情安稳如常，只是青白的诡异脸色却绝不是一个活人可能拥有的，那脸色已经清晰地昭示了这个身体生命力的流失。

青涟死了？！这是怎么回事？

“这是厨房准备的糕点，还热着呢。”雁秋端着一碟点心，推门进来。

“正好，我这就去给金菱送过去。”叶薰接过糕点装入准备好的食盒，说道。

“辛苦你了，”雁秋叹了一口气道，“也不知她今天好一些了没有。不知道夫人和万总管什么时候开恩，放她出来。”

叶薰摇摇头没有说话。那天晚上金菱喊叫的那么大声，把整个后院的人都惊动起来了。最重要的是连尚留在沈家的钦差大人都惊动了，这个罪名可严重了。只是夫人和万总管都不想事情闹大，将整件事情当作一个丫环意外暴病，另一个丫环受了惊吓匆匆处理了。金菱被拖出去打了一顿，然后堵上嘴拉到花园最东北角的一间柴房里关了起来。至于要怎么处理，如今阖府上下一边忙着恭送钦差的车驾，一边忙着即将到来的年关，谁也没有时间去理会一个被吓得疯疯癫癫的丫环。

"叶薰，你说金菱说的那些话是真的吗？"雁秋看了看外间逐渐黑下来的天色，忍不住压低了声音问道，"昨天卉儿过来谈论起这件事情，说就是因为是……那个干的，所以啊，对外匆匆说了声暴病身亡就抬出去安葬了。以前都是这么处理的。"

"怎么可能是鬼怪呢？"叶薰不以为然。

"可是在青涟出事的那天下午，我看到她独自一个人向后院走去，也不知道去了哪里，反正出去了很久，说不定就是去了那个传说中的鬼屋了呢。"说到这里，雁秋一下子想起来，问道："对了，你不是和她一起回来的吗？有没有看到她去了那里？"

"我怎么可能知道，只是路上遇见，就一起回来了。"叶薰掩饰地回答，随即岔开话题道，"我先去给金菱送吃的了，回来再说。"说完捧着饭盒，出了房间。

她始终不相信真的有鬼，即使在那个院子里亲眼看到过了。青涟到底是怎么死的？如果仅仅是因为去过那个院子的话，那么最该死的人，不正是自己吗？想到这个可能，叶薰禁不住打了个寒战。

金菱被关押在府邸的最角落，叶薰走了好一会儿，才看见那间柴房孤零零地坐落在荒草丛中。推看房门，就看到缩在角落稻草堆上的金菱。完全没有了昔日为之自得的闺秀气质，蓬头垢面地坐在那里，身上也只披了一件斗篷，这还是前两天叶薰为她送来的。

"金菱，赶紧吃东西吧。"叶薰带上门，将食盒送到她面前。

金菱却没有理会食盒，一把抓住叶薰的袖子，急促地连声问道："夫人和万总管有没有说过我怎么办？他们什么时候放我出去？我说的都是实话，真的有鬼啊！我一个人在这里，说不定那个鬼下一个杀的就是我了。"

"金菱，你别担心，这几天不是好好的吗，如果真的有鬼，当初就对你下手了，何必等到现在呢。"叶薰安慰道。

金菱完全没有听进她的话，带着哭腔继续念叨道："那天晚上，我本来睡得好好的，忽然身边的青涟喊了一声，'谁？'把我吓醒了。我睁眼一看，就看见窗户上贴着一个灰扑扑的影子，紧接着青涟一下子坐起来，然后窗户猛地开了，那个鬼挥了挥手，青涟就直挺挺地倒下了。你说，那不是鬼是什么？……叶薰，你不要不信……”

那也可能是个武功高手，叶薰在心里回答，手却一直拍着金菱的肩膀，轻声安慰道：“我知道，你不要心急，夫人和万总管眼下正忙，过几天一定会放你出去的。”

轻轻一挥手，就能置青涟于死地，记得萧若宸曾经说过，青涟的武功还在他之上呢，却被人一击毙命，那个“鬼”该是什么级别的高手啊！

“还有少爷……那个被鬼附身的传言也是真的，有一天晚上，我出来更衣的时候，就看到他摸着在园子里走动，你不知道，他眼睛竟然是瞎的，可白天马上就变得好好的了……”

叶薰愣住了，想不到金菱也发现了？不过这不是鬼怪，只是简单的夜盲症而已，虽然这种症状比较少见。古代迷信思想很容易就把一些特殊的疾病解释成神鬼原因。

“我知道了，等夫人他们忙完这一阵子，一定会放你出来的，先吃点东西吧。”叶薰只能不停地安慰她。

劝了好一会儿，才让金菱安心吃下东西，叶薰收拾好食盒走出柴房，外间已经漆黑一片了。

沿着来路向回走去，走到半路，经过一处院落，她放缓脚步。

前几天雁秋过来给金菱送饭的时候，不知有没有注意过眼前这座院子。即便注意到了，恐怕也想不到这就是传说中的那座鬼屋吧。

一阵寒风绕着白森森的墙壁吹过，四面都是枝丫横斜的树林，放眼看去，树影斑斑，风声飒飒。手中的灯笼摇摆不定，时明时灭，一种毛骨悚然的感觉油然而生。

叶薰正要加快步子走过去，忽然一个影子映入眼帘。

那真的只是个影子，惨白黯淡，一眼去整个人似乎已经融化进阴暗的背景里面了。因为背光，叶薰看不清楚对方的面容衣着，但却能够清晰地感觉一道冷冽的眼神冰剑般射向自己藏身的小树丛。

叶薰遍体生寒，站在树后面连动都不敢动，只觉得心脏骤然提到嗓子眼了。可等她再一眨眼，却发现人影已经不见了，像是凭空消失在了底幕上。

难道只是自己一时恐惧造成的幻觉？叶薰不敢迟疑，心有余悸地匆匆跑回了兰蔷园。

如果不是幻觉，那个影子是谁？就是杀害青涟的凶手吗？可是他为什么没有杀自己呢？刚才明明已经发现自己了，叶薰躺在床上盯着头顶的幔帐出神地想着，让人烦恼的问题实在是太多了。

迷迷糊糊一觉睡到天亮，叶薰与雁秋一起去打扫书房。这个时代空气清新远胜后世，兰蔷园又是屋前栽花，屋后种树的环境，书房里等闲见不到灰尘。两人很快就收工了，闲来无事，叶薰打量起四面高高的书架，视线被东侧一排书本吸引住了。

珍珑集？这名字莫名地眼熟，叶薰抽出一本来，信手翻开，里面都是一些诗词歌赋，文章随笔。字迹娟秀，像是出自女子之手，但遣词造句却磅礴大气，颇有气势。抬眼望去，那珍珑集竟然不止一本，而是厚厚的一大排，占了一面书架的大半部分。

“在看什么书？”雁秋凑近了问道。

“珍珑集，就是觉得名字挺耳熟的。”叶薰笑道。

“珍珑集？你竟然在看这个。”

“你也听说过？”叶薰有些惊奇了。雁秋识字有限，只怕连整首诗都读不全，竟然会知道这本诗集。

“别的诗集我是不认识，偏偏这本却是耳熟能详。”雁秋笑道，“这本诗集的主人珍珑才女可是鼎鼎有名。”

“说来听听，”叶薰来了兴趣，拉住雁秋坐下说了起来。

大周的江山是太祖皇帝带着麾下众将军真刀实枪、流血流汗打下来的，立国之后，当年的有功之臣多分封高官厚禄，成为新朝的名门权贵。而众将领中最劳苦功高的莫过于大将军柳奢，他曾经两次在乱军之中救过太祖皇帝的性命，立国之后又镇守北方，抵抗突厥，立功无数。直至官拜兵部尚书，领大将军职，可谓大周朝武将第一人了。

可这位将军却有一个难解的遗憾，就是他子嗣单薄，膝下只有一个女儿，名唤柳拂虹。

这个女儿却是不凡，她天资聪颖，诸般琴棋书画、诗词歌赋都是一学就会，而且柳奢没有儿子，便从小将她当作男儿教养，更将一身才学武功尽皆传授与她，十几岁年纪时候，武功修为，兵学造诣都远胜同辈了。柳奢曾经数度对人言，只可惜她不是男儿身，否则必能出将入相，扬名天下。

"有一次柳奢将军带兵出关操练，突厥兵马趁机偷袭，当时关内兵马空虚，是柳拂虹献计令关内妇孺在城外制造大军埋伏的痕迹，使得来犯的突厥人马疑神疑鬼，不敢上前，终于拖延到柳将军带兵返回，前后夹击，歼灭了敌人。"谈起传说中的人物，雁秋也是一脸向外，"最难得的是她不仅武学造诣高，文采也是一流，她十六岁那年回了京城，恰巧遇上京城诗会，她以男装打扮参加，结果她才思敏捷，明言善辩，使得当时几位以诗词闻名的大家都甘拜下风呢。因为她所居住的院子名唤珍珑园，时人便纷纷称她为珍珑才女……"

想不到还有这样的奇女子。叶薰也感叹不已，"那后来怎么样了？"

"后来，后来当然是嫁人了。"

"嫁人？"

"是啊，柳拂虹可不只是有才，她更生得倾国倾城，艳冠群芳，是位绝色美女哦。"雁秋笑道，"虽然有不少道德学究批评她女扮男装，有损礼教，但终究敌不过珍珑才女的名头，无数名门子弟纷纷拜倒在她的石榴裙下。"

"那她嫁给谁了？"叶薰连忙问道。

雁秋掩住嘴笑了："不就是嫁给了文信侯府的小侯爷吗？听说在柳才女跟随父亲镇守边关时两人就情投意合了。"

“文信侯……”那不就是沈涯的父亲吗，叶薰恍然大悟，“原来她就是沈老夫人。”

“文信侯成亲之后，还在侯府专门建了一座珍珑园供夫人居住，两人那真是，诗句上怎么说的来着……”

“鹣鹣鲽鲽，比目双飞。”叶薰补充道。

“就是这样。”雁秋拍手笑道，“侯爷对柳夫人简直好地没话说，据说在她怀孩子的时候，心情紧张烦躁，不愿见人。因为她平生最喜欢零陵香，于是侯爷专门为她寻来了生长在天山之上叫做紫蕊零陵的异种零陵香，移植到她所居住的院子里，为她安神养颜……对了，听说就是因为这个缘故，生下的那个孩子，就是沈皇后，天生体有异香呢。”说起这些典故，雁秋一脸憧憬。

佳人才子的故事，那个年轻女孩不向往。

对了，那座院子门上悬挂的匾额不就是珍珑园吗？难怪自己觉得“珍珑”二字有些眼熟。这么说来，那天晚上自己在院子里见到的白衣女子……难不成就是沈老夫人？叶薰立刻想到。

“等等，不对啊，沈老夫人今年多大了？”

“若是算起来，今年应该五十出头了吧。”雁秋摸着下巴计算道。

“五十几岁？！”叶薰吃了一惊，在珍珑园里看到的那个白衣女子，乍一看上去，说一百五十岁都有人信。苍老憔悴地绝对不是一个五十几岁的豪门贵妇，会是老夫人吗？

“不过听说在连续生产下沈将军和皇后娘娘之后，沈夫人身体亏损地厉害，隐居在珍珑园里很久也不见起色，之后为了身体方便，就搬到更暖和的慈心园居住了。”

是因为这个原因吗？叶薰暗暗思量着。

“你若是想知道多一些，干脆去问卉儿好了。这些事情有不少都是卉儿告诉我的呢。”雁秋笑道，“先不说了，今天还要活儿要干呢。”

今天已经是腊月二十八了，马上就是年关，按照北地的风俗，正是亲眷赠送年礼的日子，雁秋和叶薰一起把各园的礼物整理出来。

“二少爷那里……”整理到沈归曦那一份，两人面面相觑了。前去翰碧园送东西，想想就让两人头皮发麻。

“要不让小宸过去一趟吧，反正二少爷没有见过他。”雁秋灵光一闪地想到。

“不行！”叶薰断然喝阻道。声音之大，把雁秋吓了一跳。

“为什么？”她大惑不解地问道。

“这个……还是我去一趟吧。”叶薰认命地将礼盒抱过来。雁秋不知道萧若宸和沈归曦的恩怨。如果让沈归曦见到了小宸，就算他那里已经没有了恶犬，说不定自己会化身恶犬扑过来呢。

慢慢走过浮桥，叶薰站在了翰碧园的大门口，犹豫了好一阵子，先凑到门前向里看了看。

看门的小厮还记得这个被少爷欺负过的丫环，立刻有人要进门通传。

“不用通传二少爷了，就请管家来一趟就好。”叶薰赶紧叮嘱道。那小子她躲都躲不及，岂有主动招惹的份儿。

守门小厮也明白她的心意，“也好，你稍等一下，我去叫总管来。”

叶薰抱着礼物站在屋檐下等候。闲来无事向四面打量着，视线转到一侧，叶薰立刻移不开眼了。

她也听说二少爷自从在小树林里惨遭“恶鬼”袭击之后，自此奋发图强，励精图治，每天天不亮就闻鸡起舞，勤习武艺。

以前总以为传言有所夸大，可是看到眼前这一幕，叶薰感觉自己和小宸真的需要小心了。

翰碧园内堂东侧是一片宽敞的花圃，记得上次来的时候，这块地上还种满了花花草草，此时却已经彻底变成了一个麻雀虽小、五脏俱全的演武场。

地上铺着坚实平整的青砖。四面摆着兵器架子，明晃晃的薄刃在阳光下泛着明媚的冷光，零星几把刀剑散落在地上，几个仆役正收拾着。

场中围着十几个人，叶薰只瞟了一眼，就看见正中间那个身穿黑底银饰武士服的少年，他正在和两个中年武师过招，招招凌厉十足。就算叶薰不懂武功，也看得出其中锐利的杀意。

与他过招的两个武师看来是负责指引教导的，随时改变武功数路，配合严密。他们的武功招式虽明显高于沈归曦，却被他一个人杀得连连后退，额头上星星点点的冷汗都冒出来了。

剑势一偏，少年顺势转过身来，依然俊美如玉的脸孔，丹凤明眸里却是一片肃杀冷厉。明明是单人相杀，远远看上去，竟然有一种独自面对千军万马的气势。

黑衣少年充满活力的矫健身躯，劲道十足的招式，又酷又俊的长相，还有那执著专注的神情……入目一瞬间，真有一种惊艳的感觉，仿佛整个院子的阳光都集中到了那一点上。叶薰禁不住有点出神，其实仔细看看，这小子还挺帅的。尤其是配上这身黑底银饰的紧身武士服，嗯，有点……有点像她以前养的那只叫做小黑的纯黑色小猫。记得她家小黑猫最喜欢的就是对着绒毛球扑着玩耍，那动作……哎，就是这个动作……

场中沈归曦正一跃而起，闪过武师的剑刃，另一个武师趁机一招横切，闪闪的刀光砍出去。

沈归曦反应敏捷，也不闪避，直接脚下一蹬，足尖正点在那把宽阔的刀面上，借力使力，凌空一个鹞子翻身，闪过了这一招，动作潇洒漂亮。

这边叶薰真想叫一声好，再拍上几掌。可这个念头不过在脑子里闪了闪，就被一道犀利的视线硬生生逼了回去。沈归曦落地之后，把剑一收，立刻转过头来，直直向叶薰的方向看过来。

糟了，是刚才他在半空翻身的时候看见自己了！叶薰暗叫一声不好，早知道就不应该贪看美色，想要看美少年的话，回自己窝里，想看多久看不了啊？偏偏要盯着这个煞星看。可此时后悔也晚了。

少爷，您练武功辛苦了，我一个丫头，还用得着您亲自迎接吗？看着一步步向这边走来的沈归曦，叶薰暗暗叫苦，禁不住后退一步。他手里还提着明晃晃的长剑呢。

“这个……归曦少爷……”人已经走到眼前了，叶薰只好干笑两声，打量着少年明显不善的面色。

那眼神飘着飘着，情不自禁地就飘到他额头上。嗯，已经好了，不过还有点红红的，都这么多天了，看来自己那一砖头敲得不轻啊。

注意到叶薰眼神的去向，沈归曦脸色越发凶狠，中间更夹杂着恼火羞赧。那天的林中比武，可谓沈二少爷有生以来最丢脸的经历了。输给一个小厮不说，最糟糕的是，还被一个丫环一砖头撂倒了。

等他被小厮救回去，在床上清醒过来之后，想到第一件事情就是冲到兰蔷园，把这两个人五马分尸，大卸八块，彻底抹杀这个耻辱的印记。但是他还是忍住了，长久以来养成的冷傲自尊让他无法忍受这种输给别人就依靠权力来报复的方式。可此时叶薰的眼神无疑又挑动了他心底的旧伤疤。

糟糕，小黑猫要炸毛了！眼看着某人额头上要爆出青筋来了，叶薰连忙开口笑道：“刚才看了少爷的武功，好厉害啊。”拍马屁总没错了吧。

一阵寒风吹过，沈归曦的眼神更冷了。叶薰似乎听见耳边响起了磨牙的声音。夸奖他武功好难道也有错了？

沈归曦一副冷冷的表情盯着叶薰，其实他也有些尴尬，刚才翻身的一瞬间看到了傻站在门口的叶薰，想也没有想，就直接走过来了。自己过来干什么啊？四面的随从都在探头探脑，让他觉得极不耐烦：“你来干什么？”

“回少爷的话，奴婢是来送东西的。这是我们少爷送给二少爷的年礼。”叶薰趁机将东西举高了些，挡住沈归曦要扑上来咬人的眼神。

沈归曦的视线这才落到叶薰手里的礼盒上。眼里瞬间升腾起一股怒气，手一挥，几个包扎精美的礼盒摔进了草丛里。

“用不着你们假惺惺！”他气冲冲地对着叶薰喝道。这个丫头摆明了是来嘲讽他的，不然沈归暮怎么会专门派她过来。

这小子也就远远看上去还挺像样子，一开口就很欠扁。不能和野蛮人一般见识，所谓好汉不吃眼前亏……叶薰安慰着自己，然后躬身道：“东西已经送到了，兰蔷园那里还有活儿，奴婢先告退了。”趁机转过身去，就要快步离开。

“你弟弟叫什么名字？”身后却忽然传来沈归曦阴沉的声音。

叶薰心里一沉，果然还在记仇。

是福不是祸，是祸躲不过。她只好转过身，老老实实地回答道：“……叫叶宸。”

“好，你回去让他好好等着，还有你，总有一天，我会好好和你们算总账。”沈归曦挑了挑眉头，撂下狠话，神色冷酷又傲气，看得叶薰心里一紧。

马马虎虎也算完成了任务，叶薰离开翰碧园。踏过浮桥，走入小树林险些撞到一个人。

“小宸，你怎么过来了？”后退一步，看着急匆匆的来人，叶薰惊奇地问道。

萧若宸站稳了身子，待看清楚叶薰的身影才松了一口气：“刚才听雁秋说你去了翰碧园，我怕沈归曦为难你，正要去找你。”一边说着，他不放心地仔细打量着叶薰，“姐，你脸色不好，是他又欺负你了？”

“没有，”叶薰心中一阵感动，拉住他笑道，“就是把礼物送到就出来了，我们回去吧。”

姐弟二人并肩走在树林小径上，萧若宸忽然说道“姐，我有一件事向告诉你。”

“什么事？”叶薰转头问道，却发现萧若宸的神情前所未有的郑重。

“我想离开沈家？”犹豫了片刻，他缓缓说道。

离开沈家？这句话传入耳中，转了个弯儿叶薰才体味出来。她愣住了，问道：“为什么？”现在留在沈家，反而是最安全的吧。

“姐，我不是说逃离沈家，只是我离开而已。”萧若宸解释道，“过年之后，沈家即将在整个凉州地界征兵，前往北方雁门关驻扎。这些年突厥人年年来袭，又有骛扬族人在西部作乱，有了这样的理由，正是沈家扩充自己势力的好时机。”

看着萧若宸凝重深思的面色，叶薰轻声问道：“那你准备……”

“我想参军。”萧若宸转过身来，神色坦然地说道。

听到这个意料之中的答案，叶薰的心脏骤然收缩，像是有什么密不可分的东西要被生生割裂了一样，一句“不行！”脱口而出。

“为什么不行？”没想到叶薰反应这么激烈，萧若宸疑惑地抬头问道。

“这个……边关又苦又累，你才几岁啊？怎么能……”叶薰咬了咬下唇，说道。

“我已经不小了。等过了年，我就要满十四岁了，”萧若宸唇边浮起一丝笑意，看到叶薰依然一脸不情愿的表情，继续温声说道：“姐，我记得你向我讲过，甘罗十二岁拜相出使，慕容恪十四岁领兵破敌的故事，他们既然能以稚龄之身，成就功业，我难道就不能？”

“早知道就不要给你讲这些故事了……”叶薰小声嘟囔着。两人流亡的途中，为了打发时间，叶薰时常给他讲一些古代的历史故事。为了鼓励开解他，大多都是斗智斗勇，励志振奋的那种。萧若宸听得津津有味，甚至有一段时间成了姐弟俩的必修课。

“姐……”萧若宸哭笑不得，“我总要离开的啊，我，还有你，迟早有一天要离开，难不成还要留在这里一辈子？”

听了这句话，叶薰怔住了。是啊，他不是一个小厮，也绝对不会以当下人终结一辈子，迟早有一天他要离开这里的。而且……想起刚刚在翰碧园看到的那一幕，被这样一个睚眦必报的少爷时时记挂着。他留在这里确实危险，还不如去边关。

“……一切依你的意思就好。”犹豫再三，终于说出这句话，叶薰立刻感觉一种酸涩的味道涌上心头。

眼前的少年，终究不可能一辈子屈居人下，就算他的翅膀依然稚嫩，脚步依然落魄，却已经是一只等待展翼的雏鹰，谁知道在未来，他会成长到何等程度，坚强的羽翼会覆盖怎样的范围呢？

只是，自己要和他分开了……想到这一点，叶薰心里一阵失落，像是自己的孩子马上就要远离身边，总觉得有一只无形的小手在抓挠着心脏，让她眼眶发酸。

“姐，我会回来看你的，等我安定下来，就回来接你，好吗？”萧若宸回过头来，柔声说道。阳光斑斑点点地从树叶缝隙洒落下来，如同洒落了满地灿烂的黄金，在漫天漫地的朦胧光华下，眼前少年的容颜似乎也模糊起来。

“好，我等着你。”叶薰忍住鼻子发酸的感觉，平静地答应道。

几日后，萧若宸果然报名调入了沈家的子弟兵里，年关过后就迅速开赴边关了。

第六章

花开堪折

“少爷，水果送到了。”叶薰推开房门，端着果盘走进沈归暮的内书房。

“放着吧。”沈归暮放下书本抬头说道，当他视线落到盘子里那几根红中透黄的长条状水果上时，不禁好奇地问道，“这是什么？”

“这个叫做胡萝卜，嗯，是从遥远的西域传过来的一种水果，富含多种维生……养分，吃掉对人眼……那个，对人的身体很有好处的，强身健体，明目静心。”叶薰顾左右而言他地解释道。

沈归暮却依然用满是疑惑地目光打量着盘子里那几根圆滚滚的胡萝卜。

叶薰继续瞎掰道：“这是厨房新近从一个西域客商那里买来的，立刻派人给少爷送来了，请您品尝一下。”凉川为大周北部第一的交通重镇，很多来自西域沙漠、北方草原的异国客商汇聚此地，带着他们本国的奇异特产，向中原换取精美的瓷器丝绸纸张等物。所以眼前水果虽然少见，沈归暮也未曾起疑。

他拿起一只来，咬了一口。咀嚼了几下，眉头禁不住皱起来，西域人就吃这个啊，这味道简直太……

“怎么样？”叶薰在旁边小心翼翼地问道。

“味道怪怪的……”沈归暮蹙着眉头说道，说着就要把胡萝卜放下。

“少爷，听说这个对身体很有好处的……”正在叶薰试图鼓动起如花口舌，骗眼前的小白兔乖乖把胡萝卜吃下去的时候，房门一声响动，雁秋走进了书房。

她手里捧着一只描金景泰蓝花瓶，满面轻快的笑容：“少爷，这是您交代的花，刚刚……”说到一半，她正好看见桌子上的水果，打量了两眼，她禁不住疑惑一声，“咦，这不是喂兔子用的甘荀吗？怎么放在水果盘子里？”

雁秋，你不要说这种不合时宜的话好不好啊！叶薰哀叹一声。

一句话石破天惊，本来正犹豫着手里这根胡萝卜要不要继续啃下去的小兔子顿时愣住了。动作僵硬地举着那根胡萝卜，他缓缓转头看向叶薰，眼神浮现出明显被欺骗的气恼愤怒。屋里一时陷入寂静。

终于，森森的声音打破了屋里的沉寂：“叶薰，你这是什么意思？哼，西域来的水果……”沈归暮狠狠地将手里的胡萝卜摔到盘子里，火气十足地质问道。

我是为了你好，不是把你当作兔子喂的，你不要这么瞪着我好不好，我知道你白天眼神很好的。叶薰禁不住心里哀叹一声。可怜她一片好心，真是冤比窦娥。这个时代胡萝卜是有，但数量不多，民间普遍都把这种植物当作喂兔子的杂类。只有饥寒交迫的贫民在秋冬食物耗尽的时候，才会去山野挖来充饥。

“其实这种东西不止可以喂兔子，吃起来对人很好……”叶薰底气不足地解释道，看着眼前越来越升腾的怒气，她只好破釜沉舟地继续说道，“尤其是……尤其是对人的眼睛来说，更具有治疗的效果……”

这句话传入耳中，沈归暮动作瞬间一僵，眼眸中翻涌的怒气像是撞到了急冻的冰层，瞬间凝结了。紧接着他脸上浮现一层不正常的红晕，恶狠狠地瞪了叶薰一眼，手一挥，盘子飞了出去，伴着一声脆响，青花银瓷碎成片。

“谁让你多管闲事！”说完这句话，连头也不抬，大少爷冷哼了一声，转身快步抢出房门。

这小子的脾气也未免太大了吧。叶薰看着脚下骨碌碌乱滚的几只胡萝卜，呆呆地想着。

直到沈归曦的身影走远了，愣在旁边的雁秋才醒悟过来，凑近叶薰轻声问道：“叶薰，你今天搞什么鬼啊，刚刚洗好的水果呢？怎么吧这个端上来了？”

叶薰：“……”

叶薰对着面前的一大箩筐的胡萝卜发了呆。这是她早上去厨房要来的。听说大少爷房里的丫环要用这个，管事很豪气地给了她满满一箩筐，并且指着堆在兔舍旁的萝卜小山，爽快地道，“叶姑娘想要的话，随时过来拿啊。”

唉，这一大堆胡萝卜应该怎么解决呢？最头疼的是，应该怎样改变那位恼羞成怒的美人少爷的饮食习惯呢？叶薰拎着一只萝卜尾巴，看着那只橘红色的胖萝卜在眼前摇来晃去，一边想着。

“要不然真养一只兔子算了。”最终她只能无精打采地将手里的萝卜一扔。圆萝卜在空中翻了个滚儿，落到了那高高的一堆上面。

养宠物虽然是件消闲怡情的好事，但以叶薰这样的懒惰程度也只能停留在说说而已的步骤，真正行动是不可能的。于是那一篮子胡萝卜就被她扔在了屋外廊下。反正现在是冬天，也不用害怕坏掉。

很快就把这件事情完全抛在脑后的叶薰当然不会注意到，每天清晨那一篮堆地满满的胡萝卜都会少上那么一两根。

叶薰抱着崭新的床单走入沈归暮卧室，掀开被褥准备更换，却不料一个圆滚滚的东西随着她的动作从被褥里翻出来，掉在地上。滚了两圈停在了叶薰脚边。

叶薰“咦”了一声低下头，把那块橘红色的意外物件拾进手里。

“这……”她呆呆地看着手里这半截东西。不是一根胡萝卜吗？而且还是只被啃了一半的。

叶薰大脑在持续了半分钟的呆滞之后，终于灵光一闪地回想起，难怪上次她路过廊下的时候感觉那一篮胡萝卜好像莫名其妙地少了不少呢。她还以为天气太干缩水了，原来是……

叶薰脑海里忽然就闪出一副画面，月黑风高的夜晚，一只小兔子蹑手蹑脚地跑到房檐下，然后抱起一根胡萝卜……

想着想着，叶薰忍不住低下头吃吃笑起来，简直笑得腰都直不起来了。

算了，他不过是好面子而已。笑到肚子疼，叶薰才勉强收起笑容，擦干眼角的泪水。正想着是不是应该把这半截胡萝卜再放回去，假装什么都没有发现，她眼角的余光却瞥见门口不知何时多了一个身影。

“归暮少爷？”待看清楚来人，叶薰吓了一跳，手里的萝卜顿时掉在了地上，滚了几圈，恰好滚到了某人的脚下。

沈归暮盯着自己脚下，脸色腾地一下子红了。抬起头恶狠狠地瞪着叶薰，那表情，像是刚刚被人扒光了衣服扔到大街上一样，简直生不如死死不足惜了。

叶薰被他盯地心里有些发毛，也不知道是应该坦然地把那根惹祸的胡萝卜捡起来，还是直接无视它的存在好。她心里其实真的颇感歉意，谁都有隐私权，无意间发现了这个小秘密，也只是偷偷笑笑，并无任何恶意。谁知道这位大少爷好好的书房不呆，会在这个时间回来呢。

“刚刚西院那边送来了新裁好的床单……”叶薰期期艾艾地说着，试图打破这尴尬的气氛。

沈归暮脸色黑地和锅底有得一拼了。他也恨不得自己没有进来过屋里，瞪了叶薰片刻，终于转过身去。

就在叶薰松了口气的时候，低沉压抑的声音传入耳中，“你什么时候知道的？”

“啊？”叶薰怔住了，知道什么？他指的是……地上的这根胡萝卜，或者是……

短暂的沉默让沈归暮越发肯定起来，回过头来直视着她，语气凌厉地问道：“那天晚上的人是你？”

叶薰略一迟疑，索性大方地承认道：“奴婢那天晚上偶尔出来透透气，然后无意间看到……看到少爷您坐在廊下。”

沈归暮脸上掠过一丝复杂难辨的神色，他眼睛看不见的时候，其余的感官会更加敏锐，那天晚上叶薰走入廊下的脚步虽轻，但他还是隐约听到了，只是不敢肯定而已。

“少爷这样的病症并非稀奇，在我们乡间也有所闻，不过是……”看到沈归暮的脸色稍微缓和下来，叶薰直言开解道。生了病就应该仔细调养，何必这样遮遮掩掩、讳疾忌医。

“你什么都不知道，不用多管闲事！”沈归暮心烦意乱地低吼道，打断了叶薰的话语。

这又不是什么丢脸的事情，用得着这么在意吗？真是别扭的小孩。叶薰无奈地想着。这种态度，病会好才奇怪了呢。

不理会他的抗议，叶薰干脆一口气说下来，“这也不是什么严重的疾病，像是我们大周的开国太祖皇帝，晚年不也有这种毛病吗？这种病症其实很常见，并不是什么鬼怪……”她暗中打听过了，夜盲症这种病情，在民间确实有被鬼附身、不祥之人等说法。既然如此，她干脆用实例来开解，总不能连本朝的开国皇帝也是不祥之身吧。

“你是从哪里听来的？”沈归暮似乎头一次听到这种说法，疑惑地问道。

叶薰愣了愣，顿时想起，这是她在萧家内部记载的族谱里看到的，萧家世代与皇族联姻，族谱上近半都是与皇族有关的记录，涉及不少皇族私密。

至于太祖皇帝晚年的诸多官方记载，只洋洋洒洒地歌功颂德了太祖是如何的纳谏采言，开疆扬威，甚至神武英勇一如当年，在年近六十的时候，还与汶贵妃生下了昭珉太子等等。对于他晚年患上奇症，在光线黯淡的地方就会近乎失明的记载，却讳莫如深。

“这个……是在说书的馆子里头，偶尔听身边的人谈论起来的。”叶薰掩饰着回答。沈家大少爷总不会对这些地方的闲谈逸闻也了解吧。

“这些宫闱野史怎么算得上真？”沈归暮并未起疑，愤愤然地哼了一声，转过头去。

“那么那些怪力乱神的言论，就能够当真了吗？”叶薰理直气壮地反驳道。对这种病症的歧视，不外乎是因为那些鬼怪附身的不实杂谈，偏偏沈家又有闹鬼的谣言，两相结合起来，也难怪沈归暮介意。

沈归暮抿着嘴沉默不语，神情依然冷淡，眼神却有一线松动。这个病症是他一个难解的心结，因为这样病着，身为武将子弟的他甚至完全无法习武。周围人看他的眼光也越发同情，让他厌烦却又有一种深深的无力感，更加不愿意提起。体贴他的心情，于是大家也都心照不宣地当作不知道一样。难得有人会以这种坦然的态度站在他面前侃侃而谈，真正把这个当作普通的病症来看待。

叶薰知道他有些意动，倒也并不心急，反正时间多得是，慢慢开解就好。由这个眼疾，她倒想起另一件事情，开口问道：“少爷记得金菱吗？”

“就是那个疯了的丫环？”沈归暮想了想才有点印象似的问道。

“就是她。”叶薰连忙点头道。金菱没有疯掉，她依然孤零零地被关在后院的柴房里。这些日子，除了叶薰和雁秋两人，阖府上下好像完全把这个丫环给忘记了。叶薰感觉继续这样关下去，金菱不疯也要疯了。

叶薰简单地向沈归暮交代着她的处境，问道：“少爷准备怎么处置她呢？虽然她那天举止失态，惊吓了少爷，但……”

“我会向万总管提的。”没等叶薰把话说完，沈归暮已经明白了她的意思，坦然应承道，

想不到他这么容易就答应了，叶薰心情开朗起来。

“只是……”沈归暮又补充道：“若是想要平安，只怕不能留下了。”

叶薰神色一黯，却也明白，像沈家这种门第森严的豪门贵阀，金菱又是刚刚买进的丫环，犯了这种错，随便打死也不稀奇。能够平安无事地活下来，已经很幸运了。

不久之后，金菱被放了出来，果然不能留在兰蔷园，被分派到了下面一处庄子里了。叶薰将她的行礼包裹准备妥当，又将自己的积蓄塞进去不少，送别了她，雁秋亦是唏嘘不已，只是不知道她今后的命运如何了。

若有若无的清淡馨香混合着松墨的香气，交融成一种温暖的味道，弥漫在空气里。窗外的阳光斜斜投入房里，将桌椅书案拉起长长的阴影。

叶薰手脚轻便地将悬在半空中的镂空盘丝银球打开，把里面的香囊拿出，换成新的。

沈归暮不喜欢用熏香，这些香囊里包着的是新鲜的桃花瓣，清晨时候采摘下来，抹去露珠，装入薄如蝉翼的丝绢绣囊，再放置入悬挂在窗前的镂空银球里。凉风习习，银球轻轻晃动，就有清淡的香气飘逸出来。

这样精巧别致的想法，本来只是叶薰穷极无聊时候的空想。以她的懒惰，万万不肯早起动手去采集什么花瓣的，倒是雁秋得了这个主意如获至宝，立刻行动起来，成了兰蔷园里常备的一景。

不久之后这点小玩意更不知道被谁传扬了出去，据说城内不少名门闺阁、文士书房都开始采用这种看似风雅的熏香方法，一时间整个凉川城都蔚为流行。

匆匆将工作完成，她拍拍手，抱起一摞宣纸，向书房走去。

进了屋，却发现沈归暮已经在里间了。他正对着书案，手里提着笔，聚精会神地凝视着窗外，连叶薰进来屋子也没有察觉，

叶薰轻手轻脚地凑到他身后，探头一看，书案上铺着一张白纸，原来是在写诗。

玉树琼葩凝雪光，

华姿清逸舞银裳，
素质无需添彩色，
艳光犹自压海棠。
寻春须是先春早，
春色……

剩下的几个字被他的手腕遮住，叶薰偏过头去，想要看清楚。这个动作却惊动了正在深思中的人。

沈归暮一把将纸拿在手里，猛地转过身来，警惕地看着来人。待发现身后的人是叶薰之后，神色并没有放松，反而愈发紧张起来，问道："你鬼鬼祟祟站在别人后面干什么？"一边说着，脸上浮现出一丝可疑的红晕，

他若是不遮掩还好，看到这般失常的举动，反而挑动了叶薰的疑心。

叶薰的眼神飘啊飘啊，心思却禁不住徘徊到方才所见的诗词上，又在心里吟诵了一遍，顿时恍然大悟，

春天真是个好季节啊！想想那首诗，叶薰忍不住要啧啧出声了。什么时候这小子终于开窍了，竟然写起这种思春的东西来了。春天啊……

一边感叹着，叶薰观赏新奇动物似的上下打量着一脸窘迫的沈归暮。

沈归暮被她看得浑身不自在，握着纸张的手不自觉地攥紧，有些尴尬地低声问道："你这么看着我干什么？"

不就是一首思春诗，用得着这么遮掩吗？叶薰收回视线，不屑地瞥了他一眼。想当年这种东西本大小姐看多了，这种半遮半掩、虚文绉绉的东西根本入不了我的眼。叶薰有心捉弄他，故意干脆地回答，"自然是在看少爷写的诗了，真是一首好诗啊。"

"也没有什么，就是看到窗外的花开得正好，随手写了几句。"沈归暮不自在地岔开话题说道。

叶薰视线投向窗口，兰蔷园书房窗外正栽着一棵梨树，满树的花开地正盛，洁白略带幽青的淡淡花瓣散发着若有如无的清香，真如玉树雪光，华姿

银裳一般。而梨树之下的窗台上恰巧摆放着一盆贴梗海棠，银红相映，风流妩媚。这一幕倒真应了方才诗里的情景。

“这个……少爷的诗似乎没有写完，奴婢倒是有两句应景的接下来。”叶薰看着沈归暮微红的面颊，恶作剧的念头冒出来，信口笑道。

“哪两句？”沈归暮果然问道。

叶薰一本正经，摇头晃脑地吟诵道：“鸳鸯被里翻红浪，一树梨花压海棠……”

沈归暮的脸色腾地一下子红透了，带着几分狼狈地瞪着叶薰：“你……你哪里寻来的这种话语，一个女儿家……”

许你写就不许我说了，还是女儿家就不能看这些东西了？叶薰不屑地想着，我还没说更火爆的呢。

只是眼看小兔子要恼羞成怒了，叶薰连忙收回调笑的态度，一本正经地说道：“奴婢日前在书里看到了这一句，不知道是何种意思，见到眼前的梨花海棠美景，就情不自禁地吟诵出来了，其实正想要请教少爷呢。”说着一脸虔诚好学地看着沈归暮，就差没有把双手合掌在胸前了。

沈归暮却狠狠地瞪了她一眼，没有开口，他是被她堵地话都说不出来了。自从经历了胡萝卜事件，两人之间的关系逐渐好转。似乎有了共同的秘密的时候，也就会同时多出一份秘密的感情。

这些日子的相处下来，他也逐渐摸透了叶薰不拘小节、言谈无忌的脾气。一开始难免震惊，后来慢慢习惯了，自然也就知道她哪些话是调侃，哪些话是信口胡诌。当下只好无奈地摇摇头道：“你这些天心情不好，就净拿我来消遣……”

“我什么时候心情不好了。”叶薰立刻反驳道，却忍不住有几分心虚。是自己表现地太明显了，还是他太敏锐呢？其实这些天她心情确实很忐忑，

冬去春来，转眼之间又是开春了。她与萧若宸离别已经一年多了。就在去年夏天的一次突袭里，萧若宸立了大功。已经被升为骑校，虽然只是个不起眼的武职，却是这一批子弟兵里升得最快的一个了。

叶薰得知了消息，又是欢喜又是紧张，一边高兴他平安无事，一边又担心他在军中受苦，心思忐忑难平，只期盼着冬天见到真人才放心。可到了冬天，本来预定返回的行程因为边关战事突起而耽搁了下去，未能成行。这样只能等待下一个冬天了。

在这个没有电话，没有网络的年代，就算凉川是距离北方边关最近的城市，其间的通信讯息也要延后十几天。叶薰总算明白古诗里常说的亲人征战沙场，自己却只能够等候在家的无奈心情了。

“你是在想你弟弟吧。”沈归暮温声问道。

叶薰有些不好意思地点点头。

“其实不用担心，近期战事都是我们大周捷报。”沈归暮安慰道。

老兄，就算是打了胜仗也是要死人的啊。叶薰暗暗想着，只是这句话太不祥了，也没有说出口，转而感叹道，“这几年边关的战事越来越多了。”

“突厥那边敦略可汗统一了东西突厥，又大败弩扬族。声威正盛，自然想要开疆扩土了。”沈归暮颔首说道。

“听说那位敦略可汗是个野心勃勃的人物。”叶薰有些担忧地说道。

“中原向来富庶，突厥人哪一代可汗不觊觎这块肥肉。再说他们在中原失利，被太祖和威帝驱除出去也不过几十年的时间，尚未忘记征战中原的威风，自然时时刻刻想着挥兵南下。”提起边关的局势，沈归暮亦有一些忧愁，“其实当年若不是突厥自己闹内乱，大周也无法那么顺利地将突厥人赶出中原腹地……”

正说着，发现叶薰脸上忧愁之色更甚，沈归暮连忙收住话语，转而安慰道：“不过边关和凉川城都是重病把守，而且听说朝廷最近也在商议向边关增兵，最迟今年冬天小宸他们就能够撤回来了，你也不必太担忧。”

叶薰心绪稍安，点了点头。此时别无他法，只能够等待着了。

视线转向窗外，桃花开得正好，深深浅浅的桃花瓣簇拥在枝头，仿佛少女脸颊上浓淡相宜的红晕，花落飘零，还要漫长的一年吗？

端详着她带着淡淡忧郁的表情，沈归暮禁不住有些失神。只是她弟弟而已，又何必这么介意？只是心中莫名其妙地浮现着一丝忧虑，若有若无，却挥之不去。

闷了片刻，叶薰无精打采地回过头来。

沈归暮连忙错开目光，眼神不经意地扫过她的额头，顿时忍不住笑了。

“你先不要动。”沈归暮轻笑着说道。

“啊？”叶薰闻言一愣，然后惊诧地看着沈归暮的手伸到她面前。

额前的刘海儿被撩起，带着毛茸茸的刺挠感，紧接着额头上感到一点细微的凉意。

叶薰看着沈归暮指间那点粉红色的小东西。是一片粉嫩的桃花瓣，刚刚从她头上捻起来的。叶薰摸了摸额头，什么时候沾上的？

“古时候有寿阳公主醉卧含章殿，梅花飘落，沾其额头不去，天下女子争相效仿而成就梅花妆的佳话，”沈归暮含笑缓声道：“今次又要多一番桃花妆的典故了。”

“哪里有这么传奇浪漫，不过是刚刚装花球时不小心粘上了一片。”叶薰不屑地摆摆手，“再说了，我又不是什么公主，哪来的这个桃花妆，那个梅花妆的。”

说到这里叶薰又想到了什么，眼神一转调笑道，“该不会是你自己想起公主了吧。不用着急，等你也把公主娶进了门，每天在家里对着镜子，琴瑟和鸣，自然想要桃花就有桃花妆，想要梅花就有梅花妆。”

叶薰的打趣不是毫无根据的。以沈归暮的年龄，在这个时代确实到了定亲，甚至成亲的时候了。尤其沈家如今飞黄腾达。两位少爷那都是24K的金龟婿，绝对的金灿灿闪亮亮耀花人眼睛的。

只是虽然沈家两位少爷人中龙凤，风华绝代的传言甚嚣尘上，但前来提亲的人却很少。根据小八卦陈卉儿的线报，是因为京城清仪公主已经到了要议婚的年龄。未来的驸马爷不出意外，多半就是如今权倾朝野的沈家二位贵公子之一。比起二少爷沈归曦来，据说皇帝更加中意于沈归暮。这也得益于几年前沈归暮入京城时，给京城社交圈留下的儒雅谦冲、文采斐然的好印象。

听了叶薰的话，沈归暮却蹙起眉头，白皙修长的指尖轻轻揉动着那一点粉红的桃花瓣。有意无意地叹道："虽则如云，匪我思存。缟衣綦巾，聊乐我员……"

说得好，有志气！这年头还能够坚持婚姻自由的人不多，叶薰赞叹地伸手拍了拍他的肩膀，只是……她带点同情地看着他："大少爷，皇家的赐婚，可不是由得你想推辞就推辞的。这就叫做……'君要臣娶，臣不得不娶'，哈。不过还好了，清仪公主可是个绝色的美人哦，娶了也不算亏的。"

"我既然不喜欢她，她是生得国色天香，还是丑如无盐，都与我没有一点关系。"沈归暮的目光掠过叶薰爽朗的笑容，眼帘微微低垂，赌气一样说道。被叶薰拍着的肩膀却不易察觉地一颤。

"不要说得这么肯定嘛，其实她的性情倒是和你正相配，你们两个在一起也不错。"叶薰真心实意地说道。清仪公主在她还是萧若岚的时候见过一面，印象中是个静默温婉的女孩，思量起来，与沈归暮倒是颇为般配。

手上的力气在不知不觉间加大，花瓣中秘藏的水分在指端力量的挤压下溢出来，清醇带着苦涩的味道在空气中慢慢弥散着。

叶薰继续笑道："说不定过些日子皇后娘娘的赐婚旨意就要……"

猛地听到叶薰提起沈皇后，沈归暮的脸色有些不自然地泛白。

叶薰也察觉到自己失言，赶紧停下话语。沈归暮对自己这位姑姑似乎不是很待见，连听到名字都会不高兴。相处久了，叶薰她们也知道这一点，自然不会在他面前提起了。

两人之间沉默了片刻，沈归暮沉闷地低下头，闷声问道："什么绝色美人，说的这么肯定，难不成你见过？"

"呃，这个……因为大家都这么说嘛，全京城谁不知道清仪公主的芳名。"叶薰语气一滞，有点小小的心虚。

"反正我不喜欢公主，也不会去喜欢她。"没有察觉叶薰的不自然，沈归暮神色坚定地将素未谋面的公主一票否决。

“那你喜欢什么样的人？”叶薰随意地脱口问道。沈家也经常有各家贵侯淑女前来拜访交往，从没见过哪一个沈归暮稍有兴趣的。

“我喜欢的人……”沈归暮轻声说着，似乎是在重复叶薰的话语一般，眼神亦自然而然地投到叶薰身上。

也许是叶薰的视线太过于明亮，甚至有一种任何心情都无所遁形的错觉，沈归暮脸上不可抑制地浮起一线红晕。

感受到书案对面沈归暮带着莫名热度的视线，叶薰也禁不住一愣。

院子里的桃花长得枝繁叶茂，几枝花枝顶着粉嫩的花骨朵，恣意妄为地伸进廊下，一阵风吹来，花枝隐隐震颤，晃动殷红的剪影。衬着震颤的花枝，仿佛他的表情也模糊起来。

叶薰忽然有点心跳加速的感觉，似乎又有一片随风轻动的殷红落到了她的额头上，点进了她的心里头。然后沿着某种奇妙的心情，那一点红色蔓延开来。

两人之间诡异的沉默对视究竟持续了多久，是短短的几秒钟？还是更长时间？叶薰说不清楚，只是在瞬间的迷茫之后她迅速清醒过来，“啊，对了，雁秋还叫我去小厨房帮她端点心呢。”

一边说着叶薰匆匆转身，就要逃离这莫名凝滞的气氛。却不慎被脚后的软凳一绊，身体顿时失去平衡。

“小心。”沈归暮一声轻呼，连忙扶住她的腰，缓住了叶薰倒下的力道，却也跟着倒退了数步，依靠在书案上。

痛死了！小腿肯定撞青了，叶薰龇牙咧嘴地抬起一只腿踢了踢，舒缓痛感。

沈归暮扶住她的肩膀帮她保持平衡，“你没事吧？”

“没事……”叶薰话还没有说完，门口意外地传来一声欢呼，“叶薰，好消息！你看谁回来了！”是雁秋满面喜色地推门而入。

刚进门就见到了叶薰两人的动作，雁秋禁不住愣住了。

叶薰这才发觉，沈归暮扶住自己的姿势有些暧昧，远看似乎是倚在他怀里一样。不在意地打掉沈归暮的手，站稳了身子，叶薰问道："怎么了？"

雁秋回过神来，脸上一片笑意："叶薰，你回头看看就知道了。"

叶薰依言转过头去，就看到了桃花飘落的尽头静静伫立的修长身影。

和煦的春风中桃花瓣纷纷扬扬，满天飘洒，少年就站在花海的那一端，脸上还带着掩饰不去的疲倦尘土，但任何的风尘疲惫也消减不了他的风华。

他眸中璀璨的亮光之下，千妍百丽的满庭芬芳都失去了色彩。一瞬间叶薰有些炫目，仿佛整个兰蔷园的光彩都被他熟悉又陌生的容颜同化了。

叶薰呆呆地愣在那里，简直难以置信自己看到的。

"姐。我回来了。"直到萧若宸爽朗的笑声打破了虚幻的沉寂，叶薰才终于回过神来，飞快地跑出书房。

握住他温暖而真实的手，叶薰终于相信自己看到的不是幻觉，而是实实在在的人。

"小宸，你怎么这个时候……"她满心狂喜地询问着，一边上下打量着久别不见的亲人。

"不到两年的时间，身材拔高了不少啊，个子已经比我高了。"叶薰伸手比划着两人的头顶。不仅个子长高了，连气度也不同于以往，过分文雅的秀气不见了，更多的是一种蓄势待发的轩昂凌厉。

"因为军务路过这里，就回来看看了。"萧若宸温和地低声说道，含笑握住叶薰比划着的手。

身后沈归暮和雁秋相继走了出来。雁秋笑道，"看叶薰整天担心得不得了，如今见到真人，可算放心了。"沈归暮亦颔首轻笑。

萧若宸眼神在沈归暮身上转了一圈，似笑非笑地眨了眨眼，似乎有锋锐的光芒一闪而逝，转眼间神色却已经平和有礼，微微点头道："归暮少爷。"

以他的身份来讲，这样的礼仪有些失礼了。只是沈归暮也不是计较凡俗礼节的人，含笑点了点头，道："小宸长高了不少啊。"说着又转头向叶薰道，“叶薰你今天就不用过来了，先与小宸团聚一下吧。”

“好。今天的工作就先拜托雁秋了。”叶薰冲雁秋点了点头，拉着萧若宸兴冲冲地走了。

待两人走远了，沈归暮方回过头来向屋里走去，神色之间带着淡淡的落寞。

“少爷，这首诗要放到那里？是要裱起来，还是……”雁秋手里拿的正是刚才那张纸。

视线落到上面，沈归暮脸上一红，眸中却忍不住浮现爽朗的笑意，他轻声道：“你先放着，我自己弄就好。”说着上前从她手中接过那张纸。

“既然少爷中意，奴婢去请丹青坊的人过来装裱吧？”雁秋见沈归暮对着那首诗极为爱惜，便体贴地问道。

沈归暮的注意力全在纸上，听了雁秋的话，只是淡淡地说道：“不必了，我自己来就好。这里的纸张书画也先不用收拾了，你又不认识字，还是等叶薰有空过来再说吧。”

雁秋眼中闪过一丝不易察觉的黯淡，随即又勉强笑道：“那我去给少爷端点心过来吧，奴婢刚刚烤好的。”

“嗯。”沈归暮随意地应了一声，不再说话。

第七章

玉壶冰心

叶薰走过廊下，远远看见陈卉儿和另一个亲兵打扮的少年站在一起。少年正手舞足蹈地向她讲述着什么。走得近了，声音逐渐传入叶薰耳中。

“当时敌人有几十个人呢。我想，完了，完了，这下子死定了，别说自家老娘，只怕卉儿姑娘也断断见不着了，想到这个，我忽然浑身来了使也使不完的力气，一刀劈出去……”

“呸！谁让你见不见了！”陈卉儿不耐烦地打断了眼前少年唾沫横飞的描述，提高声音说道，“我问的是小宸哥哥的事情，谁问你了。”

一脸机灵的少年讪笑着摸了摸头，不好意思地说道，“是、是、是，这不讲着讲着就跑题了嘛。”

萧若宸今次回凉川是负责催促押运粮草。停留三五天左右，筹全了粮草就走。今天一大早，得到消息的陈卉儿就轻车熟路地跑来了兰蔷园。可惜萧若宸已经前去城西戊所办理公务了。见不到人的她干脆拉住萧若宸身边的亲兵打听情况。

眼前少年名叫方苇，本也是沈家下属庄子里面出身的子弟兵，人颇为机灵。此时被卉儿拉住询问起来，不免洋洋自得吹嘘起来，话题从边关如何险要，蛮人如何凶残，不自觉地转到自己如何英勇杀敌，以一当十上。

陈卉儿哪有兴趣听他唠叨这些，干脆利落地打断了他的话，追问道，“快说小宸哥挡了那个身高十丈的突厥人一刀之后怎么样了？”

“什么身高十丈？”叶薰走过来，笑着插嘴问道。

“是方苇刚刚说的，他们去突袭突厥人营地，结果反而中了埋伏……”陈卉儿小麻雀一样将刚刚听到的故事口齿伶俐地描述出来。

“一听就是瞎编乱造的，哪有这么神奇的事情。”叶薰瞪了方苇一眼，训斥道：“突厥人也是人，就算被我们叫做蛮子，难不成还真当他们是茹毛饮血、生吃人肉的野人吗？更不可能身高十丈、眼似铜铃了。”

方苇心虚地吐了吐舌头，不敢回话。

叶薰又继续问道：“我也正想问你，你们刚刚抵达边关的时候怎么样？”

知道叶薰是顶头上司的姐姐，少年自然不敢再信口胡诌，赶紧老老实实地回答道：“还好，就是一开始不习惯那里的天气，又冷又燥，地势也太高，不少人都生病呕吐不止……”

“那小宸他……他怎么样？有没有生病？”叶薰赶紧追问道。

“叶大人啊。他倒是没有生病，就是……”

“就是什么？”叶薰追问道。

“就是有些烦人的老兵油子老是想要欺负他。”方苇挠了挠头，说道。

叶薰心里一沉。

“不过……叶大人是怎么样的人物啊。”提起萧若宸来，方苇面上闪过一丝得色，仿佛说起什么骄傲的事情一样，“他那么厉害，就算想欺负他，也得看看自己的本事啊。记得一开始刚到了军营里，有些人看大人长得斯斯文文，像个姑娘，就看他不顺眼，嫌他长的娘娘腔，更有一些对着他污言秽语，结果，啧啧……敢冲着大人花花口口人被他揍地满地找牙，而到了战场上冲锋陷阵、杀敌立功，全营里没有人比他更强、更狠，几次之后就再也没人敢小看他了。”

“后来大人立下大功劳，升了官职，还有一些人看不顺眼，说他只是运气好而已，还有故意为难他的，结果都被他摆平了。反正现在全军营里面，没有不佩服他的。”方苇总结一样说道。

“真的吗？”陈卉儿双眼冒光，“我就知道小宸哥哥是最厉害的。”

“大人当然厉害了，不仅武功好，眼光也准，又胆大心细，好几次都救了兄弟们的性命呢。”说起萧若宸，方苇一脸崇拜的表情，“记得有一次快要过年的时候，天气正下大雪，谁都不想出去，那帮人竟然指派大人去突厥人背后刺探军情去，最可恶的是还故意拖着不发给棉衣整备。一没粮，二没衣，又不能延误了军机，就是这样，大人还是硬是带着几个兄弟去了，听几个回来的兄弟说起那一路啊，那可叫真惊险，当时一片天寒地冻，突厥人又狡诈，在冰原上走了几天，他们手脚冻得都快掉了，几乎连刀都没法握，偏偏还遇见了突厥兵，几次交击下来，连叶大人都受了不轻的伤……”

方苇说的津津有味。叶薰心里却一阵抽紧，只觉得口里有说不出的干涩。记得昨晚拉住他的手，修长依旧的手指已经不再是两年前的温润细腻如玉，在他的掌心感受到的是以前不曾感受到过的细微凸起，那是长年军旅生活磨出的茧子。她知道，军营之中的生活必定很辛苦，而他也一定比所有人都更辛苦。

陈卉儿心惊胆战地问道：“那后来怎么样了？”

“后来就是顺利返回了。”身后一个清朗的声音打断了方苇的讲述。

叶薰回头一看，是萧若宸不知什么时候回来了。

萧若宸漫步走入廊下，清浅明利的眸子冷冷地瞟了方苇一眼，淡淡地问道：“谁让你瞎说了。不就是几次出兵侦查吗？听你夸成什么样子了。”

方苇被他清淡如流水般的眼神看得遍体生寒，不敢再说，赶紧告了个罪就溜走了。

“小宸……”叶薰轻声问道。

“姐，这小子就喜欢胡诌八扯，你不用相信。边关要真是那么惊险，我早死了不知道多少次了。如今我不是好好的吗？”萧若宸转身温和地笑道。

叶薰知道他不想让自己担心，也只好压下愁绪，笑着点点头问道：“这么快就回来了，戊所那边顺利吗？”

“还好，凉川城中储粮丰沛，粮草不过两三日就能够筹集齐全了……”萧若宸正说着，兰蔷园门口忽然伸进一个脑袋，探头探脑地向这边望过来。

叶薰打量着来人，“你找谁？”

来人是个小厮，看起来有些面善。目光在几个人身上转了一圈，立刻停在萧若宸身上，“请问是叶宸大人吗？”

萧若宸点了点头。

小厮赶紧跑进来，点头哈腰地笑道：“这封信……”说着双手递上一封信笺。

萧若宸一脸莫名其妙地接过来，打开信笺看了两眼，竟然难得地愣住了，脸上现出一种不知道该用何种表情的神色，半晌才抬头看向来人道：“我知道了。”

“那小人就先告退了。”小厮躬身告退离开了。

“什么信笺？”叶薰好奇地问道。

“一些公务上的问题而已。”萧若宸掩饰地回答，随手将信笺折起。

叶薰并未多疑，笑道，“要吃午饭了。卉儿也一起过来吧。”

“好……”陈卉儿正要高兴的点头，萧若宸却转头看了她一眼。陈卉儿到嘴边的话语立刻咽了回去，改口道：“呃……算了。老夫人那里还有工作呢，我得赶紧回去了。”

走在前面的叶薰并未察觉两人之间的小动作，回头笑道：“也好，有空再过来玩。”

待陈卉儿走远了，萧若宸加快几步赶上叶薰的身影，笑道：“是你亲手做的吗？我可一直想着你做的饭菜呢。”

“我做的饭菜又不好吃，还不如你的手艺呢。”叶薰无奈地笑道。两人一起流亡的那些日子，窘迫的时候不得不自力更生。俗话说得好，环境是最好的老师。那段时间，两人做饭洗衣之类的活计都学会了。说起做饭，叶薰一直耿耿于怀的就是自己苦心磨炼之后的手艺竟然一直不如萧若宸。难道真是聪明的人做什么都比别人高一等吗？

“那就由我来做好了。最近我的手艺又有长进了哦。”萧若宸笑道。

“好啊。好久没有尝到你做的菜了。”

两人说笑着回了房间。

时间过得飞快，眨眼就到了晚上，知道萧若宸明天还有公务要处理，叶薰早早地打发他去睡觉了。

叶薰回屋躺在床上，似睡非睡的时候，忽然想起，中午来兰蔷园的那个小厮为什么面善了。是以前在翰碧园见过的。这么说来，他是沈归曦那边的下人？！那他送来的信笺？

叶薰“忽”地坐起来。窗外明晃晃的月色照射着寂静的院子，夜阑人静，弦月如钩。

左思右想终究放心不下，叶薰起床推门走了出去。来到萧若宸的房门前，叶薰低声轻呼：“小宸？”

等了片刻，房里全无动静。萧若宸修习武功，感觉灵敏胜于常人，此时没有反应那么只有一个解释：人不在房里。

叶薰伸手推门，门果然是虚掩着的。

房里一片寂静，被褥叠地整整齐齐，一看就没有动过。银色的月光透过窗格子投入房里，地上明晃晃一片，如掌了灯一般明晰。叶薰视线在房内扫了一圈，正不知道如何下手，眼神随即被窗前书案上的一件东西吸引住了。

这不就是上午萧若宸收到的那封信吗？叶薰把信笺捏在手里。在不应该偷窥他人隐私和强烈的关切疑惑之间小小挣扎了一下，终于忍不住诱惑，把信笺打开了。

看完信里的文字，叶薰脑海中第一个反应是哭笑不得。这竟然是一封挑战信！

好吧，实际上，沈归曦的字写得龙飞凤舞，傲气嶙峋，笔触间颇有武将之风，而信里的遣词造句也十足的礼貌客气。从一封挑战信的角度来看，这封信确实完美无瑕，就算拿去当西门吹雪送给叶孤城的挑战信也是百分百的合格。

不过想到是沈归曦送给萧若宸的，叶薰就觉得囧了，而且是非常之囧。

两个小鬼而已，真当自己是西门吹雪和叶孤城了，还月下决战，说得倒好听。叶薰好气又好笑地摇摇头。但转念一想，脑中不自觉地浮现起沈归曦这一年多来勤练武功的身影，她又开始有些担忧了。萧若宸原本的武功是比他高，但现在呢？一个每天有名师指导，勤学苦练，一个只能自己摸索……

越想越觉忐忑不安，叶薰又对着信笺扫了一遍，放下信笺，转身出了房门，向所说的决斗地点走去。

两人相约的地点是翰碧园东侧的空地，出了大门，叶薰沿着花园中的小路轻车熟路地向林子深处走去。

穿过一丛小树林，却有一阵意外的细碎声音从林子深处传出来，叶薰禁不住停住步子，侧耳分辨，似乎是人说话的声音。

寒风之下语调和音质都扭曲变形了，传入耳中像是断断续续的哀叹。叶薰打了个哆嗦，一些不太好的记忆随着料峭的寒风又重新苏醒过来。犹豫了片刻，她压抑住胆怯，小心翼翼地绕过几棵大树，向树林深处远远望去。

声音的来源是一棵树下，那里正有两个身影相对而立。寒风将一个秀气的声音隐约送入耳中，“我好担心……晚上都睡不着觉……你去了这么久……”

林子里月光晦暗不明，浓密的树木枝叶掩映下，像是隔了一层纱雾，叶薰只能勉强分辨出那是一男一女。隔得太远，风又太大，两人的对话也只能听见只字片语。只是从这简单几句话来看，两人似乎是一对恋人。

也许是府里哪个丫环和小厮趁着夜晚偷偷跑出来约会吧。叶薰想到，暗笑自己胆子太小了。

这时林中的两人身影逐渐靠近，似乎是要拥抱在一起，更加证实了叶薰的猜想。

既然如此，就不要继续偷窥了，叶薰不好意思地想着，就要转身离开。

可刚要转身，忽然一个身影向后退开一步，一下子脱离了黑暗的束缚，大半个身躯都暴露在明晃晃的月光下。

叶薰瞬间睁大了眼睛，那个身影……就算是惊鸿一瞥，就算是月色晦暗，就算是相隔遥远，就算是重重的枝丫掩映，她也绝对不可能看错的……

那个身影……竟然是萧若宸！

震惊地无以复加，叶薰大脑直接进入了当机状态，以至于完全没有听见两人后来的对话。等回过神来，叶薰好不容易把自己的目光从萧若宸身上拉开，投向阴影之下的另一个人。

仔细分辨了几眼，越看越像陈卉儿。为了看清楚，叶薰忍不住按住树枝向前凑近身子，"啪"的一声轻响，是一根细嫩的柔枝受不住力，折断了。

叶薰惊得心里漏跳一拍。

林中女子似乎听见了声响，向这边望过来。银光洒落在那张俏丽秀美的脸蛋儿上，果然是陈卉儿。

"怎么了？"萧若宸搭住她的肩膀，问道。

"好像听见有什么声响……"陈卉儿小声说道，一边向林子外面张望。

"你多心了，这么晚，哪里会有什么人？"萧若宸笑着安慰道。

陈卉儿乖巧地点点头，收回了视线。

蹲在灌木丛里的叶薰这才松了一口气，却又马上想到，我心虚个什么劲儿啊，又不是我在偷偷私会。对了，这时候她应该跳出去大喊一声，你们两人这是……这是在干什么？

就在叶薰心绪纠结不止的时候，林中陈卉儿已经更进一步，直接扑倒在萧若宸怀里了。秀气的声音带着丝丝颤抖："可是……我真是害怕……万一……没有效果……"

萧若宸揽住她的肩膀，轻轻拍着，温和的声音断断续续传来："不用担心……不久……离开……"

隔地太远，叶薰拼命伸长了耳朵也只听见零星几个词语，但是光从看到的动作上，有一点是确信无误的了。

这两人，真是在约会!

叶薰半石化状态地缩在树丛里，看着林中两人的身影，用脑中仅余的一点清明不断思索着，这……这怎么可能？！他们是什么时候开始的？自己竟然没有发觉丝毫端倪。

仔细回想起来，陈卉儿对萧若宸的关心确实不同寻常，没事的时候就喜欢往兰蔷园钻，与萧若宸有关的消息也总是格外关注，甚至自己知道的信息还有不少是她告诉的呢。

可是……她就是感觉有些不妥当，至于为什么不妥当……

这两人也太小了吧！叶薰想了半天才终于想出一个勉强凑数的理由。完全忽视了按照这个年代的礼节，两人的年龄完全可以谈婚论嫁了。

林子里，萧若宸揽住陈卉儿的肩膀，又低声说了什么，陈卉儿乖巧地点点头，然后两人相携向着林子深处走去。

跟上去？算了，别弄得自己和偷窥狂一样，而且也不想受更多的刺激了，叶薰收回了视线，心思重重地走出林子。

太过震惊的后果就是完全失神状态地回了自己房间，至于这一趟的目的，早被她忘了个精光。

这怎么能行？这怎么能行？这是早恋！他才几岁啊，竟然敢这么……而且还瞒着自己！躺在床上，叶薰越想越愤慨，忍不住要咬被子角了。

这种感觉……就像是自己一手抚养长大的好宝宝被人骗了去，不再属于自己了。总有一种失落，让她想要揪住萧若宸的耳朵狠狠地教训他，你什么时候干的好事？竟然敢瞒着我？！

其实，从另一个角度想想，卉儿这个女孩子还不错，性格爽朗体贴，长相也是绝对的水灵，与自家老弟站在一起很相配……

叶薰躺在床上辗转反侧。总也睡不着觉，真希望马上进入梦乡，然后明天一觉醒来发现自己从头到尾都是在做梦。叶薰感慨地想着，却忽然觉得自己好像忘记了什么重要问题。

什么呢？她思索了半晌，才猛地想起，他不是要去决斗吗？怎么约战变成约会了？！

叶薰腾地掀开被子坐起来，难不成……

这时候，一阵轻灵的“咚咚”声传入耳中，打断了她的思绪，是有人在敲门。

不等叶薰出言询问，一声低沉温和的声音传入房里，“姐，你在吗？”

“我不在！”沉默了片刻，叶薰气呼呼地说道。别以为可以轻易原谅你，竟敢把我蒙在鼓里。

外面萧若宸似乎滞了滞，随即带着无奈的声音响起：“姐……”拖着长长的尾音，听起来有一种近似宠溺的味道。

叶薰原本想不理会他，可等了几秒钟就心软了。总不能让他站在寒风里吧，春天夜晚的风凉意侵人，虽然他好像已经站了不少时间了。

叶薰跳下床推开门，放萧若宸进来。

虽然在心里反复纠缠了无数遍，构思了无数“严刑拷问”的方法，但真的面对他，叶薰反而不知道应该如何开口了。

“你怎么这个时候过来了？”叶薰问道。

“想见你了，当然就过来了。”萧若宸自然而然地笑道，根本看不出丝毫异状。

叶薰疑惑地看着他：“你没有去翰碧园那里？”或者他已经把沈归曦解决掉了，动作这么快？

“姐你看过那封信了？”萧若宸问道，眼眸中却没有流露丝毫疑问的痕迹，显然是在他预料之中。

叶薰点了点头，继续问道：“你们这么快就结束了？”

“我没去。”萧若宸爽快地说道。

“没去？”叶薰感觉脑筋有些转不过弯儿了。

“这种无聊小孩子的游戏，我怎么可能会去？简直是浪费时间。”萧若宸一脸理所当然地说道。

小孩子游戏？叶薰嘴角抽搐一下，真想提醒自家老弟一句，难道你忘了，沈归曦的年龄跟你一样大啊。可话到嘴边，抬头却看见萧若宸俊美明朗的侧脸，昏暗的月色下，那张脸上的线条已经在不知不觉间变得刚毅冷峻，再也不是记忆中的柔和清秀了。

是啊，两人虽然一般大的年纪，但是一个被叫做少爷，一个被叫做大人，已经有了本质的区别了。

叶薰摇摇头，打消这些无谓的感慨，直接将话题引向重点："没有去参加约战，所以就干脆去约会了？"一边说着，视线质问一样紧盯着他，试图摆出法官审理现行犯的强硬气势来。

可惜一阵寒风从门缝里透进来，叶薰激灵灵打了个寒战，连接几个喷嚏之后，什么强硬气势都烟消云散了。

"姐，你怎么穿着中衣就下来了？小心着凉了。"萧若宸关切地说着，然后推着叶薰来到床边，"快回床上去。"

"没事。"叶薰摆了摆手，却连接又是几个喷嚏。

"你在林子里站了那么久，怎么可能没事？"萧若宸笑道。

叶薰愣了愣，他知道了？随即又想到，刚刚在林中连陈卉儿都发觉有人了，以萧若宸的武功，必定早就发现自己在旁边了，所以才会回来就过来找自己。

夜冷露寒，叶薰感觉身上越来越冷，只好依言退到床边，钻进被窝里。她探出头来紧盯着床前的萧若宸，气鼓鼓地质问道："既然知道我已经掌握你的犯罪证据了，不许岔开话题，坦白从宽，抗拒从严。先告诉我约会是从什么时候开始的？"

"姐，你胡说什么？谁说我去约会了？"萧若宸摇摇头，哭笑不得地反驳道。

叶薰眉头一扬："你还敢不承认？刚刚我可是亲眼看到了。月上柳梢头，人约小树林，倒是很有情调。"说着说着，语气变得酸溜溜起来，"你和卉儿之间到底怎么回事？老实交代！"

“只是路上遇见，谈了几句而已。”萧若宸说得理直气壮。

“就这么简单？”叶薰一脸我不信的表情，瞅着萧若宸，试图在他脸上寻出些微端倪来，可惜放眼望去一片云淡风轻，没有丝毫突破点。

“你们两个都抱在一起了，还敢说不是恋人？”叶薰揪着被子角满是怨念地问道。

萧若宸转头看着叶薰，一脸不服气地反驳道：“你和沈家大少爷也抱在一起了，你们两个也是恋人吗？”

“我什么时候……”叶薰刚要反驳，猛地想起在书房里的那一幕，沈归暮扶住自己肩膀的动作远看上去，确实像抱住自己一样。当时萧若宸远远站在桃花树下，看见了难免误会。

“我们不是你想的那样。”叶薰分辩道。

“那么姐……”萧若宸放低了声音，神色之中带着叶薰不曾见过的郑重和深邃，“你喜不喜欢他呢？”

沈归暮，那个别扭的小鬼，我怎么可能喜欢他呢？这么想着，叶薰脱口而出：“我当然不会喜欢……”

可是话说到一半，她脑海里忽然掠过书房里的那一幕。他将手伸到自己面前，仿佛隔着重重迷雾，就那样点在了她的额头上。清凉的桃花瓣似乎是一滴水露，不经意地滴落到她平静许久的心湖中，荡起一圈圈精致的涟漪……

额头似乎有点发烫，叶薰不自觉地捋了捋刘海，掩饰地说道：“我和他远得很呢，人家可是即将要娶公主的人，你少在这里胡说八道了。”

萧若宸视线扫过叶薰微红的脸颊，眸中有寒冰般尖锐的光芒一闪而逝，带着森然的戾气。等叶薰抬起头，那些尖锐和锋芒又瞬间隐没，黑玉般秀美的眸子里只余温润一片。

萧若宸坐到床边，手支撑在床栏上，低头仔细看着叶薰，轻声笑道：“姐，你可是比公主强多了。我要是沈归暮，一定选择喜欢你，不选公主。”

这小子什么时候学得嘴巴这么甜了？叶薰白了他一眼，提醒着他最关键的差别所在："我是一个丫环，人家可是公主哦。"

"萧家的女儿，哪一点比公主差？"萧若宸缓声道。

叶薰瞬间语塞，如果不是他提醒，她差不多已经忘记萧家女儿这个身份了，忘记这个身体还有另一个名字，叫做萧若岚。

"宫里头清仪公主她们几个，都是一群蠢丫头，哪里能够和你比。"萧若宸继续不屑地说道。作为萧家唯一的嫡孙，萧皇后和萧太后都对他疼爱得不得了，时常召他入宫陪伴，所以与宫中几位年龄相若的公主皇子都见过面。

"人家可是琴棋书画样样精通的，我哪点比她们强？"叶薰无奈地说道。

"这个嘛……她们做饭都没有你强。"萧若宸想了想，摸着下巴一脸正色地说道。

"好啊，你尽来消遣我。"叶薰知道他是在开玩笑，故作生气地爬起来要捶打他。

萧若宸笑着躲闪着，低声求饶了几句，

被这么一闹，叶薰反而不能继续逼问下去了。他与陈卉儿之间……算了，终究两人还小，既然他不愿意承认，自己也不必逼得太紧了，顺其自然就好。叶薰这样想着，打消了继续询问的念头。

几下打闹之后，萧若宸按住叶薰的手，低头直视着她缓缓说道，"姐，你放心，我绝对不会去喜欢任何人的。"含笑的眼眸中带着的却是前所未有的认真。

叶薰怔住了，不等她有所反应，萧若宸又眨了眨眼睛，继续说道："所以啊，姐，你也不要喜欢任何人好不好？"

长长的睫毛轻轻颤抖，掩映着秀气眼眸中氤氲的雾气，像是一只小狗望着主人哀求道："不要丢弃我，不要丢弃我啊。"

面对这样满是期待的眼神，叶薰差一点就要点头答应了，好在这些日子和沈归暮朝夕相处，对美少年的抵抗力大幅度提高，这才及时醒悟过来，没有答应这种莫名其妙的不平等条约。

“这个嘛……这种话，等你变成大人再说吧。”叶薰笑眯眯地推脱道。

“姐……”萧若宸有点黑线地看着叶薰。

“睡觉，睡觉。你明天清早还要去戍所，早点睡觉吧。”叶薰转开话题笑道。

“我知道了，姐，你先睡吧。”萧若宸点点头，身子却没有动，继续坐在床边，俯视着叶薰。

叶薰叹了口气，“你盯着我干吗？”被你紧盯着，我怎么睡得着觉？

“太想你了，想多看看你。”萧若宸笑着说道，像真心，又像调侃。

“又不是以后见不到了，等年底换防，不是就能够撤回来休整了吗。”叶薰摇摇头，笑道。

“现在的你和以后的你当然不一样，每个时间的你都不一样，少看一眼可都是损失啊。”萧若宸一脸理所当然地说道。

这小子，哪里学来的这些甜言蜜语，等闲女孩子都要抵挡不住啊。以前竟然没有发觉，自家老弟还有当花花公子的潜力。叶薰翻了个白眼，调笑他道：“这些话留着和卉儿姑娘说吧。”

“姐……”萧若宸无奈了。

“好好好，我不说了。去壁橱里拿被子去。”叶薰拍了拍空出的床边，“一起睡吧。”

萧若宸愣了愣，看到叶薰一脸的坦然自若，反而有些失落，随即掩去，乖巧地点点头笑道，“好。不过不用被褥了，”说着和衣躺在床边，笑道，“这样就好，反正也习惯了。”

叶薰愣了愣，有些酸涩地问道，“在军营里面也时常这样睡吗？”

“是啊，”萧若宸说完转头看见了她的脸色，心下顿时后悔，连忙说道，“也不是没有被褥，只是夜晚宿营的时候时不时要面对敌袭，长期警惕下来，反而习惯这样了。”说着又笑道，“我是有武功的人，这些自然无关紧要，反而可以趁机练练内功。”

叶薰心下稍安，点了点头。低头看了一眼床上，又笑道：“可惜枕头只有一个，将就一点吧。”说着将枕头向中间挪了挪。

躺到了床上，叶薰才感觉，这小子真的是长大了，以前依靠在自己身边，就像是一个洋娃娃，或者前世那只自己最喜欢的卡通抱枕。可现在几乎比自己还要高了，有些举动，例如捏捏他嫩嫩的脸颊，也不好意思做了。

以后随便捏他、欺负他的好日子一去不复返了啊。叶薰满心感慨着，不过是短短的两年而已。

窗外的月色照进屋里，遍地银白闪烁，柔润的光芒洒进帘帐。

叶薰偏过头看着萧若宸被月光勾勒地灵韵秀美的五官线条，距离这么近，似乎连他的呼吸都能够感受得到。她有一阵恍惚，时间似乎又回到了两年前，回到了那段艰苦波折的流亡生活。

视线扫过他耳后的时候，不经意间地看到一道阴影，似乎是伤疤。叶薰想掠开他的头发仔细看看，却又打消了这个念头。就算看过了又能怎么样？走上沙场，哪里有不受伤的？难不成自己能够代替他吗？

一边想着，叶薰心中浮起淡淡的伤感。他还是个孩子，却已经成长到被人叫做“大人”的年纪了。如果萧家的权势依然如日中天，他现在应该也是一个像沈归曦、沈归暮这样无忧无虑的贵公子吧。享受着众星捧月的光彩，无数奴仆鞍前马后地伺候，而不是像眼前这样，在沙场之上苦苦拼搏，出生入死，一点一滴积累自己的功业。

就在想得出神的时候，一个声音打破了她的臆想。“姐，过些日子，我接你离开沈家吧？”长长的睫毛轻颤，萧若宸睁开眼睛，回视着她正色说道。

“离开沈家？”叶薰一时间没有反应过来这句话的意思，“去哪里？”

“当然是去属于我们自己的地方了。”萧若宸好笑地看着叶薰道，“去哪里都好，就由姐你决定吧，等年底的时候我就回来接你离开。”

“可是……”叶薰刚要说自己和他的卖身契还在沈家，但转念一想，沈家为了鼓励自家的子弟兵，凡是去边关立下战功的，都一概脱了奴籍，更何况萧若宸现在有朝廷颁赐的官职在身，除了名义上还是沈家出身的门生，其实早已和沈家没有任何关系了。至于自己……以他现在的身份，赎身想必也不是什么难事。

可是想到要离开沈家，这种感觉……似乎是有些不舍了。

“姐，你难道要留在这里一辈子当丫环？”看着持续沉默的叶薰，萧若宸眸光闪动，轻声说道。

当丫环？！对了，丫环也是奴才的一种，叶薰忽然有点冷汗地想到。记得是因为也许是兰蔷园整体隐居避世一样的风格吧。在兰蔷园的这一年多以来，自始至终，她还真没有意识到自己是个丫环。对于沈归暮……与其说是在服侍他，倒不如说是在照顾一位生病的朋友更加贴切。日常相处，她几乎完全没有感觉到主仆之别，甚至平常玩闹谈笑起来，他服侍自己的时候还更多一些。

这样下去确实不行！叶薰回想起来，自己初入沈家的时候不就打着跑路的念头吗？太平日子过久了，竟然把一直潜伏在身边的危机给忽视了。

继续留在沈家还有一层顾虑，这几年来萧若宸由一个孩子长大成少年，再加上沙场征战，容貌气质变化不小，而自己却没有太大变化。沈涯是见过她的，这里终究是沈家，就算眼下这位老兄在京城混的风生水起，乐不思蜀，但迟早有一天要回来，而且说不准什么时候就会回来。更何况，萧若宸在边关职位越升越高，自己作为他唯一的亲人，必然也会越来越受瞩目，若是因此被人认出身份来……

这么一想，离开沈家已经是势在必行了。

想到这里，叶薰忽然有一种失落和不舍。回想起来，来到这个时代，她相处最自在、最随意的，就是兰蔷园的几个人，而居住的最长久，最安乐的，也是兰蔷园这片寂静雅致的院落。自己却必须离开了。

“姐，你不喜欢吗？”萧若宸轻声问道，“要是这样，暂时留下也无妨……”

“没有，还是离开吧。”叶薰打断他的话笑道，留地越长久，变数越多，还是离开的好，“等过了夏天，我就去城里找房子。等着你带银子回来买下，记得要多带银子回来哦。”叶薰笑道。萧若宸在边关任职的话，自己还是留在凉川为好，这样也可以随时回来看沈归暮和雁秋他们。其实也没有太大的变化，想到这里，叶薰的心情重新开朗起来。

此时的她自然不会想到，他们根本没有机会以这样简单的方式离开沈家。而此时同榻共枕、相处亲密的两人，再一次相见，也不是这个冬天，而是漫长的三年之后了。

躺在床上慢慢进入了梦乡。临睡前，叶薰忽然想到，被自家老弟华丽丽地放了鸽子的沈归曦现在在干什么？是被爽约之后的勃然大怒、气恨交加？还是认定对手不战而逃的洋洋自得、鄙薄轻视？或者……他不会傻到还在那里空等着吧？

今晚的风可是很冷啊。想到这里，叶薰禁不住打了个哆嗦，一边向被窝深处蹭了蹭。

一觉睡得安稳，等清晨的阳光透过窗子洒进床边，叶薰才勉强睁开眼睛，转头一看，萧若宸已经不知何时离开了。

知道他是去戊所办公了，叶薰起床收拾好床铺，正要去厨房找饭吃，却发现桌子上摆着两只青花浅纹瓷碟并一个雨过天青色的瓷碗。一碟是五个精巧的小笼包，半透明的面皮裹着饱饱的汤汁，另一碟是两只煎地金黄的荷包蛋，鲜嫩的色泽看着就让人食指大动，碗里则是散发着淡淡清香的碧玉糯米粥，放在桌角的熏笼上保着温。

叶薰梳洗过后迫不及待地坐到桌边拿起一只小笼包来咬了一口，味道意料之中的鲜美可口。

正准备好好品尝自家贤惠老弟的心意，却忽然听见外面一阵喧哗，似乎是什么人闯进来了。叶薰无奈地叹了一口气，放下筷子。用膝盖想，也知道此时来势汹汹的人是谁了。

兰蔷园似乎很久没有这么热闹的早晨了吧。叶薰推门走出房间，打量着面前站着的人群，当她的视线落到那位打头阵的老兄脸上时，却微微一愣。

以往看到的沈归曦，总是阳光下凌厉到近乎嚣张的一面，要不就是狂妄到让人想要狠揍他一顿的模样。可眼前这副脸色……怎么说呢，狂妄嚣张依旧，却带着些许色厉内荏的感觉。尤其是一双秀美的丹凤明眸，里面隐约带着丝丝红色。

这位老兄该不会真是一夜没睡，留在那里吹冷风了吧？叶薰有点愕然地想着，是不是这辈子从来没有被人放过鸽子的缘故？

在叶薰打量沈归曦的同时，他的眼神也落到叶薰身上，闪过一丝恼恨，恶狠狠地问道："叶宸哪里去了？"那副架势，就差没有在脸上写着"我是来寻仇的"几个大字了。

"舍弟出门去了。"叶薰小心翼翼地回答道。

可这个答案明显还是刺激到了眼前的人，沈归曦脸色红一阵，白一阵："你说他出去了！就这么出去了？！"压抑不住气愤的声音开始拔高。

不然还能待在这里等着你来兴师问罪啊。叶薰暗暗回了一句，他又不像你这么悠闲。只是这些话不能说出来，叶薰低眉顺目地点了点头。

看着叶薰一脸无辜的表情，沈归曦更觉得怒火攻心，还要再说什么，却感到一阵头晕眼花，身上隐隐有些发寒。

叶薰同情地瞟了他一眼。此时的沈归曦脸色惨淡，原本明亮的丹凤明眸也因为熬夜而充斥着血丝，还有像是承受不住这个答案一样深受打击的虚弱晃动。那副表情，那个动作，以至于让叶薰有点不良地联想到，眼前活脱脱是一位被人甩了的深闺怨妇，前来找负心薄幸抛弃她的情郎。

不想让事情闹大，叶薰赶紧抢在这位少爷爆发之前问道："而少爷前来找舍弟，是有什么吩咐吗？"

想也没想，沈归曦脱口而出："我昨天约好了……"话说到一半却又停了嘴。他并不想让人知道他曾经输给过一个府里下人的事情，不然也不会特意把决斗时间放在晚上，还特意选择了那么一块偏僻的空地了。于是他改口问道："昨天上午是不是有人送给他一封信？"

"什么信笺？"叶薰继续一脸天真，"少爷曾经送信给舍弟吗？"

沈归曦愣了愣，转头瞪了旁边的一个小厮一眼。那小厮立刻缩了缩脑袋，畏缩地小声辩白道："小人真的送到了，当时这位姑娘明明也在场的。"

叶薰认出正是昨天来兰蔷园送信的小厮。看到沈归曦恶狠狠的视线又转回到自己身上，连忙装作恍然大悟地点了点头："少爷说的是昨天的那封信啊。说起来，是有这么一会儿事，只是当时正有戊所的人前来寻他，就把信笺随手放下了，回来的又晚……"然后笑着问道："那封信是少爷您送来的吗？不知道是为了什么事？"

沈归曦嘴角抽搐了一下，也不知承认好，还是不承认的好。

叶薰又客气地笑道："少爷您真是太客气了。有什么吩咐直接说就好了，哪里用得着讲究这些俗套礼节？"

一阵连消带打，沈归曦被她堵地话都说不出来。他闷闷地扫了叶薰一眼，暗自疑惑，难道叶宸真的没有看过那封信？自己白白在那里等了他一晚；还是……他怀疑的眼神落到眼前这个女子身上，他格外怀疑她已经知道自己约战叶宸的事情了，毕竟，当初那一战，她是亲眼看见的，而且她也有份……想到这里沈归曦眼神不自觉地凶狠起来。

叶薰被他看得心中一凛，忍不住后退了一步。却感到身后有人扶住了她。转头一看，是沈归暮不知何时来到了她身后。

"二弟前来拜望，为兄有失远迎。"沈归暮淡淡地问候道，然后一副兄长对弟弟的标准表情，问道："只是这么早前来，可有要事？"

沈归曦瞪了及时躲到沈归暮身后的叶薰一眼，知道继续下去也问不出什么来，既然萧若宸不在这里，他也没有久留的兴趣，冷哼了一声，也不搭理沈归暮，转身向门外走去。

走到门口，狠狠踹了身边那个负责送信的小厮一脚，骂了一声："蠢东西！"小厮在地上滚了几个骨碌，才爬起来畏畏缩缩地跟上去。

待人走地远了，雁秋才敢走出门来，虚惊一场似的拍了拍胸口，“谢天谢地，这位小祖宗可算走了。”说完又转头疑惑地问道：“叶薰，他刚才是来干什么的啊？”

“这个……”叶薰正不知道如何解释，沈归暮转身看了她一眼，说道：“算了，走了就好，不必再提了。”

“也是。”雁秋顺着他的话笑道：“少爷您早饭还没有用呢，奴婢这就去端过来。是要在书房，还是在前厅呢？”

叶薰也转身向屋里走去，一边暗暗担心着，看沈归曦这副不肯善罢甘休的架势，只怕等萧若宸回来，还有一场乱呢。

对于沈归曦是否会向萧若宸寻仇报复，她倒是并未担忧，毕竟现在的萧若宸已经不是沈家单纯的下人身份了，而且，无论是因为自尊，还是因为觉得太丢脸，当初被两人打了一顿之后，他都没有依仗身份报复他们，此时更加不会这么做了。他应该是打着光明正大地赢过萧若宸的主意，这小子虽然狂妄骄横，唯有这一点倒还算磊落。

不过今晚怎么办？难道还是要继续放他鸽子？叶薰迟疑地想着。

她的担忧并没有变成事实，因为萧若宸根本没有再回来沈家。

就在上午他抵达戍所不久，一道边关命令快马加急地送到。因为突厥人又有异动，催令粮草即刻启程，

萧若宸不得不行色匆匆地离开了凉川，带着筹齐的部分粮草北上了，连回来看一趟的时间都没有。

听到负责前来传话的方苇说完，叶薰怅然之外难免又是一阵担忧，但除了担忧也别无办法，只能祈祷冬天快点来临，让姐弟能够重新团聚。

第四卷

关山长阙烽烟起

第一章

风起武陵

北地的夏天总是格外短，眨眼之间春去秋来，骄阳似火的闷热转变为爽朗宜人的清凉，凉川最舒适的季节到来了。

叶薰掀开车帘一角，兴致勃勃地向外张望着，田野上金色的麦浪随风起伏回荡，在地平线的尽头与淡金色的天幕交织成婉转的韵线，那是迤逦的群山在远处延绵铺展。天上大雁排成行列，紧贴着云层向南方飞去，阳光温和中带着细微的寒意，景致益发清疏明快。

视线拉到近前，是一眼望不到头的车队。她所乘坐的青布敞篷大车也是这支队伍中的一份子，此时他们正走在前往武陵山的路上。

武陵山是沈家宗祠所在，每年秋天，沈家都要整备祭品前去朝拜祭祀。这一次的祭祀从夏天就开始准备，格外隆盛端正，毕竟沈家的地位今非昔比，不仅是凉川城的第一名门，更是大周数一数二的权贵了。此次除了久病缠身的老夫人继续隐居在园中不出，阖家上下几乎全部出动。

武陵山是北地名胜之一，距离凉川城却不近，快马奔驰也需两天的时间，而祭祖的车队行动缓慢，一行走了五天方才抵达目的地。

沈家的宗祠建筑在一座主峰的半山腰上，这里也是大周的发源地，当年沈家跟随太祖皇帝打天下，初始打下的基业就是武陵山到凉川一带，所以宗庙也是设立在此地，后来大周一统天下，沈家分封凉川，家族繁荣，宗祠也并未迁移，只是扩建了而已。

武陵山地势复杂，延绵不绝，沈家的别馆依山而建。在别馆安顿下来，夫人和万总管他们忙着准备祭祀要务，这样的大事自然不会有叶薰她们插手的余地，闲暇之余，想到武陵山盛名远扬的景致，难得来一次岂能错过，叶薰和沈归暮几人便趁着秋高气爽的日子入山游玩了。

武陵山最有名的景观莫过于建筑在豁岩峰上的崇明寺，是一座巍峨宏伟、气势恢宏的百年古刹。大周开国帝后以及第二代帝王威帝都曾经在这里游赏并留下墨宝。

叶薰三人一路玩赏，行至寺庙，但见殿阁飞檐斗拱，气象恢宏万千，其间香客来往穿梭不断，香火鼎盛繁荣。

庙里的僧人见沈归暮几人气度不凡，便知是前来游玩的达官贵人，不敢怠慢，知客僧引领着三人入后寺游览，路上滔滔不绝地介绍着寺内的诸多典故，又说道："我们崇明寺的素斋也是一绝，待公子和夫人游览完了，不妨去尝尝。"他看到叶薰与沈归暮并肩而行，而雁秋总是谨慎地落后一步。便自然而然地把叶薰叫做夫人了。

沈归暮一脸平淡，叶薰却脸上挂不住了，也懒得直接辩白，转头道："天色还早，我们少爷先逛一下再说。"少爷两个字咬得清楚响亮。

知客僧立刻醒悟过来，连忙改口道："侧夫人吩咐得是。"

叶薰满头黑线了。他竟然又把自己当作沈归暮的小妾了。虽然她不太会打理头发，只挽了最简单的发髻，分辨不出是已婚还是未婚，但她就那么像已婚妇人吗?

沈归暮转过头去，一副忍俊不禁的表情。

"有什么好笑的！"叶薰狠狠地剜了他一眼，转头向僧人闷闷地道："小女子不过是个丫环，没那个福分当什么夫人侧夫人的。"

僧人被呛得连连咳嗽两声，暗暗叹道，哪里有这般主从不明的丫环。却也不敢多说，连声道歉，赶紧将话题转到寺内名胜上，指着不远处一座石碑道：“当年太祖皇帝就是在这里捡到了后来的威帝……”

三人兴致大起，纷纷走近石碑观摩起来。

大周的第二代皇帝周威帝并非太祖皇帝亲生。数十年前天下还是姓梁，可惜连接数代皇帝都是昏庸残暴的君主，苛捐杂税繁重，百姓苦不堪言，更兼外敌入侵，内乱不止，已经是典型的末世气象了。

大周的开国帝后当时还只是一对平凡的新婚夫妇，入山里朝拜求签，结果在这个寺庙里捡到不知被谁丢弃的一个婴儿。两人一时动了恻隐之心，便将这个婴儿收为养子，细心抚养教导。

想不到这个孩子天资聪颖，长大之后文武兼备、智勇双全。后来各地群雄并起，大梁江山风雨飘摇。太祖皇帝趁乱起兵自立，征战天下。这个养子更是战功无数，数次危急关头力挽狂澜，为平定天下立下了汗马功劳。

到了太祖皇帝晚年，子嗣单薄零落，唯一的昭珉太子年龄幼小，就干脆将皇位传给了养子威帝。

而威帝感念太祖皇帝和萧皇后的养育之恩，即位之后立刻将昭珉太子立为皇太弟，并昭告天下说等昭珉太子成年，就将皇位禅让给他。可惜昭珉太子身体单薄，运气也不佳，就在要成年的时候，却在北地出巡途中遭逢了意外，被烧死在馆舍里，连刚刚出生的儿子也没有幸免。

这些当然是大周历史的官方记载，至于真相究竟如何……叶薰摇摇头，只怕早已经湮没在重重的迷雾之后了。

三人走近石碑看去，石碑之下不过是一片碧绿的草丛，绿油油的叶脉上悬着几滴清新的露珠，点点水光反射着晨曦的辉煌。

历史往往在最微小的地方决定它日后的走向，当日谁能够料到，后来征战天下，成为一代明君的周威帝就是从这里走出属于他人生的第一步的呢?

雁秋禁不住感慨道，“也不知道威帝真正的父母是谁，若威帝当皇帝的时候他们依然在世，知道被自己扔掉的是真命天子，岂不是要活活后悔死。”

叶薰摇摇头："若威帝没有被扔在这里，还是跟着他的亲生父母的话，长大了也不过是个山野农夫之辈，怎么可能当皇帝呢？"

"威帝乃是帝星转世，受天命代梁，怎么可能不当皇帝？"雁秋振振有词地反驳道，"连太祖皇帝都是因为在这里捡到了威帝，才会一路战无不胜，最后取得天下的，若非如此，又怎么会在临终前将皇位传给威帝呢？"

"如果不是因为昭珉太子年龄太小的话，皇位也落不到威帝头上了。"叶薰不以为然地说道。

太祖皇帝驾崩时，昭珉太子才不过两三岁，继承了皇位也守不住。将皇位传给威帝是最好的选择。

"太祖皇帝是知天命所归，才将皇位传授给威帝的，与昭珉太子有何关系？再说，昭珉太子是命中福薄之人，不然怎么会在继位之前又发生了意外呢。"雁秋依照着大周的官方说法反驳道。

叶薰动了动嘴唇，却没有开口。她对这些什么"帝王天命"、"皇权天授"不屑一顾，却也知道在这个时代，这些都是深入人心的理念，而且现在正是大周的天下，正统宗室已是威帝血脉，她贸然反驳这种观点恐怕有所不妥。

更何况昭珉太子之死，也是大周历史上一段人人避之不及的无头公案。民间虽然也有"威帝派人暗杀昭珉太子"，以及"当初太祖皇帝就是想传位给昭珉太子，威帝是谋逆篡位"之类的谣言流传，但也仅限于流传而已。无论如何，相比于那位传说中的昭珉太子，威帝确实是一位文武兼备的千古明君，以叶薰的观点来看，就算他真是舍不得皇位而痛下杀手也是人之常情，虽然昭珉太子一家冤枉了点，连刚出生的孩子都一并挂掉。但卷入这种皇权斗争，最是容不得情意的。

那边雁秋自觉占了上风，难得有轮到她展示"才学"的机会，正要再说几句，沈归暮却打断了她的话，转头向知客僧笑道："大师先回去吧，不必招待我等了。我们自由走走看看即可。"

知客僧便合掌告退。待他走得远了，沈归暮看着两人无奈地摇摇头。

雁秋这才醒悟到刚刚的话题是犯了忌讳，竟然妄议天家，还当着外人的面，赶紧噤若寒蝉地闭了嘴。

沈归暮转头看着石碑叹道："威帝一代雄才圣君，有些手段也是迫不得已，天命也罢，阴谋也罢，天下百姓受益才是最实在的。"

叶薰点头笑道："就是这样的道理，天家无父子，非我等小人物能够体会的。"

沈归暮又不放心地叮嘱道："这些话在这里说说也就罢了，回到家里千万不要再提起了。"神色意料之外的郑重。

叶薰愣了愣，忽然之间想到，与夫君一起被烧死在驿站馆舍里的那位昭珉太子妃，不就是姓沈吗？"昭珉太子礼聘文信侯女为妃"，那位太子妃正是沈家上一代家主的亲妹妹。这么算起来，应该是沈涯的亲姑姑，沈归暮的祖姑姑才对，难怪他提醒自己。

这时候，一声低呼打断了叶薰的思索，"这石碑上是什么字啊？怎么还涂抹着白泥呢？"是雁秋又发现了石碑上的不妥当，出声问道。

叶薰顺着她指点的方向看去，原来是石碑下半部分，似乎是被人用调和好的白泥涂抹上去，掩去了原来的字迹。

两人正看得奇怪，身后沈归暮缓声道："这里原本写着石碑镌刻的署名，就是捐银子修建这座寺庙的人的名字。"

"那为什么要……"叶薰刚要询问，猛地想起在哪本文献上看到过，崇明寺是百年前萧家刚刚北上的时候捐银子建造的。

原来如此，看这白泥的痕迹，涂上去总也有两三年了。只怕是萧家抄家灭族的时候涂上的吧。

萧家权势如日中天，连一座寺庙也跟着光彩，而一旦败落，连一尊石碑都要迫不及待地与之划清界限了。世事人情，冷暖自知，虽然对萧家并无太深的感情，叶薰也感到一阵悲凉。

"东家方起西家败，世事本就如此。"沈归暮无所谓地叹息道，"上一个是萧家，日后说不定就是沈家呢。"

“少爷！”雁秋忍不住惊叫起来，“怎么能说这种话呢，我们沈家岂是萧家能比较的！”

“如何不能比较？”沈归暮神色平淡地反驳道，“不都是女儿宠冠后宫，男儿权倾朝野。”

叶薰惊异地看了他一眼，这些都是事实不错，只是想不到他会说得这么直白露骨。雁秋更是被唬地哑口无言。

大周的皇族元氏一族本来只是大梁分封到北地的一个三等侯爷，几代过后，门第萧条冷落，早就沦落地与一般贫民无异了。而萧家却是京城数一数二的权贵名门，只因前梁京城内乱不止，不得不远遁北方避难，若非如此，堪为当时名媛的萧家小姐也不会匆匆下嫁给一个空头土侯爷。而太祖皇帝如果不是因为有幸娶到萧家长女为妻，也根本不可能有钱粮招兵买马，走出征战天下的第一步。

后来太祖皇帝起兵反梁，得萧家助力极多，正因如此，就算开国称帝之后，太祖对萧皇后也极为畏惧尊崇，甚至后宫妃嫔不经萧皇后同意也不敢随意宠幸。连昭珉太子也是在萧皇后薨逝后，太祖才宠幸汶贵妃所出。

“少爷，萧皇后专横跋扈，刁蛮任性，而当今皇后娘娘贤良淑德，岂是萧皇后可比较？”雁秋着急地说道，“萧家后来落败，只怕也是因为历代皇后专宠善妒，全无妇德的缘故。”

沈归暮点了点头：“萧皇后确实太过于善妒了，她自己几次诞孕的皇子都没有成年，偏偏又不准太祖宠幸别的妃嫔，若非如此，又岂会导致太祖皇帝膝下空虚。驾崩之时，昭珉太子年方三岁，这才让皇位落入威帝之手。”说着叹道：“只怕萧皇后在天有灵，也会后悔自己当年的专宠擅断。”

“有什么好后悔的？难不成还要她贤惠地向自己夫君引介别的女子不成？”叶薰愤愤然地哼了一声。

沈归暮愣了愣，想不到叶薰反应这么激烈，随即笑道：“我不过是说一句而已，不必当真。太祖皇帝在萧皇后过世之后，还不是立即下旨选秀，征召天下美女入宫。可见早有此心，只是被萧皇后威势所阻而已。”

“所以说，男人啊……”叶薰摇摇头，懒地评述了。

“萧家失败，正是他们不知惜福，自取其辱。”雁秋安慰道，“将军大人他立下无数军功，民心拥戴。当今皇上又是圣明天子，与大人君臣相得，少爷不必忧虑。”

圣明……叶薰无语了，当今这位皇帝陛下，距离圣明还有一段距离吧。就算是在遥远的凉川，皇帝陛下又要新选美女，又要改造猎场，又要扩建园林的消息也不绝于耳。甚至听说最近皇上又突发奇想，要为新选入宫的美人们再建一座宫殿，仿照传说中月宫的模式，雕梁画栋均用美玉水晶装饰，名字都起好了，就叫做广寒宫。总之，每次听到关于那位皇帝陛下的消息，都只会让叶薰更加赞美自己当初翘家的英明决定。

不想在这些历史话题上纠缠下去，破坏难得的出游时光，叶薰建议道：“听说崇明寺的签文出奇地灵验，我们不如去求一卦。”

“好啊，好啊。”听到求签，雁秋顿时来了精神，沈归暮也无异议，三人转身向寺庙前堂走去。